WILBUR LEIGHBORG

1115

novum pro

www.novumpublishing.nl

© 2022 novum publishing

ISBN 978-3-99131-250-5
Geredigeerd door: Ine van Gerwe
Omslagfotos: Casanowe,
Javier Cruz Acosta | Dreamstime.com
Ontwerp omslag, lay-out & typografie:
novum publishing

www.novumpublishing.nl

Climate neutral
Print product
ClimatePartner.com/16547-2201-1002

HET LEEK een koude winteravond, er stond een stevige wind en ondanks de verlichting op de gebouwen was het erg donker. Ik wist eigenlijk niet meer hoe het kwam dat ik helemaal alleen op dit tijdstip door de stad liep.

Mijn hoofd bonkte. Het leek of ik was gevallen en weer opstond. Mijn ribbenkast deed ontzettend veel pijn.

Een taxichauffeur stopte en vroeg me of hij kon helpen. Geïrriteerd zei ik uit een stuk zelfbescherming en reflex 'nee, het gaat lukken.'

Maar eigenlijk ging het helemaal niet lukken. Waar kwam ik vandaan, waar ging ik heen? Een stukje verderop stond een bank. Met veel moeite kwam ik bij de bank en ging zitten. Hier zat ik een beetje uit de wind. Ik probeerde rustig te worden en me te herinneren waar ik was geweest. Kom ik van een feest waar ik te veel heb gedronken?

Maar dat kan helemaal niet, ik drink nooit te veel, ik voel me ook niet dronken, maar mijn hoofd bonkt nog verschrikkelijk. Misschien ben ik overvallen? Waar zijn mijn schoenen en mijn handtas? Ik heb niet eens een jas aan.

In de stad was het stil. Een zwerver lag te slapen op een kartonnen doos, met om zich heen een hele hoop plastic zakken met allerlei bij elkaar geraapte spullen. Ook lagen er een tiental lege halve-liter-bierblikken.

Ik hoorde de kerkklok vier keer slaan, wilde op mijn horloge kijken, maar dat was weg. Om me heen was het heel rustig. De plek waar ik zat, was een soort bouwput. Het leek of de straat gerenoveerd werd. Er zaten grote gaten in het zand op de plek waar de weg had gelegen. Het kwam op een of andere manier erg rustgevend over. Kon ik hier maar even gaan liggen en slapen, dacht ik. Mijn onderbewustzijn vertelde me echter dat ik verder moest, maar waarheen? Vroeg ik me af.

Wie ben ik. Waar ben ik? Ik begon me opnieuw af te vragen hoe ik hier terecht was gekomen. Mijn kleren, een mooi kort rokje en een sjieke bloes, waren vies en kapot. Ik schrok van het aanzicht, overal zaten bloedvlekken. Hoe kwam dit? Wat is er gebeurd? vroeg ik mezelf voor de derde keer. Ik kwam er nog steeds niet uit. Ook de handtas die ik normaal gesproken droeg, was weg en schoenen had ik ook niet aan.

Ik zocht verder in mijn kleren en plotseling voelde ik iets. Een sleutel? Ik haalde hem uit mijn zak. Er zat een oranje label aan met daarop het adres, Old Broadway 1115 en de naam Bertram. Waar is de sleutel van? En wie is Bertram?

Plotseling overviel me het gevoel van intense moeheid en ik besloot toch maar te gaan liggen. Voor ik het wist, was ik weggezonken.

In de verte hoorde ik geroezemoes en besloot mijn ogen voorzichtig open te doen. Er stonden vier jongemannen om me heen. Ze begonnen meteen vragen op me af te vuren. Wat er was gebeurd en waarom ik hier lag. 'Kunnen we je helpen?' Vrijwel direct zei ik: 'Nee, ik ben even gaan liggen maar ga weer verder, dankjewel.' Het leek wel of een soort natuurlijk afweermechanisme zich verzette tegen hulp of indringers.

Hernieuwde paniek welde in me op. Waar moet ik naar toe, wat is er gebeurd? Hoe lang heb ik geslapen? Denk! Ik begon kritisch om me heen te kijken.

Aan de overkant van de straat stond een bord met een soort oude stadsplattegrond. Mijn gedachte was: hier blijven is geen optie. Het is te koud en gevaarlijk alleen op straat. Misschien geeft het bord me meer duidelijkheid waar ik ben en waar het adres is wat op het label staat.

Het viel niet mee om aan de overkant te komen. Overal lag zand, stenen en er stonden allerlei bouwhekken. Mijn voeten deden pijn en voelden koud aan zonder schoenen.

Het bord was vies en erg onduidelijk, bijna niet te lezen dus. Op de hoek van de straat stond een paal met daarop een straatnaam, Old Broadway. Gelijk dacht ik aan het sleutellabel in mijn zak en liep de brede straat in. Het was een mooie straat met luxe appartementengebouwen en verderop leek een park te zijn. Ik begon moeizaam de straat in te lopen, op zoek naar huisnummers.

Aan de linkerzijde stond een prachtig gebouw met een statige trap en stalen noodtrappen.

Het gebouw was goed verzorgd en er brandde nog licht. Het nummer was heel duidelijk te zien: 1000 – 1115. Het gebouw kwam me bekend voor. Was ik hier eerder geweest? Boven op de trap bij de voordeur lagen twee mooie zwarte schoenen met naaldhakken. Langzaam kwam de gedachte bij me op: Zouden dit mijn schoenen zijn?

Ik haalde de sleutel uit mijn blouse en stopte deze in het slot van de fraaie deur van het pand. Tot mijn grote verbazing hoorde ik een klik. Hij past! De deur ging soepel open en er kwam een aangename sfeer van een geweldig mooi classicistisch pand op mij af.

Het rook naar lavendel geurkaarsjes. Eenmaal binnen deed ik de deur direct achter mij dicht. Het leek verlaten.

Het was een ontzettend mooi en statig pand en in de hal werd het alleen maar mooier, in het midden was een prachtige, brede trap en rechts zag ik een lift. Het gevoel bij binnenkomst was meteen goed, het leek vertrouwd. Iets in me zei direct: pak de lift en ga op zoek.

Nadat ik op de knop had gedrukt, was de lift er snel. Het pand had tien verdiepingen en het bleek dat het huisnummer 1115 op de tiende etage was. In de lift zat een spiegel, ik schrok, mijn gezicht zat onder het bloed, het leek erop dat ik flink had gevochten. Mijn oog was dik en mijn nek zag helemaal rood alsof iemand me had proberen te wurgen.

Mijn rechterarm zat onder het bloed, het leek of ik uit een film kwam en iets verschrikkelijks had meegemaakt. Mijn lange blonde haren zaten eigenlijk nog best netjes en camoufleerden mijn dikke oog een beetje.

De deur van de lift ging open. Ik kwam in een hal uit met een aangename en rustige sfeer. Er stonden verse bloemen in een enorme vaas. Op deze verdieping bleken twee voordeuren en dus twee appartementen, nummers 1113 en 1115.

De sleutel paste natuurlijk op 1115. Ik opende de deur en deed hem direct weer achter me dicht.

In het appartement brandden overal kaarsjes en er speelde een rustig achtergrondmuziekje. De schoenen met naaldhakken legde ik op de grond. Wederom voelde ik me eigenlijk al meteen een beetje thuis. Op de grond vond ik een handtas. Misschien was deze wel van mij? Ik vond een telefoon en er zat een mapje in met pasjes allemaal met dezelfde naam: Angela Winfield. Verder nog een pas van een advocatenkantoor, sleutels van een Aston Martin. Angela Winfield, advocaat, stond er op een stapeltje visitekaartjes.

Ik keek om me heen, er was niemand in de hal. De kolossale en prachtige woonkamer was geweldig mooi en rijkelijk versierd. Ik dwong mezelf goed te kijken en te zoeken naar aanwijzingen van wat er gebeurd was. Er stonden twee glazen op tafel waar nog een beetje wijn in zat. In de keuken stonden allerlei hapjes klaar en het leek of alles klaar stond voor een gezellige avond.

Ik vervolgde mijn weg door het appartement en kwam uit in een gastenslaapkamer. Het bed zag er beslapen uit en er lagen nog kleren van een man. Er lag een mooi pak op de grond, schoenen en een blouse. Het leek erop of de man haast had gehad om zijn kleren uit te doen. Aansluitend aan de slaapkamer leek er een badkamer te zitten, de deur stond een klein beetje open en er was nog licht aan.

Ik deed de deur open en viel bijna flauw. Er lag een man met een groot mes in zijn linkerborst. Ik raapte mezelf bij elkaar en keek nog eens. Hij kwam mij bekend voor, maar ik kon me niet herinneren wie hij was. De hele badkamer zat onder het bloed, de spiegel boven de wastafel hing scheef. Overal lagen toiletartikelen. Het leek of er een enorm gevecht had plaatsgevonden. Wat was er gebeurd?

In een soort reflex deed ik de lamp uit en de deur dicht, liep naar de woonkamer en ging met de handtas op de bank zitten, deed met de afstandsbediening de muziek en alle lampen uit. Alleen het leeslampje bij de bank liet ik aan. Plotseling voelde de omgeving opnieuw vertrouwd en was het net of ik hier al vaker was geweest.

Ik opende de handtas en haalde de telefoon eruit, opende het scherm met mijn vingerafdruk en keek naar de belgeschiedenis.

De laatste die ik gebeld had was een nummer met daarbij de naam Bertram. Bertram!

In de handtas zat een paspoort, Angela Winfield. Daarop staat ook een adres: Old Broadway 1115. Plotseling wordt alles zwart en ik val om op de bank.

Ik word wakker door een irritant geluid, met een stevige hoofdpijn. De telefoon gaat. Het voelt of er een trein over me heen is gereden. Toch neem ik de telefoon aan, in het menu staat Papa en ik zeg verdwaasd 'uh...hallo.'

'Hallo Angela,' zegt de stem aan de andere kant, 'wat klink je raar, gaat alles goed?'

Ik kom er met mijn gemompel niet helemaal uit en zeg: 'Ik weet het niet, ik voel me niet zo lekker.'

'Maar Angela, we zouden vandaag toch samen naar meubeltjes gaan kijken voor in mijn huis? Of wil je het uitstellen naar volgende week zaterdag?'

'Ja graag, ik denk dat ik iets verkeerds heb gegeten gisteravond. Ik bel je vanmiddag terug.'

'Oké Angela dat is goed, ik hoor het nog van je. Tot later.'

Angela, dat ben ik dus. Angela Winfield, Advocaat.

In de keuken pak ik een flink glas vruchtensap, neem een paar paracetamoltabletten en ga in de douche van blijkbaar mijn eigen badkamer. Onder de douche bedenk ik wat er allemaal gebeurd is. Ik voel op mijn hoofd een hele dikke bult. Waarschijnlijk ben ik gevallen en dat verklaart misschien mijn hoofdpijn en vergeetachtigheid. Ik was me uitvoerig, smeer mijn lichaam in met bodylotion en kijk in de spiegel. Mijn oog is nog wat dik, maar het lijkt er niet op dat er verder nog sporen zijn van geweld of een vechtpartij. Mijn ribben zijn pijnlijk maar de pijnstillers beginnen hun werk al goed te doen. Verder maak ik me op, doe makkelijke kleren aan en zet een overheerlijke kop koffie. Ondertussen ruim ik de hapjes die nog in de keuken staan op en was de glazen af, eigenlijk ziet het ernaar uit of er niets is gebeurd. Ik voel me steeds meer thuis en op mijn gemak.

Plots denk ik weer aan de man en misselijkheid welt in me op.

Maar wie is die man in de badkamer van mijn logeerkamer? Heb ik hem binnengelaten? Waarom kan ik mij niets herinneren?

Er ligt een iPad op de keukentafel. Hij ontgrendelt vanzelf wanneer ik ernaar kijk. Ah, gezichtsherkenning, denk ik.

Ik kijk naar de ingekomen mail. Het komt allemaal weer meer en meer bij me terug hoe mijn leven eruit ziet.

Een aantal mails gaan over juridische kwesties, daar zal ik later naar kijken. Een mail van een vriendin Sally, kijk ik ook later naar. Maar belangrijker is mijn agenda.

De hele week staan er afspraken bij de rechtbank en op kantoor van Dudley, Winfield en Brand Advocaten.

Op afgelopen vrijdag avond staan er geen afspraken, alleen om 21.00: B. bij mij.

Nu wordt het weer lastig, wie is B? Moet ik dan toch even naar de badkamer gaan om te kijken wie de man is? Ik besluit om er heen te lopen. Hij ziet er bleek uit maar verder is er niets veranderd. Weer zegt mijn gevoel dat hij me bekend voor komt. Ineens weet ik het en ik sla mijn handen voor mijn mond. Mijn ademhaling is zwaar en stokt af en toe. Mijn hart klopt in mijn keel en ik begin te zweten. Ik weet verdomme wie dit is. Het is Bertram

11

Brand van ons advocatenkantoor. Een van de partners van mijn advocatenkantoor. Langzaam komt de vrijdagavond weer terug.

VRIJDAGMORGEN 8 NOVEMBER

Na het ontbijt ga ik met de lift naar de parkeergarage in ons gebouw en stap in een van de mooiste auto's die er staan. Een Aston Martin Vanquish S.5.9 V12. Ik rijd ontspannen naar het advocatenkantoor van mij en mijn partners: Dudley, Winfield en Brand Advocaten. Wij zijn een van de beste advocatenkantoren van New York. Als team zijn we erg succesvol omdat we elk ons eigen vakgebied hebben en elkaar perfect aan vullen.

Vandaag staat er een belangrijke zaak op het programma, we hebben besloten vanwege de omvang van deze case dat ik die samen doe met mijn zakenpartner Bertram Brand.

Aangekomen op het kantoor in het financial district zet mijn chauffeur de auto weg en ga ik naar de 15e verdieping van ons pand op Broadway. Mijn secretaresse brengt me een kop koffie, lekker sterk, met een beetje suiker en melk. Ik neem nog even de zaak door, die om 14.00 uur op de rechtbank dient.

Onze cliënt wordt verdacht van seks met minderjarigen en is een van de meest machtige mensen in New York. Hij is al veroordeeld en zit nog steeds vast. Een borgsom werd niet toegestaan omdat geld voor onze cliënt niets meer voorstelt. We zijn direct in hoger beroep gegaan en dit beroep dient vandaag.

Onze verdediging richt zich erop dat er geen bewijs is en tot dusverre zijn er alleen maar geruchten over zijn drugs-, drank- en seksverleden. Het is een zakenman met een goedlopend bedrijf waarmee hij een groot vermogen heeft opgebouwd en behoort tot de rijkste personen van New York. Onze cliënt houdt vol dat er een complottheorie tegen hem gaande is en dat andere machtige mensen uit de stad hem uit de weg willen ruimen. Onze cliënt gaat vandaag bij de rechtbank verklaringen afleggen tegen een aantal kopstukken uit het bedrijfsleven, vooral over hun seks- en drugsvoorkeuren. Helaas is er wel een jongedame die onze cliënt ervan beschuldigt door hem misbruikt te zijn. Deze jongedame was op dat moment 17 jaar oud, wat het voor onze cliënt niet makkelijker maakt.

Het bewijs tegen deze beschuldiging hebben we verzameld en we kunnen dus zorgen dat onze cliënt wordt vrijgesproken van deze aantijging. Vreemd is wel dat mijn zakenpartner Bertram de laatste tijd steeds meer gaat twijfelen en bang is dat onze client toch de spil in het web is van kindermisbruikers. Waarom deze omslag? Dit is niets voor Bertram.

Onze cliënt zit op dit moment in de cel, maar dat zal hoe dan ook niet lang meer duren.

Ik ga naar het kantoor van Bertram om de laatste puntjes op de i te zetten.

We hebben afgesproken dat hij de verdediging vandaag doet en dat ik hem assisteer als er complexe problemen ontstaan. Dit is zeker mogelijk want we weten nog niet alles over de bewijsstukken van de jongedame en haar advocaten.

Tijdens het overleg worden we gestoord voor een belangrijke mededeling van mijn secretaresse; de officier van justitie is aan de telefoon met het dringende verzoek hem te woord te staan.

De officier van justitie begint zijn verhaal. 'Mevrouw Winfield, ik heb een zeer trieste mededeling. Het is erg moeilijk om te bevatten maar uw cliënt Bill Iron heeft zojuist zelfmoord gepleegd in zijn cel. Kunt u zo snel mogelijk naar de gevangenis komen om het een en ander te bespreken?'

Verschrikkelijk. Zelfmoord. Mijn hart slaat over. Althans zo lijkt het. Ik kijk Bertram aan en ook hij schrikt als hij mij aan kijkt. Blijkbaar ziet hij aan mijn gezicht dat er iets goed mis is.

Er zijn nog een aantal formaliteiten af te ronden, zegt de officier van justitie. Verder wil hij informatie van ons over de cliëntbesprekingen, met name over de verklaringen van onze cliënt en de complottheorieën die we in het overleg hebben besproken met onze cliënt. Ik zeg tegen hem dat we nog een uurtje nodig hebben en we dan direct naar hem toe komen.

Nadat ik heb opgehangen, licht ik snel Bertram in en overleg ik met hem over de gevolgen van de dood van onze cliënt. Wij hebben namelijk informatie ontvangen over een aantal grote spelers die mogelijk bij het misbruikschandaal betrokken zijn. Hoewel we geheimhoudingsplicht hebben, kunnen we de informatie van onze cliënt, die we toch al in de zaak zouden gebruiken, aan de officier van justitie ter beschikking stellen. Maar we willen dan vooraf een goede deal sluiten voor onze cliënt.

Dit is goed voor diens nabestaanden, tenslotte zijn wij daar als advocatenkantoor alleen maar bij gebaat.

Onze chauffeur haalt ons op en we worden binnen een half uur afgezet bij de gevangenis in Manhattan, waar we met de directeur hebben afgesproken.

Volgens de directeur is het zeker dat hij zelfmoord heeft gepleegd. Met een laken vastgeknoopt aan de deurknop heeft hij zichzelf door verstikking verhangen.

Na het overleg gaan we naar de officier van justitie. Namens de nabestaanden vragen we opheldering hoe het kan gebeuren dat in een zwaarbewaakte gevangenis een gedetineerde zelfmoord kan plegen. Wij hebben namelijk grote twijfels bij dit verhaal. Er waren zeker geen signalen vanuit onze cliënt die wezen op een dergelijk plan of zelfs het vermoeden dat hij dit van plan was.

Het moet toch onmogelijk zijn dat de federale autoriteiten dit hebben kunnen laten gebeuren.

De officier van justitie gaat in elk geval de zelfmoord goed onderzoeken. Volgens onze theorie zou deze cliënt nooit zelfmoord plegen. Er was namelijk geen reden voor; hij had voldoende bewijs tegen een aantal prominenten. Daarnaast zit er overduidelijk een luchtje aan deze zaak. De betreffende dag werd onze cliënt niet bewaakt door een van de vaste bewakers. Er was een andere bewaker ingevallen omdat er een collega ziek was. Is deze zelfmoord in scène gezet? En had de invaller daar iets mee te maken?

Na het bezoek aan de officier van justitie gaan we weer naar ons kantoor waar een gesprek met de familie van onze cliënt plaatsvindt. Ons onderzoek gaat door en we gaan op verzoek van de familie een aanklacht indienen tegen de gang van zaken in de gevangenis.

Samen met Bertram neem ik even een pauze en we gaan buiten een rondje lopen. Onderweg stoppen we bij een kraam vlak bij ons kantoor waar we de beste hotdog van New York eten. Maken een praatje met de verkoper en nemen nog een flinke kop koffie.

Niets is mooier in deze drukke stad dan toch zo midden op Broadway een rustmoment te pakken. Het is een verademing eens niet met mijn telefoon bezig te zijn.

Bertram haalt me uit mijn dagdroom en zegt: 'Angela, mag ik je wat vragen?'

'Ja natuurlijk, Bertram,' reageer ik verrast. Hij spreekt me normaal nooit aan op deze toon. 'Ik zou je graag willen uitnodigen vana…' Plotseling stopt er een auto.

MIJN FLASHBACK eindigt abrupt en ik bevind me weer in de woonkamer. Ik kan me steeds meer herinneren, de spraakmakende zaak, het overlijden van onze cliënt. Maar waarom was Bertram hier en waarom ligt hij met een mes in zijn borst in de badkamer van mijn logeerkamer?

Wat ga ik nu doen, heb ik hem vermoord? Mijn kleren zaten immers onder het bloed en hij ligt in mijn appartement.

Maar ik heb helemaal geen reden om hem om te brengen, hij is – 'was' corrigeer ik mezelf – een hele fijne collega. Onze verstandhouding op het werk was zakelijk en erg goed. Wij hebben geen relatie en kwamen ook nooit bij elkaar over de vloer.

Het beste is dat ik nu de politie ga bellen, maar direct bedenk ik me. Ik ben nu wel erg verdacht; ik heb hem laten liggen, maar hij was immers al overleden. Zijn kleren liggen overal en het lijkt erop dat we hier samen een feestje hebben gevierd. Zelf kon en kan ik nog steeds niet helemaal goed en helder denken. Wat zal de politie zeggen? De sporen op mijn kleren zijn duidelijk. Staan mijn vingerafdrukken op het mes in zijn borst? Zit zijn lichaam vol met mijn DNA-sporen? Forensisch onderzoek zal dat allemaal uitwijzen. Maar stel dat ik het niet heb gedaan? Hoe ga ik dat bewijzen?

De beste advocaat die mijn verdediging kan doen, ligt vermoord in mijn badkamer.

Mijn leven gaat door, zeg ik tegen mezelf en ik wil bewijzen dat ik dit niet heb gedaan. Dat is voor nu de beste uitgangspositie. Vanuit de gevangenis gaat dat niet lukken en sta ik erg zwak. Daarnaast moet ik nu echt iets doen om mijn geest helder te krijgen om me alles weer te herinneren. Dan pas kan ik erachter komen wat er precies is gebeurd.

In elk geval lijkt het mij verstandig dat ik alle mogelijke bewijzen ga vernietigen, zei mijn nog niet helemaal scherpe onderbewuste.

16

De badkamer laat ik dicht, deze gebruikte ik toch al niet. Die werd alleen soms gebruikt als mijn vader hier kwam logeren. Ook Sally, mijn beste vriendin, gebruikt hem wel eens. Ik besluit om de logeerslaapkamer op te ruimen en te gaan poetsen, het beddengoed en mijn kleren te wassen, stofzuigen alle deuren en ramen wassen. Kortom, ik moet flink aan de slag.

De stofzuigerzak vernieuw ik en stop de andere in een vuilniszak. Eigenlijk viel het best mee. De kleren heb ik met handschoenen aan afgeborsteld en op de badkamer gehangen. Ik poets nog wel even het handvat van het mes schoon. Na het poetsen van de slaapkamer open ik alle laden en kasten zonder handschoenen zodat er toch weer overal mijn vingerafdrukken op zitten.

Het gemak, de rust en vooral de akelige efficiency waarmee ik de badkamer heb schoongemaakt begrijp ik van mezelf niet helemaal goed. Waarschijnlijk komt dit omdat ik al zoveel strafzaken heb behandeld dat het een soort automatisme is.

Er was verder voor zover ik me herinner niets bijzonders te zien in de ruimtes van mijn huis. Er was in eerste opzicht niets weg en niets kapot.

Maar nu, hoe verder?

Ik besluit mijn vader te bellen.

De telefoon gaat over en mijn vader neemt op. 'Hoi Angela, hoe gaat het nu?' hoor ik aan de andere kant klinken. 'Het gaat gelukkig al een stuk beter! Ik wil vanmiddag toch nog even langskomen, de meubeltjes doen we dan volgende week oké?'

'Ja, is goed. Ik ben nu thuis, ik zie je straks,' antwoordde hij.

Ik doe een nette jurk aan en pak de lift naar de parkeergarage. Voordat ik ga, gooi ik de vuilniszak nog in de stortkoker, voor de veiligheid heb ik mijn zojuist gewassen kleren er ook maar bijgedaan, want vandaag wordt de container geleegd.

De deur van de garage gaat open en ik kom in een van de mooiste parkeergarages in de stad. Er klinkt muziek op de achtergrond, er zitten mooie kleuren op de muren en om de betonnen kolommen is een soort gordijnstof gewikkeld dat op en neer waait als je er voorbijloopt. Ik loop naar mijn plaats in de parkeergarage, maar... tot mijn grote verbazing sta ik voor een lege plek. Mijn Aston Martin is weg! Het verhaal wordt steeds ingewikkelder. Het duizelt me. Waar is hij heen? Heb ik hem ergens achtergelaten?

Om nu niet te veel aandacht te trekken, loop ik naar buiten en pak een taxi.

Mijn vader woont na het overlijden van mijn moeder alleen in hun huis in de wijk Queens. Hij is het helemaal aan het opknappen en vond het daardoor ook tijd om eens te kijken naar nieuwe meubelen. Hij was eraan toe om afscheid te nemen van een groot aantal herinneringen waaronder alle meubeltjes die ze samen hebben gekocht.

De taxi stopt voor de deur en mijn vader komt al naar buiten en kijkt mij een beetje ongerust aan. 'Wat is er aan de hand? Je oog is dik.'

'Ja pap, ik ben denk ik ergens tegenaan gelopen. Ik voelde me vanmorgen vreselijk, maar nu gaat het wel weer. Zullen we eerst even een rondje door het park lopen? Daar ben ik wel aan toe.'

Mijn vader is een vlotte zestiger en een paar jaar geleden gestopt met werken toen mijn moeder ziek werd. Hij heeft haar afgelopen jaren uitvoerig en liefdevol verzorgd tot ze een jaar geleden overleed na een gelukkig niet al te lang ziekbed. Ze heeft een fijn en goed maar te kort leven gehad. Mijn vader heeft het nu inmiddels kunnen verwerken nadat hij het er een hele tijd erg moeilijk mee heeft gehad en is nu weer volop met zijn hobby's bezig. Hij knapt oude auto's op en verkoopt deze weer op veilingen.

Nu was het dus tijd voor de renovatie van hun huis vlakbij Cunningham Park. Hij woont er prachtig en zal hier zeker nog lang blijven wonen.

Onder het wandelen vraagt hij waarom ik niet met de Aston Martin ben gekomen.

'Pap, ik voelde me niet lekker en vond het veiliger om met de taxi te komen. Maar het gaat nu al een heel stuk beter. Zullen we straks thuis bij je even opzoeken waar we volgende week zaterdag gaan kijken naar de meubeltjes?'

'Ja, is goed.'

De rest van de wandeling vroeg hij er niet meer naar.

We kwamen terug bij zijn huis en dronken nog een kop koffie. Daarna vond ik het fijn om nog even met hem in de tuin te werken. Een beetje knippen, snoeien, grasmaaien. Even ontspannen en nergens over nadenken.

Mijn vader stelde voor om nog een glaasje wijn te drinken. 'Want je bent toch niet met de auto,' zei hij. Hier was ik ondertussen echt wel aan toe.

Plotseling gaat mijn telefoon. Het is mijn vriendin Sally Miller, ik antwoord automatisch met een berichtje. 'Ben nu even niet beschikbaar, bel je later' en sluit de telefoon.

'Pap, ik ga zo de taxi bellen. Ik ga weer naar huis om een beetje uit te rusten en te genieten van een ontspannen weekendje.'

Op hetzelfde moment verscheen er een WhatsAppbericht van Sally op mijn scherm. 'Ik breng je auto zo weer terug, zet hem binnen en leg de sleutel in de gang op het kastje!'

Had ik mijn auto uitgeleend? Daar weet ik ook al niets meer van. Toch luchtte het wat op, Sally had hem mee! Maar dan overspoelt een gevoel van paniek me weer als ik denk dat er nog iemand in de badkamer ligt. Als Sally daar maar niet komt. Ik stel mezelf gerust, ze legt vast alleen de sleutel binnen op de kast neer. Sally komt vaker bij me dus dat komt hopelijk goed.

Het duurde erg lang voor de taxi kwam. Gelukkig bleek de taxichauffeur, toen hij er eindelijk was, een aardige man. Van mijn vaders voordeur tot aan mijn appartement heeft hij gepraat over zijn kinderen, zijn taxi en over zijn vrouw die in het onderwijs zit gehad. Een welkome afleiding, gezien ik nog steeds ongerust was over wat Sally in mijn huis zou kunnen aantreffen. Hij zet me netjes voor de deur af en ik geef hem een flinke fooi – iets wat in New York heel erg gebruikelijk is – en bedank hem voor fijne rit naar huis.

UIT DE auto stapt de minister van Justitie.

'Goedemiddag mevrouw Winfield en meneer Brand, kunnen we nog even opnieuw met elkaar overleggen vanmiddag?' zegt hij. 'Het lijkt dat er haast bij is.'

Samen lopen we met een aantal van zijn veiligheidsmensen naar ons kantoor en bespreken uitvoerig alle zaken. We zijn er allemaal van overtuigd dat er iets meer aan de hand is dan beweerd wordt.

Hij maakt ons duidelijk dat het belangrijk is dat we de namen van de eventueel bij deze zaak betrokken mensen bekendmaken zodat hij een vervolg kan geven aan de zaak van onze cliënt.

Het mag niet zo zijn dat door het overlijden van onze cliënt de zaak voor alle nabestaanden stopt en hoopt dat we daaraan mee willen werken.

Standaard is het zo dat alle informatie van onze cliënt tot de geheimhoudingsplicht behoort, maar voor ons is de zaak nog niet afgedaan. Voorlopig hebben wij ook nog veel vragen over de dood van onze cliënt, waarbij we sterk twijfelen of het wel zelfmoord was.

'Minister, wij hopen dat u op dit moment begrip heeft voor de nu ontstane situatie en spreken af dat we er snel op terug komen. Voor nu gaan we eerst een onderzoek opstarten naar het overlijden van onze cliënt. Als het allemaal zeker is dat het zelfmoord is geweest dan zullen we u zo snel mogelijk benaderen om door te spreken wat we voor u kunnen betekenen.'

Onze cliënt heeft ons wel degelijk vertrouwelijke informatie gegeven die we nu uiteraard niet kunnen delen met de minister of de openbare aanklager.

Onze cliënt maakte zich zorgen om zijn toekomst. Een groot aantal belangrijke mensen speelden een rol in zijn leven; op feestjes kwam hij vaak in contact met de bestuurders van onze stad en van ons land.

Ook was hij bevriend met een bestuurder van een van de grootste internetbedrijven van de wereld. Aan ons heeft hij verteld dat deze persoon helemaal niets met de misbruikzaak te maken heeft; hij was een hele goede vriend en investeerder die hij een paar keer per jaar sprak. Als hij in de stad was, maakte hij gebruik van zijn appartement. De man hield wel van mooie vrouwen zoals Bill dit verklaarde, maar dat wil zeker niet zeggen dat hij er misbruik van maakte. Wel genoot hij van de aandacht die hij soms kreeg.

Zakelijk gezien is het natuurlijk goed dat je contacten hebt met mensen van de categorie 'rijksten der aarde' dus dit was eigenlijk meer eigenbelang dan vriendschap. Maar deze man heeft nooit met misbruik in welke vorm dan ook te maken gehad; dit was een duidelijk onderdeel van zijn verklaring die we toentertijd op tape hebben vastgelegd.

Daarnaast hebben we gepland dat zijn levenspartner, Kelly Smallstorm, ook op korte termijn onder ede wil verklaren dat haar vriend niets met misbruik van jonge dames te maken heeft.

Natuurlijk zou het kunnen zijn dat iemand een bedreiging in onze cliënt zag, maar hoe iemand het voor elkaar krijgt om hem in de gevangenis te vermoorden en het op zelfmoord te laten lijken, is erg ongeloofwaardig. Dat is voor zover bekend nog nooit gebeurd. Het hele verhaal betekent ook dat zijn levenspartner misschien wel gevaar loopt, zij is een heel belangrijke getuige in dit verhaal.

Helaas is ze na de eerste veroordeling van haar partner met de noorderzon vertrokken. Op dit moment weet niemand waar ze is en hoe we haar kunnen bereiken. Er gaan geruchten dat ze naar het buitenland is vertrokken, maar er is nergens een signaal teruggevonden dat ze een vlucht heeft geboekt.

Gezien de verklaring van onze cliënt is ze waarschijnlijk erg bang dat ze haar als verantwoordelijke zullen zien voor het samenbrengen van de jonge vrouwen en de machtige vrienden van Bill Iron.

De informatie die wij van onze cliënt hebben ontvangen is dermate ernstig dat een groot aantal hoogwaardigheidsbekleders justitie op bezoek zullen krijgen. Het is hierbij niet uit te sluiten dat er vooral nu, nadat bekend wordt dat onze cliënt is overleden, meer beschuldigingen zouden kunnen volgen uit zijn netwerk.

Het is zeer waarschijnlijk dat er vandaag een persbericht verschijnt en de kranten ermee vol staan.

Op dit moment moeten wij een communicatieplan opzetten en bespreken wat we eventueel vandaag aan de pers zullen melden.

Als wij ervoor zorgen dat er een korte en bondige verklaring komt, voordat de pers met een ander verhaal komt, voorkomen we misschien een hele hoop ellende voor zijn familie en vrienden.

NADAT DE taxichauffeur wegrijdt, voel ik me opeens weer heel erg moe. Bij mijn appartement aangekomen is het inmiddels bijna donker.

Ik loop de trap op en stap in de lift die me snel boven brengt. Wanneer ik de voordeur open schrik ik verschrikkelijk, op de grond ligt Sally met een mes in haar borst.

Het enige wat ik nog weet is dat ik achteroverviel, daarna is alles zwart.

De buurvrouw praat tegen me terwijl ik op de grond zit bij de voordeur. Haar man heeft blijkbaar de politie aan de telefoon en de sirenegeluiden komen steeds dichterbij.

Binnen enkele minuten wemelt het van de politie, wordt alles afgezet en zit ik bij mijn buren aan tafel met een agent te praten. Ik kom niet uit mijn woorden. En kan niet uitleggen wat er is gebeurd. De agent vraagt of ik even wil gaan liggen. Uiteindelijk besluit ik dat te doen. Wat overkomt me toch allemaal de laatste dagen?

Na een half uurtje komt er een alleraardigste rechercheur, meneer Green, op me af en vraagt hoe het met me gaat. Ik zeg verdwaasd. 'Ik weet het niet, wat is er allemaal gebeurd?'

'Mevrouw Winfield, zou u een aantal vragen willen proberen te antwoorden?' antwoord hij.

'Ja natuurlijk.'

'Waar kwam u vandaan toen u thuiskwam?'

Ik legde hem uit dat ik bij mijn vader was, we hebben koffiege-
dronken, op internet meubeltjes uitgezocht, in het park gewandeld
en in de tuin gewerkt, een glaasje wijn gedronken en daarna ben
ik met de taxi naar huis gegaan.

Inspecteur Green vroeg of hij met mijn vader en het taxibedrijf
mocht bellen om dit te checken. 'Natuurlijk, geen probleem,'
antwoord ik. Ik voeg hieraan toe dat dit ook allemaal op mijn
creditkaartgegevens terug te vinden is.

'Hoe komt het dat uw vriendin dood in uw hal ligt?' vervolgt
de rechercheur.

'Dat weet ik niet. Ik kwam thuis, deed de deur open en ze lag
daar ineens.'

'Wat kwam uw vriendin doen?'

'Ze heeft mijn auto geleend en teruggebracht. Ik heb een half
uurtje geleden een telefoontje gehad, maar ik was nog bij mijn
vader. Dus ik heb haar een bericht gestuurd dat ik zo zou terug-
bellen. Kort daarna kreeg ik een WhatsAppje dat ze hem terug
zou brengen en de sleutel op het kastje zou leggen.'

'Heeft u ruzie gehad met uw vriendin?'

'Nee, Sally is mijn beste vriendin. Eigenlijk mijn enige echte
vriendin. Ik heb haar vandaag niet gesproken.'

'Leent u uw auto wel vaker uit?'

'Nee eigenlijk niet.'

24

'Heeft u verder nog iets wat u ons wil vertellen?'

'Nee, op dit moment niet. Wat is er gebeurd?' probeer ik nog eens.

'Wij verwachten dat uw vriendin vanuit de parkeergarage is achtervolgd door iemand die de auto wilde stelen. Uw auto is namelijk niet in de parkeergarage. Dus deze is waarschijnlijk door de overvaller meegenomen. Het spijt ons dat uw vriendin is overleden. Kan het misschien zijn dat iemand dacht dat u het was en men u wilde overvallen? U lijkt namelijk erg veel op uw vriendin.'

Ik antwoordde kort, 'Nee, dat is onmogelijk, ik heb geen vijanden.'

'We hebben inmiddels uitgezocht wie u bent en het zou natuurlijk kunnen zijn dat iemand dacht dat er wel iets te halen zou zijn bij een vooraanstaande advocate. Of misschien wilden ze alleen maar uw auto weghalen. Natuurlijk is dit alleen maar giswerk. We zijn nu met man en macht op zoek naar uw auto. Omdat u hier al even bent hebben we uw woning verzegeld. De forensische dienst gaat zo uw woning verder onderzoeken en de sporen veiligstellen. Heeft u nog andere huisgenoten?'

'Nee, ik woon hier alleen.'

'Zijn er verder nog dingen die u aan ons wil vertellen?'

'Nee, op dit moment niet, Inspecteur Green.'

'Oké, dan laten we u voor nu even met rust, zodat u bij kunt komen van dit drama. Kunt u vanavond ergens anders slapen? Het lijkt ons niet verstandig dat u hier blijft. Bovendien zijn we nog wel even bezig met alle sporen te verzamelen.'

'Ja, ik kan wel bij mijn vader slapen, daar kom ik net vandaan.'

'Oké, geen probleem. Vindt u het goed dat ik u daar naartoe breng? Dan kunnen we onderweg nog even verder praten.'

'Ja graag. Vindt u het goed dat ik eerst nog even mijn collega bel om hem de situatie uit te leggen?'

'Ja zeker.'

Ik had me bedacht om meteen Mike Dudley te bellen wanneer ik daar de ruimte voor kreeg.

Nu inspecteur Green toch zijn collega belt is dit het goede moment.

Gelukkig wordt er snel opgenomen.

'Goedenavond, met Mike Dudley.'

'Mike, met Angela.'

'Hoi Angela.'

'Mike, kan ik je even vertrouwelijk spreken? Er is hier namelijk bij mij thuis van alles gebeurd, het hele huis loopt vol met politie en ik wil je eerst spreken.'

'Angela, je weet het: zeg verder niks. Ik kom eraan en wat er ook gebeurt, houd je mond.'

'Oké, natuurlijk, zal ik doen, fijn dat je zo snel kunt komen.'

Ik zeg tegen de inspecteur dat mijn collega Mike er binnen een kwartiertje zal zijn. Ondertussen was hij nog even in overleg met de forensische dienst.

Mike woont ook in het financial district dus zijn chauffeur had hem meteen opgehaald waardoor hij er binnen vijftien minuten was. Chauffeurs in onze stad staan immers altijd paraat en wachten standaard op de hoek van iedere straat.

Wanneer Mike aan komt lopen, vraagt hij meteen aan mijn buren of hij eventjes ergens apart met me kan praten.

'Natuurlijk,' zei de buurvrouw, 'dat is geen probleem.' Op dat moment komt Inspecteur Green er nog even tussendoor en stelde zich voor aan Mike.

'Mevrouw Winfield, om u nog even bij te praten, we hebben uw hele huis nagelopen en gecontroleerd. Het lijkt erop dat er verder niemand in uw huis is geweest. Ik kan u dus al een beetje geruststellen – ondanks het verschrikkelijke verlies van uw vriendin – dat er geen aanwijzingen zijn dat er verder iets weg is. Waarschijnlijk is ze overvallen en ging het alleen maar om uw auto.'

'Oké, dank u wel.'

Nu begreep ik er helemaal niets meer van. Waar is Bertram? Hebben ze nog niet in de badkamer gekeken? Het gevoel bekroop me dat ik onmiddellijk weer in zou storten.

Mike merkte dit en stelde me op mijn gemak. Ik barstte in tranen uit. Wat is er allemaal aan de hand. Ze hebben mijn vriendin vermoord! Ze heeft mijn auto geleend terwijl ik niet eens meer weet dat ik hem heb uitgeleend en nu is ze dood!

'Wil jij mij naar mijn vader brengen?' vraag ik aan Mike. 'Ik wil hier onmiddellijk weg. Ik wil niet meer met inspecteur Green praten. Het wordt me allemaal te veel.'

'Angela, ik regel dit met meneer Green. Het is goed om even tot rust te komen want als je nu vragen krijgt, weet je straks niet meer goed wat je allemaal hebt geantwoord. Alles wat je nu vertelt of verkeerd zegt, kan tegen je gebruikt worden. Straks gaat de politie nog denken dat jij je vriendin hebt vermoord. Dus geen zorgen, we gaan eerst maken dat je rust krijgt en daarna zullen we samen praten voordat we met de politie in gesprek gaan. Blijf zitten of ga nog eventjes liggen en probeer wat te ontspannen. Ik zal zo met Inspecteur Green overleggen.'

Mike gaat de kamer uit en loopt naar de inspecteur.

Gedachten overspoelen me. Wat ga ik nu allemaal aan Mike vertellen. Dat ik Bertram heb gevonden. Dat ik de kamer schoon heb gemaakt?

Het raadsel wordt steeds groter, nu naar het blijkt Bertram helemaal niet meer in de badkamer ligt. Wie heeft dat gedaan? En heeft die persoon alles opgeruimd en schoongemaakt?

En wat heeft Sally er mee te maken? Was er echt iemand die het op mij heeft gemunt en per ongeluk Sally tegenkwam? En is mijn auto nu bij de dader?

Na ongeveer een kwartiertje komt Mike weer terug en vraagt of ik meega zodat hij me naar mijn vader kan brengen.

Onderweg in de auto probeert Mike me op mijn gemak te stellen. 'Wil je er al over praten wat er is gebeurd? Je weet dat je alles tegen me kunt zeggen he? Wat dat betreft kun je beter eerst alles aan mij vertellen voordat je met Inspecteur Green praat. Dan kunnen we samen afspreken wat we tegen de inspecteur zeggen.'

Op dat moment val ik weer in slaap op de achterbank van de auto. Het is me allemaal te veel geworden.

'ANGELA, ANGELA!' hoor ik mijn vader zeggen, 'Angela, kom je uit de auto?'

Voorzichtig stap ik uit.

Samen met mijn vader loop ik naar de voordeur van zijn woning. Het huis zag er prachtig en mooi verlicht uit. De voorkant had hij aan het begin van de renovatie al tot in de puntjes afgewerkt. Hij bezit hierdoor een van de meest statige huizen in deze wijk.

Eenmaal binnengekomen in huis ruikt het lekker. Mijn vader heeft zojuist een overheerlijke maaltijd voorbereid. Omdat ik de hele dag te weinig heb gegeten, lacht dit maaltje me tegemoet. Ik ben wel toe aan even niets aan mijn hoofd en een lekkere maaltijd.

'Wat is er toch allemaal gebeurd, Angela?' vraagt mijn vader.

Voorzichtig begin ik op het punt waar ik bij mijn vader wegging met de taxi.

Het gezellige praatje met de taxichauffeur over koetjes en kalfjes.

En het moment dat ik de voordeur van mijn woning opendeed waarna ik Sally op de grond vond in de hal van mijn appartement.

Het hele gedeelte van mijn nachtelijke wandeling, de momenten die ik nog steeds kwijt ben en de situatie die ik thuis aantrof midden in de nacht of de vroege morgen laat ik achterwege. Ook dit ga ik voorlopig aan niemand vertellen, zelfs niet aan Mike. Eerst maar eens even goed nadenken; hopelijk komt de herinnering weer terug.

Mijn vader en Mike vinden het ook een groot raadsel.

Samen bespreken ze nog wie zoiets nu doet. Het moet een overvaller zijn geweest, besluiten ze.

Iemand die toevallig een dame in een mooie auto zag rijden en haar is achtervolgd in de parkeergarage. Maar hoe is hij binnengekomen? Heeft hij aangebeld? Heeft Sally hem binnengelaten

en heeft hij daarna de autosleutels afgepakt en haar vermoord?
Was hij wel alleen?

'Zal ik even iets te eten voor je opscheppen?'

'Lekker pa, ik ben wel toe aan een maaltijd. Het ruikt heerlijk.'

Mike zegt ondertussen: 'Ik stel voor om alles even te laten voor wat het is en om er morgenvroeg, zondag dus, op terug te komen. Hij stelt voor om dan terug te gaan naar mijn woning en te overleggen met Inspecteur Green of er al iets meer duidelijk is. En of de auto al gevonden is.'

'Oké, dat is goed. Dan kan ik vanavond uitrusten en vannacht wat bijslapen.'

'Goed, ik ben er morgen rond 10.30 uur,' zegt Mike en hij neemt afscheid van ons.

Mijn vader had een overheerlijke pastaschotel met zalm en spinazie uit de oven gemaakt. Gek genoeg smaakte het eten me ondanks alles wat er is gebeurd erg goed.

Op dit soort momenten ben ik mijn vader zo dankbaar. Ik kijk hem trots aan. Fijn dat ik op hem kan terugvallen. Hij staat altijd voor me klaar.

Tijdens het eten besefte ik me pas goed wat er allemaal was gebeurd vandaag. Twee lieve mensen waar ik erg veel van houd zijn vandaag overleden. Daarnaast denk ik aan de verdwijning van het lichaam van mijn collega, mijn gestolen auto en het vollopen van mijn huis met forensische specialisten. Allemaal mensen in witte pakken, met koffers, fototoestellen.

Ik ben er stil van geworden en voel me ontzettend moe.

'Vader, ik ga met je meehelpen met opruimen en dan ga ik slapen. Ik ben kapot.'

'Nee,' zegt mijn vader, 'ik ruim alles op. Ga jij maar slapen! Rust goed uit. Morgenvroeg zal ik een lekker ontbijt voor je klaarmaken en dan praten we samen verder. Ik hoop dat je een beetje kunt slapen. Welterusten.' Ik geef hem een kus en verlaat de kamer.

OLD BROADWAY 1115

Mike Dudley komt aan bij het appartement van Angela waar nog steeds alles is afgezet en mannen in witte overals met maskers rondlopen. In de hal treft hij Inspecteur Green aan en vraagt of er al nieuws is.

'Ja, de schouwarts is geweest en heeft geconstateerd dat Sally door een messteek, waarschijnlijk recht in het hart, onmiddellijk is overleden. Aan de lichaamstemperatuur kon de schouwarts zien dat mevrouw Miller ongeveer een uur voordat mevrouw Winfield binnenkwam en de buurman ons heeft gebeld, is overleden. Er zijn tot nu toe geen sporen van inbraak en er heeft geen worsteling plaatsgevonden, alle spulletjes in de handtas van Sally lijken erin te zitten. Ook haar ID-bewijs en portefeuille; alles lijkt compleet.

Voorlopig ziet het er naar uit dat ze is overvallen en dat de moordenaar de auto van Angela Winfield heeft meegenomen. We zijn met een groot aantal rechercheurs de camerabeelden van de omgeving aan het bekijken en we hopen dat we de auto en de overvaller zo snel mogelijk kunnen opsporen.

'Meneer Dudley, is het mogelijk dat u mevrouw Winfield morgen bij ons op het bureau afzet zodat ze een verklaring kan afleggen over wat er is gebeurd?'

'Natuurlijk meneer Green, hier heeft u mijn kaartje, ik ga morgen vroeg om 10.30 uur naar Angela Winfield en daarna komen we zo snel mogelijk naar u toe.'

Bij de auto aangekomen, pakt hij zijn telefoon en drukt op de naam Bertram. De telefoon gaat over. Na enkele ogenblikken komt er een melding. 'U spreekt met Bertram Brand, op dit moment ben ik niet bereikbaar. Spreekt u alstublieft een boodschap in dan bel ik u zeer spoedig terug.'

Tijdens de bespreking op het kantoor met onze communicatieadviseur belt mijn vriendin Sally op en ik besluit haar te woord te staan. Ik loop het kantoor uit en zeg: 'Ogenblik ben zo terug.'

'Hoi Sally,'

'Hoi Angela! Hoe laat kan ik je auto ophalen? Ik ga vanavond met mijn date uit eten zoals je weet. Is het goed dat ik hem zo op kantoor ophaal? Ik heb je reservesleutel nog.'

'Natuurlijk, geen probleem, we hebben het zo afgesproken. Deze avond ben ik waarschijnlijk tot laat aan het werk en kan onze chauffeur me thuisbrengen. Dus dat komt goed. Ik wens jullie een hele fijne avond.'

Sally heeft een man leren kennen en vond het leuk om hem een keer met een van de mooiste en sportiefste auto's ter wereld op te halen. Samen gaan ze naar een trendy restaurant in New York in het Meatpacking District. Aan Sally leen ik graag mijn auto uit, ze is mijn beste vriendin die ik heb overhouden aan mijn middelbareschooltijd.

Een paar jaar geleden is haar relatie uitgegaan met haar vriend. Ze hadden zeven jaar samengewoond. Hij had haar zomaar een berichtje gestuurd dat hij haar niet meer wilde zien en of ze haar spullen binnen een week uit zijn appartement wilde halen. Hij was een week met zijn nieuwe vriendin, een collega van zijn werk, op vakantie en daarna zou die bij hem intrekken.

Sally heeft er veel moeite mee gehad om dit te verwerken, maar op dit moment gaat het gelukkig heel erg goed. Met haar nieuwe vriend lijkt ze heel gelukkig. Ze zal hem vast binnenkort wel aan mij voorstellen.

Sinds het vertrek uit het appartement van haar vriend woont ze bij haar ouders. Een eigen appartement heeft ze nog niet. Het is erg moeilijk om in New York een betaalbaar appartement te vinden. Soms gebruikt ze mijn logeerkamer als we samen een paar dagen op stap gaan in New York. Omdat ze een sleutel heeft, spreken we af dat ze de logeerkamer mag gebruiken. Maar ik wil natuurlijk wel graag vooraf overleggen als ze hem gaat gebruiken. Tot nu toe is dat altijd goed gegaan.

Terug in het kantoor gaan we verder met onze bespreking. Een van onze medewerkers is een communicatiespecialist die zegt nog wel een aantal uurtjes nodig te hebben met een van ons of misschien met beiden. Hij wil het plan vanavond afronden zodat we ruim voor de persen gaan draaien het plan kunnen insturen naar de drie belangrijkste kranten.

Bertram vroeg of ik dat wilde doen. Hij had vanavond nog een afspraak die hij niet kon verzetten. Hij keek me aan alsof ik dit al wel moest weten. Ik zag een blik in zijn ogen die ik nog niet eerder bij hem had gezien.

Het leek wel of hij tegen een flinke huilbui aan zat. Waar gaat dit nu weer over?

'Oké Bertram, geen probleem. Wij werken dit verder uit. Ik heb de hele avond de tijd,' antwoordde ik.

Bertram bedankte ons voor de inzet van vandaag en wenste iedereen een fijne avond. 'Tot snel,' zei hij toen hij vertrok.

Het communicatieplan was niet eenvoudig. Onze cliënt leeft niet meer en toch moeten wij hem natuurlijk blijven verdedigen. Naast dat we al een genereus voorschot op onze te maken kosten hebben gehad zijn we zeer zeker verplicht om dit voort te zetten. Ook voor zijn familie en nabestaanden. Dat plan lag er immers al. Hoe dan ook, we vermelden in ons communicatieplan dat we altijd hebben geloofd in zijn onschuld voor wat betreft de misbruikaffaire.

In ons dossier van deze cliënt zitten namen van belangrijke zakenmensen, bestuurders en prominenten.

Ook onderhield onze cliënt contacten met twee ex-presidenten. Hij beschouwde deze eigenlijk als hele goede vrienden en ze zijn zeker niet bij een mogelijke misbruikaffaire betrokken.

Heel vervelend is dat ook deze namen in ons dossier voorkomen.

'Wij kwamen elkaar vaak tegen op feesten en bijeenkomsten, maar dat hoort ook bij een persoon in mijn functie en bij mijn contacten' zei hij altijd.

De andere namen zijn betrokken bij een grootschalig netwerk van personen die een voorkeur hebben voor jonge meisjes of hele jonge vrouwen die door een aantal van deze contacten werden gerekruteerd. Soms verschenen deze vrouwen op de feestjes van onze cliënt. Maar tot nu toe heeft hij altijd volgehouden dat hij niets met het inhuren of rekruteren van deze vrouwen te maken heeft gehad. Soms kwamen er wel vrouwen mee, maar nooit heeft hij zelf het idee gehad dat deze minderjarig zouden kunnen zijn.

In het huis waar hij de feesten organiseerde blijken achteraf gezien te veel dingen gebeurd die niet door de beugel kunnen. Soms kwam het wel voor dat er mensen buiten zijn gezichtsveld waren.

Wat er dan allemaal gebeurt is niet te controleren. Maar ja, op dit soort feestjes trok men zich soms terug om rustig te zitten of met vrienden een sigaar te roken.

Natuurlijk heeft onze cliënt verklaard dat sommige vrienden van hem een vriendin meenamen. Vaak werd er gezegd: 'Mijn vrouw vindt er niets aan en ik wil liever niet alleen komen.' Ze is toevallig dit weekend weg en ik neem deze dame alleen maar mee zodat ze ook weer nieuwe mensen kan leren kennen.'

Bill Iron heeft uitdrukkelijk verklaard dat hij zich niet met privérelaties wilde bemoeien. Op de uitnodiging stond ook altijd: 'Wij nodigen u uit voor de avond samen met uw partner of introducee.' Achteraf was het inderdaad zo dat de vriendinnen of partners wel steeds jonger werden, maar minderjarigen zijn er nooit op de feesten geweest. 'Althans niet in mijn beleving,' zei hij. 'Moet ik dan op elk feest tegen mijn gasten vertellen dat je geen seks mag hebben met minderjarigen? Als iemand zijn dochter van, zeg maar, zeventien jaar oud meeneemt die ik niet ken en waar je niet eens aan ziet of ze zeventien of zevenentwintig is, moet ik dan voortaan een paspoortcontrole uitvoeren?'

Voor ons was het in elk geval helder dat onze cliënt nooit iets kwaads in de zin had. Hij hield van feesten en gezien zijn financiële situatie kon hij zich dat heel erg goed veroorloven. Maar de buitenwereld denkt daar anders over.

We zijn de hele avond bezig geweest om alles netjes te verwoorden. In het plan dat we naar buiten brengen wordt niemand beschuldigd. Wat wel in het communicatieplan staat, is dat wij, om als advocatenkantoor de verdediging van onze cliënt voort te zetten, deze namen aan de officier van justitie ter beschikking zullen stellen.

Met als doel onze cliënt volledig te vrijwaren van claims of andere verwijten. Dit is een belangrijk onderdeel van ons plan.

Inmiddels is het 1 uur 's morgens, zaterdag 9 november. Ik bel onze beveiliger of hij een taxi voor me wil bellen. Het is tijd om naar huis te gaan.

De taxi is er snel. Een mooie nieuwe zwarte Chevy Suburban, een auto van het vaste taxibedrijf dat voor ons rijdt als onze chauffeur vrij is. Dit taxibedrijf staat erom bekend dat de privacy van ons en onze cliënten goed wordt beschermd. We hebben goede afspraken dat er geen informatie bekend mag worden van onze cliënten.

En men houdt geen register bij van locaties en/of klanten waar wij of onze cliënten worden afgezet. In ons vak is dat normaal. De telefoons hebben geen locatiegeschiedenis en de auto's hebben geen routevolgsysteem.

In de stad is het nog steeds heel erg druk, het leven gaat hier altijd door. Het is niet voor niets The City That Never Sleeps. Rustig rijdt de chauffeur naar mijn huis op Old Broadway.

Hij zet me op de hoek af en ik loop naar boven. Ik loop mijn appartement binnen en zie een sleutel op de grond liggen. Deze pak ik, zonder na te denken, op en stop hem in mijn zak. Wel vraag ik me kort af waar die vandaan komt. Nadat ik de voordeur dicht doe hoor ik een hele hoop herrie in de badkamer. Wat is er aan de hand? Is Sally hier? Heeft ze hulp nodig?

Ik loop naar de badkamer en tot mijn schrik staat er een onbekende man en op de grond ligt Bertram. Hij lijkt bewusteloos. De man is groot en breed en heeft een net pak aan. Voordat ik iets kan doen, zit zijn voet in mijn ribbenkast en ik vlieg de gang in en kom op hard mijn rug terecht. De grote man komt op mij af, probeert tegen mijn hoofd te schoppen maar ik ben hem te snel af.

In een reflex gooi ik mijn tas weg, schop mijn schoenen uit en schop de lange man met een omhaal keihard onderuit.

Met een enorme plof valt zijn lichaam op de grond. Het lijkt of het hele gebouw beweegt.

Binnen een seconde sta ik rechtop, maar voor ik het weet krijg ik een klap tegen mijn hoofd die ik deels ontwijk. Toch voel ik een flinke tik tegen mijn oog en mijn oog zwelt meteen op. Gelukkig heb ik al acht jaar les in ASP, een soort verzameling van zelfverdedigingssporten en heb ik onlangs de zesde dan van mijn zwarte band behaald. Had ik dat niet gehad, dan was het nu einde verhaal geweest.

In één beweging zit mijn hak feilloos tegen zijn gezicht. Hij vliegt achteruit de badkamer in en valt met zijn hoofd tegen de rand van het bad en blijft daar bewegingsloos liggen. Naast Bertram die daar levenloos ligt met een mes in zijn borst. Ik glij uit en val op de badkamervloer naast Bertram. De hele vloer en ikzelf zitten onder het bloed.

Tijd om na te denken krijg ik niet, de grote man staat op en komt weer op me af. Ik besluit om me uit de voeten te maken. Blijkbaar is deze man gewend om klappen te krijgen.

Direct besluit ik om naar buiten te vluchten, ren de voordeur uit, gooi de deur achter me dicht en ga de lift in. De deur ging gelukkig direct open.

Ik duw snel op de knop van de begane grond en op de knop om de deur dicht te doen. De lange kleerkast komt weer op me af stormen, maar de deur ging net op tijd dicht. Ik hoor de dreun nog van de man die tegen de deur vliegt.

Beneden ren ik direct naar buiten linksaf en probeer me zo snel mogelijk aan het zicht te onttrekken. Daarna steek ik de straat over.

Maar wat nu? Ik heb geen telefoon, die zit nog in mijn tas. Er komen twee mannen aangelopen en ik besluit naar ze toe te gaan om hulp te vragen.

Eenmaal dichterbij gekomen, blijken het een paar ongure types te zijn. Toch vraag ik om hulp; een andere keuze was niet direct voorhanden. Voor ik het wist voel ik een klap achter op mijn hoofd en werd het zwart.

OP ZONDAGMORGEN gaat de telefoon van Inspecteur Green. Hij neemt hem op en een van de rechercheurs die betrokken is bij het onderzoek zegt: 'Inspecteur Green, we hebben een uitgebrande Aston Martin gevonden bij Hudson River Park. We vermoeden dat dit de auto is van mevrouw Winfield. Alleen heb ik helaas nog meer slecht nieuws.

Achter in de auto hebben we een half verbrand lichaam aangetroffen. Kunt u zo snel mogelijk naar ons toekomen?'

'Oké,' zegt Inspecteur Green, 'ik kom er aan.'

Zondagmorgen is de enige dag in de week dat er geen files zijn in New York daarom is hij snel ter plaatse. Hij rijdt het park in wat een soort eilandje is dat aan een zijde aan New York grenst en alle andere zijdes aan de Hudson.

De betreffende auto staat schuin op een betonnen blok geparkeerd met de neus omhoog.

De brandweer heeft de auto direct na de melding geblust. Men ging ervan uit dat het een gestolen auto betrof. Maar bij het nablussen ging de kofferbak open en zagen ze de man liggen. De brandweer heeft daarom direct de rechercheafdeling van de politie gebeld en gelijk ter plaatse de omgeving met lint afgezet. De forensische dienst is ook al onderweg.

'Ondertussen hebben we het kenteken nagetrokken,' zegt de collega-inspecteur, 'dit is de auto van mevrouw Angela Winfield, de advocate uit het financial district.'

'Dus de auto is in ieder geval gevonden,' zegt Inspecteur Green tegen zijn collega. 'Het wordt er niet eenvoudiger op. Dit is de tweede moord, althans daar lijkt het op, waar mevrouw Winfield zijdelings of direct bij betrokken is. Heb je de schouwarts al gebeld?'

'Ja, ze is onderweg, ik verwacht haar eigenlijk snel hier.'

Ondanks dat de auto half uitgebrand was, kon je duidelijk zien dat dit een zeer speciaal exemplaar moest zijn. Het leken wel 21-inch velgen en hij had een prachtige kleur. De waarde is nu echter gereduceerd tot enkele dollars.

'Wat het lijk in de auto te maken heeft met mevrouw Winfield en haar vriendin Sally zal een gedegen onderzoek uit moeten wijzen. Ik ga eerst mevrouw Winfield maar eens bellen en haar uitnodigen op het bureau. Als er nieuws is van de schouwarts kun je me dan straks bellen?'

'Oké, inspecteur, komt in orde.'

Inspecteur Green pakt zijn telefoon en belt naar mevrouw Winfield. Angela pakt de telefoon op en zegt 'Goedemorgen met Angela Winfield.' 'Goedemorgen, mevrouw Winfield, ik heb nieuws voor u. We hebben uw auto gevonden.' 'Gelukkig,' zegt Angela, 'Waar hebt u hem gevonden?'

'Hij stond geparkeerd met zijn neus omhoog op een betonblok in Hudson River Park. Helaas is de auto grotendeels verwoest door een brand. Hier kunt u nooit meer mee rijden.'

Ze werd er stil van. Deze auto was speciaal voor haar gemaakt. Al deze auto's zijn erg exclusief en handgemaakt. Acht maanden had ze erop moeten wachten, een nieuw exemplaar is er nu niet verkrijgbaar.

'Verschrikkelijk, is de dader ook gepakt?'

'Nee, de auto is daar achtergelaten en waarschijnlijk om sporen uit te wissen in brand gestoken. Mevrouw Winfield, bent u in de gelegenheid om vanmiddag naar mijn kantoor te komen? Ik heb nog een aantal aanvullende vragen. Helaas is dat gisteren niet meer gelukt, wat ik natuurlijk begrijp, maar er zijn een aantal ontwikkelingen waarvan ik u graag op de hoogte wil stellen.'

'Natuurlijk, meneer Green,' antwoordde ik 'Welk tijdstip?'

'Vanmiddag om twee uur als het kan. We zouden de afspraak om half elf doen, maar er is zoals u begrijpt, iets tussen gekomen.'

'Natuurlijk, ik ben er om 14:00.'

Direct daarna besluit ik mijn kantoorpartner Mike Dudley te bellen. Het duurt maar even voordat hij zijn telefoon opnam.

'Goedemorgen, Angela,' zei hij,' Hoe gaat het nu?'

'Mike, het gaat nog steeds niet zo goed, maar Inspecteur Green heeft zojuist gebeld. Mijn auto is uitgebrand teruggevonden en blijkbaar zijn er extra ontwikkelingen waar hij mij over wil spreken. Natuurlijk temeer omdat ik gisteren nauwelijks met hem heb gesproken, lijkt het me zinvol dat ik er straks naar toe ga. Maar ik wil er liever niet alleen naartoe. Kun jij met me meegaan?

'Vooraf wil ik nog eventjes met je praten over wat er allemaal is gebeurd. De laatste twee dagen zijn voor mij erg onduidelijk en ik begrijp nog steeds niet waar ik zo plotseling allemaal in terecht ben gekomen. Schikt het dat je gewoon zoals we hebben afgesproken om half elf bij mijn vader bent. Dan kunnen we vooraf samen praten. Ik heb je nog wat dingen uit te leggen.'

'Zeker Angela, dit moeten we altijd voor elkaar doen. Ik ben er om half elf zoals we gisteren hebben afgesproken.'

Er schoten weer miljoenen gedachten door mijn hoofd. Zal ik tegen Mike zeggen dat ik gisteren nadat ik op straat wakker ben geworden Bertram in mijn woning heb gevonden? En dat hij nu blijkbaar weg is? Inspecteur Green heeft me immers verteld dat er verder, zoals het ernaar uit zag, niets weg was in mijn woning.

Nog steeds zit er een stuk in mijn geheugen dat ik niet terug kan halen.

Wat is er in de nacht van vrijdag op zaterdag gebeurd? Hoe is Bertram in mijn woning gekomen? Waarom is hij vermoord? Wie heeft dat gedaan? En nog erger; wie heeft zijn lichaam weggehaald?

Ik besluit dit voorlopig achterwege te laten en houd het bij mijn verhaal zoals ik het tegen Inspecteur Green heb verteld.

Meer vragen schieten me te binnen. Wat is er met Sally gebeurd? Waarom is Sally vermoord? Waarom is mijn auto weggehaald en wie heeft dat gedaan? Is het de moordenaar van Sally?

Om half elf gaat de bel van de voordeur. Mijn vader is me al voor en verwelkomt Mike.

'Goedemorgen Mike, hoe gaat het ermee? Fijn dat je Angela komt helpen.'

'Goedemorgen meneer Winfield, met mij gaat het erg goed. Verschrikkelijk wat Angela heeft meegemaakt. Ik ga natuurlijk mijn best doen haar zo goed mogelijk te helpen.'

'Oké Mike, kom binnen dan zal ik alvast koffiezetten.'

'Zo Angela, hoe gaat het? Een beetje kunnen slapen?'

'Nee, eigenlijk niet veel, ik heb ontzettende hoofdpijn en ben nog steeds erg moe. Ik weet eigenlijk niet zo goed hoe ik dit allemaal ga verwerken.'

'We zullen samen kijken wat er allemaal is gebeurd en hoe we het gesprek met Inspecteur Green gaan aanpakken. Vind je het goed als ik je wat vragen ga stellen om samen de laatste dagen door te nemen?'

Ik begon mijn verhaal, wat eigenlijk begon op zaterdagmorgen. Ik wist niet meer wat er na het gesprek op kantoor is gebeurd...

Het overlijden van onze cliënt, het gesprek met de minister van Justitie, het bezoek aan de gevangenis, het communicatieplan wat we hebben opgezet... De vrijdagnacht dat ik thuiskwam en de taxi mij thuis afzette. Het moment dat ik Bertram had gevonden laat ik weg. Hoe ik de volgende morgen wakker werd met een bult op mijn hoofd en oog, de zaterdag dat ik me niet fit voelde, het bezoekje aan mijn vader, de taxi die me naar huis heeft gebracht, Sally die mijn auto heeft geleend, dat ik haar heb gevonden, flauwviel en dat het daarna allemaal in een sneltreinvaart is verlopen.

Nu zitten we hier omdat de inspecteur een aantal vragen heeft, waarschijnlijk over Sally, mijn auto die uitgebrand is gevonden en waarom is ze vermoord?

Mike zegt: 'Het is allemaal heel erg vervelend, we gaan dit goed uitzoeken. Straks gaan we naar Inspecteur Green. Ik stel voor dat je het hele verhaal netjes vertelt zoals het gegaan is. Als ik je moet helpen tijdens het gesprek, moet je me dat meteen vragen. En als het allemaal weer te veel wordt, lassen we een pauze in. Hopelijk is er nieuws.

Ik ga zo Bertram bellen om hem op de hoogte te stellen van wat er allemaal is gebeurd. We zullen maandag en dinsdag de afspraken op het kantoor verzetten, zodat we allemaal samen de zaken op een rijtje kunnen zetten.' Bertram... Onmiddellijk word ik weer duizelig en denk aan Bertram. Wat is er toch gebeurd? Ik ga weer op de bank liggen met mijn ogen dicht.

Ik probeer alles opnieuw op een rijtje te zetten. Er blijven een groot aantal gaten in mijn geheugen. Wat is er met Bertram gebeurd? Waarom was hij in mijn appartement? Was hij bij mij op bezoek? Ik kan me hiervan niets meer herinneren.

Wat later komt Mike naar me toe en gaat naast me zitten. Ik heb Bertram gebeld, maar hij neemt nog steeds niet op. 'Vreemd,' zeg ik tegen Mike, 'ik weet dat hij vrijdag een afspraak had. Daarna heb ik ook niets meer van hem gehoord. Wij waren samen bezig met het communicatieplan voor onze cliënt. Rond 21.00 uur zijn we ermee gestart en op een bepaald tijdstip is hij naar zijn afspraak gegaan en heb ik het samen met onze communicatieadviseur uitgewerkt. Gisteren heb ik ook niets meer van Bertram gehoord.

'Angela, ben je in staat om naar het kantoor van inspecteur Green te gaan?'

'Zeker, we gaan. Dan hebben we dit afgerond. Hopelijk is er nieuws en kunnen we in overleg met Inspecteur Green een bezoekje afleggen bij de ouders van Sally.

Onze chauffeur stond al op de hoek van de straat te wachten. We hebben ongeveer een half uur te rijden, dus we komen mooi op tijd aan op het politiebureau op het Police Plaza Pad.

We melden ons aan de receptie en worden door een van de medewerkers naar het kantoor van Inspecteur Green gebracht.

'Goedemorgen, mevrouw Winfield en meneer Dudley. Fijn dat u bent gekomen. Wilt u misschien iets drinken?'

'Voor mij graag een koffie.'

'Ook voor mij,' zei Mike.

'Mevrouw Winfield, heeft u een beetje kunnen slapen?'

'Ja hoor, niet aan stuk door, maar ik heb in elk geval een beetje kunnen uitrusten.'

'Nou we zullen maar direct beginnen. Ik zal eerst vertellen wat er tot op dit moment bekend is. We hebben alle sporen in uw appartement veiliggesteld, maar willen u in elk geval vragen of u nog een aantal dagen elders kunt logeren, zodat we op een later tijdstip het appartement vrij kunnen geven. Zojuist ben ik bij de ouders van Sally Miller, uw vriendin, geweest en heb ze op de hoogte gesteld dat hun dochter na een overval is vermoord in uw woning. Waarschijnlijk op het moment dat ze de autosleutels binnen wilde leggen. Dit onderzoek hebben we natuurlijk nog niet afgerond; we zijn nog bezig met telefoongegevens te onderzoeken waar uw vriendin is geweest op vrijdag en zaterdag.

'Haar ouders konden me ook niet meer vertellen, maar hebben bevestigd dat Sally weleens bij u logeerde en dat ze ook uw auto mocht gebruiken in overleg. Het is wel fijn als u mogelijk vandaag of morgen bij de ouders van uw vriendin langsgaat, dit zullen ze op prijs stellen.

'We weten dus nog niet zeker waar ze allemaal is geweest dus dit onderzoekt loopt nog.

Zoals ik u vanmorgen heb verteld, is uw auto gevonden in Hudson River Park. Hij was op een schuin rotsblok omhoog gereden en zoals het lijkt in brand gestoken om sporen te vernietigen. Ondanks dat de autobrand snel is geblust, hebben ze de auto meer kunnen redden. Daarna hebben we nog een opmerkelijke ontdekking gedaan. Bij het nablussen ging de kofferbak van uw auto open en is een dode man in uw auto gevonden.'

Inspecteur Green keek ons beiden indringend aan en onmiddellijk voel ik mijn buik samentrekken en krijg het ontzettend benauwd. Mike zijn mond viel bijna open en was er stil van. Zelf kon ik geen woord meer uitbrengen. Wat heeft dit met Sally en de diefstal van de auto te maken?

'We hebben de identiteit van de persoon nog niet vast kunnen stellen, dus onze schouwarts is nu bezig om de identiteit van de man de achterhalen. Ook de doodsoorzaak is nog onbekend, de man is ernstig verbrand.

'Mevrouw Winfield, ik begrijp echt dat het u allemaal te veel wordt op dit moment, maar heeft u misschien een verklaring voor wat er allemaal is gebeurd?'

'Nee inspecteur, die heb ik niet. Wat is er toch allemaal gebeurd? Mijn vriendin vermoord, mijn auto weggehaald. En nu ligt er ook nog een dode achter in mijn auto. Verschrikkelijk.'

'Dus u kunt ons niet helpen? Met wie was uw vriendin die avond uit geweest?'

'Nee, het enige is dat ik erg blij was voor mijn vriendin dat ze weer een date had en dat ze graag mijn auto wilde gebruiken. Binnenkort wilde ze haar vriend aan mij voorstellen. Ze had de reservesleutel van mijn auto nog en de auto heeft ze later bij ons op kantoor opgehaald op het moment dat ik in bespreking zat, dus ik heb haar niet meer gezien. Pas op het moment dat ik thuiskwam, vond ik haar, de rest weet u.'

'Meneer Dudley, u bent er stil van geworden, ik begrijp dat u nu optreedt als adviseur van mevrouw Winfield, heeft u er nog iets aan te voegen?'

'Nee Inspecteur Green, mevrouw Winfield heeft dit alles exact zo aan mij verteld. Voor ons beiden is het ook een groot raadsel. Hopelijk krijgen we snel duidelijkheid welke sporen er allemaal zijn aangetroffen op het lichaam van Sally Miller, in de auto en op het lichaam dat achter in de auto ligt.'

'Jazeker, als er nieuws is dan hoort u het direct van mij. 'Ons onderzoek richt dus nu allereerst op de twee personen. We verwachten dat we dit de komende dagen kunnen afronden. Als u verder niets kunt toevoegen zullen we het hier voorlopig bij laten. Kunt u mij bellen als er misschien nog iets te binnen schiet? Graag hoor ik van u beiden als er mogelijk nog dingen zijn die we in het belang van het onderzoek kunnen gebruiken.'

'Natuurlijk Inspecteur Green, als wij ons nog iets herinneren dan hoort u direct van ons. Kan ik nog naar mijn appartement om wat spulletjes te halen? Ik wil graag nog wat kleren pakken, zodat ik de komende week of zolang nodig bij mijn vader kan blijven.'

'Natuurlijk, mijn collega houdt de wacht bij het appartement. Ik zal hem bellen en mededelen dat u zo langskomt. Hij zal u begeleiden, zoals u begrijpt.'

'Natuurlijk, geen probleem.'

Mike gaat met me mee, naar Old Broadway, ik vind het eigenlijk fijn dat hij me begeleidt.

De agent die mijn appartement bewaakt, doet de deur open en vraagt of we niet over de sporen en de linten willen stappen. Het voelt vreemd aan als we in mijn woning komen. Overal staan plaatjes met nummers die alle gevonden sporen aanduiden. Sally is weggehaald, maar denkbeeldig zie ik haar nog steeds liggen. Met een soort krijt is het lichaam zoals het is gevonden op de grond getekend. Vlug pak ik wat kleren, een toilettas en doe alle spullen in een koffer. Het lijkt erop of ik een week op vakantie ga, was het maar waar… De agent sluit af en wij gaan weer verder naar mijn vader.

In de auto probeert Mike nog een keer naar Bertram te bellen. Helaas geen gehoor. Ondertussen vraag ik me af hoe dit allemaal goed moet gaan komen?

Wanneer ga ik tegen Mike vertellen dat ik Bertram al heb gezien en weet dat hij is vermoord. Maar waar is Bertram?

Mike zet me af bij mijn vader en vraagt of het verder wel gaat. Ook hij heeft er zichtbaar moeite mee, zeker omdat het voor hem allemaal heel erg dichtbij komt.

Naast dat wij partners zijn in ons advocatenkantoor, kunnen wij allemaal op een bijzonder prettige manier met elkaar communiceren.

Nooit is er discussie. Ondanks dat we keihard werken en we ontzettend veel uren maken, blijft er altijd tijd voor humor en gezelligheid. Dit is ook de enige goede basis om goed samen te kunnen werken.

Helaas zal er de komende week wel wat gaan veranderen.

'Dankjewel Mike, voor het thuis brengen. Als er nieuws is van de inspecteur dan hoor je het direct van mij.'

Mijn vader doet de deur open, hij zag mij natuurlijk al aankomen. Hij ziet direct dat het niet goed gaat en zegt: 'Ga lekker zitten, ik ga een kop thee voor je halen.' Als hij uit de keuken komt, en hij me aankijkt, krijg ik een verschrikkelijke huilbui. Ik kom bijna niet meer bij, het is allemaal te veel geworden.

Mijn vader komt rustig naast me zitten en legt zijn arm op mijn schouder. Zeker tien minuten kan ik geen woord meer uitbrengen.

Sally vermoord, Bertram ook en nu herinner ik me in een keer zijn gezicht. Op het moment dat ik hem vrijdagavond weg zag gaan en hij naar zijn afspraak ging, keek hij mij een beetje vragend aan alsof ik iets vergeten was. Bertram was mijn collega, maar ook een hele goede vriend van mijn werk.

Mijn vader vraagt niets en blijft rustig zitten. Ondertussen zet hij op de achtergrond ontspannende pianomuziek op. Langzaamaan kom ik weer bij mijn positieven. Deze huilbui was even nodig, alle emoties van de afgelopen dagen komen eruit.

Ik heb voor mezelf besloten dat ik morgen in elk geval niet ga werken. Ik kan het nu niet eens. Eerst zal ik alles wat er gebeurd is goed moeten verwerken.

Als ik een slok van de thee heb gepakt, probeer ik het verhaal aan mijn vader uit te leggen. De dood van onze cliënt, Sally Miller dood gevonden, mijn inzinking, mijn auto gevonden, uitgebrand en nog erger: een dode man in de kofferbak van mijn auto. Kan het nog erger? Ja. Nog steeds laat ik het stuk weg dat verder en completer uit mijn geheugen terugkomt.

Mijn vader steunt me, en hoopt samen met mij dat er snel duidelijkheid komt over wat er allemaal is gebeurd in het appartement. Hij vindt het fijn dat ik naar hem toe ben gekomen. Ook hij vindt het verstandig dat ik zeker deze week bij hem blijf.

Ik besluit om te gaan slapen. Eerst pak ik nog twee vijfhonderd milligram paracetamoltabletten die hopelijk de pijn in mijn hoofd een beetje onderdrukken.

Dan pak ik nog een warme douche, poets mijn tanden en val daarna eigenlijk direct in slaap.

Midden in de nacht word ik wakker door een vervelende droom. Althans dat dacht ik.

Ik besef dat ik bij mijn vader logeer.

Het hele verhaal speelt opnieuw door mijn hoofd.

Wij worden op kantoor gebeld, onze cliënt is overleden in zijn cel. Wij met ons advocatenkantoor twijfelen sterk of het zelfmoord is.

Verder: het gesprek met de officier van justitie en het bezoek aan de gevangenis in Manhattan. Wat is blijven hangen, is dat er vervangende bewakers waren en de bewaker die eigenlijk dienst had ziek was gemeld.

Het communicatieplan.

Bertram moest ineens weg.

Sally die mijn auto heeft geleend. Natuurlijk heb ik haar toestemming gegeven, dat doe ik wel vaker, vooral wanneer ze een dat heeft.

Het moment dat ik thuiskwam en een grote kerel in de badkamer van mijn logeerkamer heb gevonden.

Op de grond lag Bertram, dood. Het andere deel wat ik me herinner is de kleerkast die mij in elkaar probeert te slaan. De enorme trap in mijn ribbenkast, de klap die ik vervolgens half ontwijk. En nu herinner ik me heel goed dat ik mijn tas weggooide, mijn schoenen uitschopte en vervolgens de grote kerel keihard heb onderuitgehaald, die met een enorme plof op de grond kwam. Mijn vlucht naar buiten, dat de lift er nog was en die net op tijd dicht was omdat die grote kleerkast er weer aan kwam.

Het verstandige besluit om direct keihard weg te rennen. Buiten liep ik zonder schoenen de straat op, meteen de hoek om en de eerste mensen die ik tegenkwam om hulp heb gevraagd. Nu pas komt terug dat deze mij hebben vastgepakt, mijn Breitling hebben afgepakt en vervolgens een ontzettende klap van achteren op mijn hoofd hebben gegeven.

Daarna ben ik bewusteloos geweest. Hoe lang dit heeft geduurd, weet ik niet. Dit moeten uren geweest zijn, wat ook verklaart dat ik hoofdpijn heb en mijn geheugen me in de steek heeft gelaten. Zo hard was deze klap dus. Waarschijnlijk heb ik een hersenschudding.

Het moment dat ik weer bij mijn positieven kwam. De taxichauffeur, de zwerver, de straat om de hoek die op dit moment wordt gerenoveerd.

De klok die vier uur slaat en het moment dat ik weer naar binnen liep in mijn huis, maar waarom met de sleutel waar Bertram op staat? Waarom zat deze in mijn zak?

Natuurlijk, ik kwam binnen in mijn appartement en heb de sleutel op dat moment op de grond zien liggen en in mijn zak gestopt, waarna ik het geluid in de badkamer hoorde...

Ik weet nu weer heel goed dat ik Bertram heb gevonden, alle hapjes en glazen heb opgeruimd, dat ik het beddengoed heb afgehaald. Dat ik het gewassen heb en daarna heel de logeerkamer spic en span heb gepoetst. Maar de badkamer heb ik niet opgeruimd. Wel heb ik de kleren van Bertram daar netjes neergehangen en de deur dichtgedaan. Maar waar is die grote kerel plotseling heengegaan. Hoe lang zat er tussen het moment dat ik hard ben weggelopen en buiten ben overvallen, bewusteloos ben geslagen en daarna weer wakker werd? Dit moet zeker drie uur geweest zijn.

Vervolgens miste ik mijn auto. Maar die had ik aan Sally uitgeleend. Alleen met wie Sally een date had? Misschien weet diegene wat er gebeurd is.

Daarna het bezoek aan mijn vader, dat ik me heel erg duizelig voelde en hoofdpijn had, weer terug ben gegaan met de taxi.

Alles wat er daarna is gebeurd, weet ik me allemaal perfect te herinneren.

Maar waarom is Bertram vermoord, wat deed hij bij mij in huis, waarom ligt hij niet meer in mijn huis. Heeft de moord op Sally iets met Bertram te maken?

Zou het een vergissing zijn? Was iemand op zoek naar mij en Bertram?

Sally leek ontzettend veel op mij. We gingen samen vaak kleren kopen in dezelfde winkels, ze had zelfs dezelfde winterjas als ik. Allebei lang blond haar, we hadden ongeveer dezelfde leeftijd want zij was twee maanden jonger dan ik. Ze was mijn beste vriendin.

Op dat moment slaap ik weer in.

Op maandagmorgen word ik, zonder wekker, wakker ongeveer op het tijdstip dat ik altijd wakker word: 6.30 uur.

Ik voel me goed, de bult op mijn hoofd is bijna weg.

Om wakker aan de dag te beginnen, pak ik 's morgens altijd een lekkere warme douche.

Onder de douche bedenk ik me dat ik vandaag toch naar het kantoor ga. Er zijn nog een hoop zaken te regelen en we verwachten natuurlijk vandaag een hele hoop reacties op het communicatieplan en persbericht dat er dit weekend is uitgegaan.

Nadat ik me heb aangekleed, ga ik naar beneden; mijn vader heeft al een mooie ontbijttafel gedekt.

'Goed geslapen, Angela?' vraagt mijn vader. 'Ja, ik heb flink doorgeslapen, ben wel een paar keer wakker geweest, maar het gaat steeds beter.'

Hij heeft een lekker gekookt eitje voor me gemaakt en een paar verse croissants gebakken. Ook stond er een vers glas met jus 'd orange en nog een kop sterke koffie klaar. Die zal ik vandaag wel een paar meer nodig hebben.

Op tafel zie ik de krant, met als blikvanger.

'Zelfmoord Bill Iron.'

Onder het stuk staat dat er waarschijnlijk een complottheorie tegen hem gaande is en dat de zelfmoord in scene moet zijn gezet.

'Vrijspraak verwacht voor Bill Iron'

Het stuk vermeldt onder andere: 'De advocaten van Bill Iron hebben voldoende bewijslast verzameld om hun cliënt vrij te pleiten en hebben alle informatie en getuigenissen, zoals deze tussen cliënt en advocaten is vastgelegd, op beeld. Mogelijk zullen deze beelden worden gebruikt om te getuigen tegen de mensen die hem en een aantal van zijn vrienden hebben beschuldigd.

'CEO internetbedrijf niet betrokken bij misbruikschandaal'

Ook dit stuk begint exact met zoals in ons communicatie- en persbericht is vermeld.

Vriendschappelijke relatie van de CEO van het internetbedrijf was vaak op de feesten van Bill Iron, maar alleen om hem ook bij andere groepen belangrijker te maken – niet als vriend, maar wel uit vriendschap – tijdens een aantal bezoeken per jaar. Hij was zeker niet betrokken bij misbruik van 17-jarige jongedame. De foto van hem en de jongedame is op het verzoek van het meisje gemaakt. Dit om te laten zien dat ze contacten heeft met machtige mensen en belangrijke personen. Ze was op het feest als introducee van een van zijn gasten en geen bekende van Bill Iron of zijn vrienden.'

Gelukkig is ons communicatieplan goed verwoord en ziet het eruit zoals verwacht.

'Angela,' zegt mijn vader, 'ik heb de krant vanmorgen ook gelezen, jullie hebben het goed gedaan. Hopelijk kunnen jullie de cliënt vrijpleiten en kan zijn familie dit hoofdstuk snel afsluiten.'

'Ik verwacht niet dat het zo vlug zal gaan, pap, maar we zijn in ieder geval goed op weg. Daarom ga ik zo toch naar kantoor, er is nog veel te bespreken. Ik denk dat het het beste is dat ik spoedig weer in mijn gewone ritme ga komen. Werken is de beste afleiding.'

'Natuurlijk, het beste is denk ik ook om normaal weer aan de slag te gaan. Hopelijk krijg je ook nog nieuws over de overval op Sally. En misschien over de diefstal en de persoon die gevonden is in je auto.'

'Ja, ik hoop dat er snel duidelijkheid is.'

Ik pak mijn telefoon en bel onze chauffeur of hij mij vandaag bij mijn vader kan ophalen. 'Jazeker mevrouw Winfield, ik ben onderweg. Ik zie u zo.'

Op ons kantoor aangekomen, is de eerste die naar me toekomt mijn secretaresse Noelle. Ze heeft het verhaal over Sally vanmorgen al van Mike gehoord. Ze condoleert me met het overlijden van mijn vriendin.

'Dankjewel, Noelle. Hopelijk horen we snel wat er allemaal gebeurd is.'

Ondertussen vraag ik me af hoe we nu alles op kantoor gaan reorganiseren.

Iemand zal de taak van Bertram over moeten nemen. Gelukkig hebben we junior advocaten genoeg. Vandaag ga ik eerst maar eens proberen deze dag door te komen.

Ik loop naar het kantoor van Mike, hij heeft de officier van justitie al aan de telefoon. Opnieuw wil die een afspraak met ons om de zaak te bespreken. Netjes legt Mike uit dat er zich iets vervelends heeft afgespeeld in de privésituatie van een van onze kantoorpartners. En dat we snel zullen bellen voor een afspraak.

Hier heeft de officier van justitie uiteraard begrip voor.

Mike legt de telefoon neer en vraagt of ik wil gaan zitten. Dat doe ik. Hij vraagt hoe het ermee gaat.

Ik leg uit dat ik eigenlijk redelijk goed heb geslapen en wel wakker ben geweest, allerlei flashbacks heb gehad over alles wat er is gebeurd maar me nu toch goed uitgerust voel. Nog een klein beetje hoofdpijn, maar het gaat goed.

'Meteen ter zake, Angela; ik krijg Bertram niet te pakken. Heb jij hem nog gezien?'

Meteen ging het beeld door mijn hoofd van de nacht van vrijdag op zaterdag dat Bertram met een mes in zijn borst in mijn badkamer lag.

Maar goed, ik ben gewend om snel te schakelen dus lieg ik:

'Nee, ik heb hem vrijdag als laatste tussen 21.00 en 21.30 gesproken hier op kantoor, we hebben de grote lijnen van ons communicatieplan besproken. Hij is naar een andere afspraak gegaan, ik weet niet met wie. Daarna heb ik hem niet meer gesproken.' Wat een perfecte weergave was van hetgeen dat is gebeurd. 'Vervolgens heb ik hier met John Goldenberg van ons kantoor het plan uitgewerkt. En meteen naar de pers verzonden.'

'Erg vreemd, maar goed we wachten nog af, hij zal er zo wel zijn.'

Ik ga weer naar mijn eigen kantoor, open mijn mailbox, een aantal mailberichten komen van journalisten die met mij een afspraak willen maken om het verhaal van onze cliënt te bespreken. Hierop ga ik nu niet antwoorden.

Ook een mail van de burgemeester. Graag wil hij een afspraak maken. Natuurlijk voor hetzelfde verhaal.

De advocate van een aantal slachtoffers, Gloria Alberts, heeft een mail gestuurd of ze van mij de info van de personen die mogelijk betrokken zijn bij deze zaak mag ontvangen. En in elk geval wil ze ook graag een afspraak maken met mij.

Voorlopig laat ik dit maar een paar dagen liggen.

Verder handel ik nog wat zaken af en werk de uren van de afgelopen dagen bij zodat onze administratie de facturen weer kan sturen. Ten slotte is het belangrijk dat de urenadministratie klopt zodat elk gewerkt uur te verantwoorden en declarabel is.

Noelle vraagt of ik nog een kop koffie wil en onder het genot hiervan heb ik de meest belangrijke mail en urenregistratie verwerkt. Het wordt gelukkig allemaal wat rustiger in mijn hoofd, al kan ik Sally en Bertram niet uit mijn gedachten krijgen.

De telefoon gaat, het is mijn secretaresse Noelle. 'Angela, ik heb Inspecteur Green hier aan de receptie staan, ik krijg hem niet afgewimpeld. Hij moet u en Mike direct spreken.'

'Oké, wil je hem vragen in de spreekkamer te wachten?' Ik loop naar Mike en kijk of hij tijd heeft.

Mike gaat met me mee en we lopen samen naar de spreekkamer waar Inspecteur Green op ons wacht.

Ik begroet hem met 'Goedemorgen Inspecteur Green, wat kunnen we voor u doen?' Direct daarna geeft ook Mike hem een hand.

'Helaas zijn er weer ontwikkelingen in de zaak van uw vriendin Sally Miller en uw gestolen auto. We denken namelijk te weten wie de man is die in uw auto is gevonden. We hebben foto's van het gebit rondgestuurd en in de databank zat een match. Verder hebben we het gezicht gescand en vergeleken met de info van paspoortgegevens die ons ter beschikking staan. Ook dit was direct een match.

Daarnaast hebben we nog een gedeeltelijke vingerafdruk vergeleken, op dit moment zijn we er bijna 100% zeker van wie het is. Het is een persoon die bij u beiden erg bekend is.'

Mike en ik keken elkaar aan 'Iemand die wij kennen?'

'Jazeker, ik probeer het u zo voorzichtig mogelijk te vertellen, het zal voor u beiden erg veel impact hebben en ik waarschuw u, het is afschuwelijk. Ik moet u dan ook adviseren geen uitspraken te doen waar u later spijt van zult krijgen.'

Wij keken elkaar nogmaals aan en werden er helemaal stil van.

'Mevrouw Winfield en meneer Dudley, wij denken er zeker van te zijn dat de man, die in de kofferbak van de auto van mevrouw Winfield lag, uw kantoorpartner Bertram Brand is.'

Ik kon helemaal geen woord meer uitbrengen. Mike trok helemaal wit weg. Ik sta op en kan mijn tranen niet meer bedwingen. Bertram, denk ik, eerst lag hij in mijn appartement en nu in de kofferbak van mijn auto.

Hij is in mijn appartement vermoord. Daarna, nadat ik die kleerkast in huis ben tegengekomen, heeft hij of iemand anders hem blijkbaar meegenomen.

Nadat Sally is binnengekomen, is Sally direct vermoord en is Bertram meegenomen. Ik ben nog niet in mijn badkamer geweest, maar ik had al begrepen dat hij daar niet meer lag.

Mike is normaal erg snel met zijn reactie, maar vandaag herkende ik hem niet meer. Wij kijken elkaar aan lopen naar elkaar toe en omhelzen elkaar. 'Angela,' zegt Mike met bevende stem, 'wat is er allemaal aan de hand?'

'Ik begrijp het helemaal niet meer. Wat heeft Bertram met jouw auto te maken en de diefstal hiervan. Is er een connectie tussen Sally en Bertram?'

Langzaam komt Mike weer een beetje bij zijn positieven en vraagt aan Inspecteur Green of er al iets bekend is.

Bijvoorbeeld, hoe wanneer en door wie hij in de auto is gelegd. Inspecteur Green begint met: 'Allereerst wil ik beiden condoleren met het overlijden van uw collega-kantoorpartner. Ik begrijp dat het ontzettend moeilijk is voor u beiden. Maar wij hopen dat u samen met ons het plaatje van dit weekend en de agenda van uw collega Bertram Brand kunt samenstellen.

'Onze forensische onderzoekers zijn bezig het telefoonverkeer en de locatiegeschiedenis van uw collega te onderzoeken. We verwachten hiervoor weer een paar dagen nodig te hebben. Ondertussen gaan we zijn familie waarschuwen en vragen of men hem wil en kan identificeren. Hoewel wij er zeker van zijn, willen we als laatste nog zijn DNA vergelijken met dat van zijn familie om honderd procent zekerheid te krijgen.

'Kunt u beiden nog een reactie geven op wat tot nu toe de bevindingen zijn?'

Ik zeg dat ik er eigenlijk geen woorden voor heb en zoals de heer Green aan mij kon zien ben ik nog niet hersteld van het bericht. Mike is alweer wat zakelijker en zegt dat wij het allemaal nog moeten verwerken en dat er nu heel wat zaken op een rijtje gezet moeten worden. Afspraken van Bertram moeten worden overgenomen, zaken worden overgedragen, dus wij gaan zo ons team bij elkaar roepen om een plan te maken.

'Inspecteur Green, kunt u mij op de hoogte houden als er nieuwe ontwikkelingen zijn?'

De inspecteur geeft ons beiden een hand en belooft ons zo snel mogelijk op de hoogte te brengen van nieuwe ontwikkelingen in het onderzoek.

Als de inspecteur vertrokken is, blijven wij beiden zitten in de spreekkamer. We weten eigenlijk niet zo goed wat we hiervan moeten zeggen. Voor ons beiden is het onverklaarbaar, nog steeds besluit ik niets tegen Mike te zeggen over Bertram die ik in mijn huis heb gevonden.

Nog steeds zou ik me daardoor verdacht maken. Waarschijnlijk is hij daar vermoord. En later nadat Sally is vermoord, is hij meegenomen en in de kofferbank van mijn auto gelegd. Waarom?

Waar was Bertram mee bezig en heeft Sally dus gewoon pech gehad dat ze in mijn huis kwam? Plotseling kwam een van de puzzelstukjes snel bij mij voorbij. Het oranje sleutellabel met de naam Bertram en daarop mijn adres.

Mike vraagt aan mij: 'Weet je met wie Bertram een afspraak had op vrijdagavond?'

'Nee, maar zullen we naar mijn kantoor gaan en in zijn agenda kijken? Het staat er vast in.'

Samen lopen we naar mijn kantoor en daarna open ik direct de agenda, op vrijdagavond staat er bij Bertram in zijn agenda 'Angela 21.00 uur??' Daarna niets meer.

'Ja, dat klopt,' zeg ik tegen Mike. 'Ik heb vrijdagavond met Bertram een afspraak gemaakt op kantoor om het communicatieplan met hem en onze communicatiedeskundige John Goldberg door te nemen. Bertram is hier erg kort bij geweest. Eigenlijk hebben we samen de grote lijnen besproken en daarna heb ik het met John verder uitgewerkt. Waar Bertram heen ging heeft hij niet gezegd. Hopelijk komen de forensische rechercheurs er na het onderzoek van zijn telefoon uit.'

Voor mezelf blijft nog een ding onduidelijk, wat deed hij in mijn appartement?

Samen met Mike bespreek ik hoe we dit alles aan onze medewerkers vertellen.

We besluiten dat we vermelden dat onze kantoorpartner Bertram Brand sinds vrijdagavond niet meer van zich heeft laten horen. En dat we vanmorgen een inspecteur van de politie van New York op visite hebben gehad. Deze deelde ons mede dat Bertram dood is gevonden in de kofferbak van een uitgebrande auto. Verdere details zijn nog niet bekend, ook moet de familie van Bertram nog worden ingelicht en moet hij nog geïdentificeerd worden.

Onze medewerkers zijn allemaal op de hoogte van de afspraken over communicatie en zeker in dit geval is het al snel helemaal duidelijk. Een verkeerd woord tegen bijvoorbeeld een journalist en ons kantoor staat ook in de krant. Iedereen begrijpt dat we ons dat niet kunnen veroorloven.

Dus voorlopig komt er niets naar buiten, maar het is wel logisch dat iedereen op de hoogte is voordat er vragen zijn waarom hij niet op kantoor is.

Rond het middaguur komt er een postbode met een brief voor de directie. Hiervoor moet getekend worden. Onze receptioniste vraagt of ze voor deze brief mag tekenen. 'Natuurlijk,' zeg ik tegen haar, 'kom je hem zo brengen?'

Omdat dit soort brieven wel vaker worden bezorgd, kijken we hier niet van op, maar in dit geval was het wel iets speciaals. De brief is gericht aan de advocaten van Bill Iron.

Ik neem de brief aan van de receptioniste en besluit direct met deze brief naar Mike te gaan.

Hij maakt hem open en begint meteen aandachtig te lezen.

New York, 11 november '19

Geachte heer Dudley, Geachte mevrouw Winfield.

WIJ VRAGEN UW AANDACHT VOOR HET VOLGENDE.

VRIENDELIJK DOCH DRINGEND DELEN WIJ U MEDE DAT WIJ HET NIET GOED VINDEN DAT U INFORMATIE VAN UW CLIËNT DEELT MET IEMAND.

HET EERSTE SIGNAAL HEEFT U INMIDDELS ONTVANGEN: HET IS MENENS.

OP GEEN ENKELE WIJZE KOMT ER VANAF NU NOG INFORMATIE NAAR BUITEN.

DUS NIET IN DE VORM VAN BEELDEN, GETUIGENIS OF BESPREKING MET JOURNALISTEN.

GROETEN
JUST FRIENDS

Mike zegt direct: 'Dit heeft met de dood van Bertram te maken! Een dreigbrief. Gericht aan ons beiden en niet aan ons drieën. Hiermee hebben we zo goed als de verklaring van de dood van Bertram. Maar wie zit hierachter?

'Volgens de brief zijn wij beiden in gevaar als we nog iets van onze cliënt naar buiten brengen.'

Ook bij mij valt de puzzel nu in elkaar.

'Hebben ze Sally in mijn auto gevolgd terwijl ze dachten dat ik het was?' zeg ik tegen Mike.

'En later zijn ze erachter gekomen dat ze de verkeerde gevolgd zijn!'

Ondertussen weet ik dus nu ook waarom, ik ben immers die avond zelf thuisgekomen; waarschijnlijk heeft hij dat aan mijn handtas gezien.

Zijn we nu veilig als we onze mond houden en niets meer naar buiten brengen of lopen we nog steeds gevaar?

Het lijkt erop dat de brief alleen maar uitstel is van executie.

En alweer moeten we samen een nieuw plan maken over de communicatie, hoe pakken we dit aan?

Verstandig is, denken we beiden, dat we de officier van justitie vragen om langs te komen en hem op de hoogte te brengen van de bedreiging gericht aan ons. Zodat we samen een plan kunnen maken.

Ons kantoor moet extra worden beveiligd en wij beiden moeten beveiliging hebben, daar kunnen we niet mee wachten. Het grote probleem is dat we niet weten wie hierachter zit.

Ik bel de beveiliging van ons kantoor. Er mag niemand meer naar binnen, de deur gaat op slot.

Blijkbaar vond de officier van justitie het telefoontje van Mike genoeg om direct in de auto te stappen en met zijn chauffeur naar ons kantoor te rijden.

Onze beveiliger laat de officier van justitie via de parkeergarage naar binnen rijden.

We verwelkomen hem in de spreekkamer van ons kantoor.

Waarschijnlijk zal hij niet blij zijn met wat we hem allemaal gaan vertellen.

'Meneer Fairfax, dank dat u direct bent gekomen, er is de afgelopen dagen nogal wat gebeurd rondom de zaak van onze cliënt Bill Iron, nadat onze cliënt zelfmoord heeft gepleegd. Alhoewel wij verwachten dat hij vermoord is. Zijn er een aantal opmerkelijke zaken gebeurd.

'Na het bericht van de zelfmoord hebben wij een persbericht uitgedaan dat we verklaringen hebben van onze cliënt, dat er een groot aantal hoogwaardigheidsbekleders betrokken zijn bij het misbruikschandaal waar onze cliënt voor is veroordeeld.

'Wij zijn er met ons kantoor van overtuigd dat onze cliënt er veel van wist, maar dat hij niet de spin in het web is waar het allemaal om draait. Natuurlijk gaan wij door met het uitzoeken wat er daadwerkelijk is gebeurd en hiervoor gebruiken wij de verklaringen die onze cliënt heeft afgelegd.

'Met deze verklaring en het lopende onderzoek naar zijn dood willen wij op enig moment naar buiten treden. Echter, er heeft zich een heel vervelend feit voorgedaan. Bij mijn kantoorgenoot Angela thuis is iets verschrikkelijks gebeurd.

'De vriendin van Angela heeft haar auto geleend voor een paar dagen en op het moment dat ze de sleutel weer terug binnen heeft willen leggen in het appartement van Angela is mevrouw Miller waarschijnlijk achtervolgd, overvallen en vermoord. Mevrouw Miller is met een mes in haar borst in het appartement gevonden.

Angela kwam thuis en heeft haar vriendin zelf aangetroffen. Het verslag hiervan zult u nog van Inspecteur Green ontvangen. Hij is belast met het onderzoek.

Maar het verhaal is nog niet compleet. De auto van Angela is waarschijnlijk door de overvaller meegenomen. De auto is de dag daarna teruggevonden in Hudson Riverpark. Hij stond in brand en is snel na de melding door de brandweer geblust.

Na of tijdens het blussen is de kofferbak van de auto opengegaan en de politie heeft daar het lichaam van een dode man gevonden.

De dode man in de auto is onze vriend en partner van ons kantoor, Bertram Brand. Wij waren al enige dagen aan het proberen contact met Bertram te zoeken. Maar goed, het was weekend, dus het kan natuurlijk altijd dat hij een paar dagen niet bereikbaar is.

Vanmorgen heeft Inspecteur Green ons bevestigd dat de dode man in de auto naar alle onderzoeken en driedubbele controles Bertram Brand moet zijn. Ook hij is vermoord.

Het definitieve onderzoek van de forensische arts is nog niet afgerond, maar wij verwachten vandaag of uiterlijk morgen het rapport te mogen ontvangen.'

John Fairfax is er stil van, hij heeft natuurlijk al heel wat meegemaakt in zijn loopbaan, maar dit verhaal, zegt hij erg rustig maar behoorlijk ontdaan, lijkt wel een thriller waar we in terecht zijn gekomen.

Mike vervolgt zijn verhaal op professionele wijze. Ik zou het zelf op dit moment zeker niet beter gedaan kunnen hebben. Mike heeft zijn goede vriend Bertram verloren en zelf ben ik mijn vriend en mijn beste vriendin Sally door een verschrikkelijke moord verloren.

Mike gaat verder: 'Vanmorgen hebben wij hier op kantoor een behoorlijk intimiderende brief ontvangen. Ik zal hem voorlezen.'

Hij leest de brief voor en de officier van justitie luistert aandachtig.

Je ziet dat hij schrikt van de inhoud.

Onmiddellijk is de reactie van de officier van justitie: 'Dit is een regelrechte aanval op onze rechtstaat, een moord op een advocaat en een vergismoord op de vriendin van een advocate. Zoals u beiden denkt, verwacht ik inderdaad dat het zo is gegaan.

'Men was van plan beide partners van uw kantoor te vermoorden. Helaas is uw vriendin vermoord omdat ze blijkbaar en helaas een behoorlijke gelijkenis vertoont met u, mevrouw Winfield, ik vind het verschrikkelijk voor u beiden.

'Wat is uw plan op dit moment. Trekt u zich terug? Of wilt u dat ik voor u beiden een veiligheids- en beschermingsplan opzet dat waterdicht is?'

Mike antwoordt direct: 'Wat mij betreft: ik ga honderd procent zeker door met deze zaak, maar wij hebben intern nog niet besproken wat Angela ervan vindt. Als ze ermee stopt, wat ik ook begrijp, ga ik ondanks dat zeker door.'

In de tijd dat Mike zijn verhaal aan het uitleggen is aan John Fairfax heb ik al besloten zeker niet te gaan stoppen met het uitzoeken van dit verhaal en ook niet te stoppen met de verdediging van onze overleden cliënt. Mijn beste vriendin is vermoord omdat ik met een zaak bezig ben. Ze is vermoord omdat ze dachten dat ik het was. Moet ik nu stoppen met deze zaak en dit aan anderen overlaten? Het is mijn schuld dat Sally is vermoord.

Meteen zeg ik tegen Mike en John Fairfax: 'Wat er is gebeurd, is het ergste wat me heeft kunnen overkomen. Mijn vriendin is vermoord omdat ze dachten dat ik het was, mijn beste vriend en kantoorgenoot Bertram is vermoord omdat wij samen aan deze zaak werken.

'Nooit ga ik hiermee stoppen. Ik ben nog nooit zo strijdvaardig geweest. Iedereen die hierbij betrokken is, zullen we vinden. We gaan ze allemaal aanklagen en voor het gerecht brengen, ik ga niet meer rusten totdat al deze mensen zijn opgepakt en vastzitten. Ik beschouw het niet alleen als mijn plicht om dit door te zetten, dit wordt ons levenswerk.' Bij de laatste woorden kijk ik Mike direct aan.

Met tranen in zijn ogen kijkt hij terug. Ondanks zijn eigen goede pleidooi is hij stil en ik zie dat hij behoorlijk onder de indruk is van mijn krachtige uitspaak.

John Fairfax staat op en legt zijn hand op mijn schouder.

'Angela, ik vind het geweldig dat je dit door wil zetten. Alles zullen we eraan doen om jullie beiden vanaf nu een 24/7-begeleiding te geven. Direct ga ik de minister van Justitie bellen en hem om toestemming vragen. Ik beloof jullie nu al dat die er zeker gaat er komen.

Jullie krijgen beiden een bodyguard, een gepantserde auto en alles wat er verder nodig is om degene of de personen die dit hebben opgezet aan te gaan pakken.

Verder ga ik nu opdracht geven om een team te formeren dat samen met jullie het onderzoek naar de dood van Bill Iron gaat doen. Dit wordt een van de belangrijkste zaken van dit moment!'

'Hartelijk dank, meneer Fairfax,' antwoordden wij beiden. 'Fijn dat u het zo oppakt. Zonder de steun van justitie zouden wij het anders ook niet kunnen vervolgen. Dit is dus essentieel voor deze zaak.'

'Excuseert u mij, heeft u voor mij een kantoor waar ik iedereen kan gaan bellen? Ik moet dit alleen doen, ik ga met de minister bespreken welke personen ik per direct voor u beiden ga inschakelen. Ondertussen adviseer ik u om beiden hier te blijven totdat het plan klaar is.'

'Oké,' antwoord ik, 'wij blijven beschikbaar op ons kantoor. Ik begeleid u naar een vrij kantoor waar u in alle rust, deze zaak kunt organiseren. Wilt u nog een kop koffie?'

'Ja graag.'

Ik ga koffie voor ons drieën halen en zet een kop bij John Fairfax neer, doe de deur dicht en ga naar het kantoor van Mike.

We overleggen eigenlijk erg veel met onze partners onderling, bij allerlei soorten strafzaken. Alle strategieën die we bedenken in dit soort zaken worden uitvoering besproken en we maken ze samen definitief. Zodat we er als partners altijd van overtuigd zijn dat we het goed aanpakken: dat is de kracht van ons kantoor. Dit is een van de belangrijkste redenen waarom wij als kantoor zo succesvol zijn.

Maar nu is er plotseling veel veranderd, nu zullen we dit met tweeën moeten doen. Gelukkig is Mike goed op de hoogte van alles rondom onze cliënt Bill Iron. Als hij zich vandaag nog een stuk verder inleest, kunnen we dit samen goed oppakken.

Mike vraagt mij: 'Ben je er zeker van dat je dit wil doorzetten? Er komt vanaf nu veel bij kijken, wij zijn niet meer veilig. De hele dag gaat er een bodyguard met ons mee; we kunnen niet meer alleen door de stad, zelfs als je een bezoek aan je familie brengt, gaat er iemand van de beveiliging mee. Ook zal er een plan moeten komen om onze families te beschermen. Want het lijkt erop dat de personen die hierachter zitten ontzettend veel macht hebben en er niet voor terugdeinzen om ook onze families op te zoeken en misschien te bedreigen.'

Mike is alleen en heeft geen vriendin op dit moment terwijl hij een van de meest begeerde vrijgezellen is die er nu rondlopen in de stad. Daarom is het voor Mike makkelijker te doen.

Dus ik zeg: 'Mike, jij hebt een mooi appartement in een goed beveiligd complex, dus jouw beveiliging is goed te organiseren. Maar ook jij dient je ervan bewust te zijn dat als je bijvoorbeeld een avond op stap wilt, dat je nooit meer alleen bent en dat is ook voor het gezelschap waarmee je weg of uit gaat erg moeilijk en vervelend.'

'Ja dat klopt, maar toch heb ik dat ervoor over, ik kan onmogelijk deze zaak loslaten of aan iemand anders toevertrouwen. Ik moet en zal hier samen met jou aan meewerken Het gaat niet om mij, het gaat nu om Sally en Bertram.'

'Ik vind het fijn, Mike, dat je het zo oppakt. We gaan dit samen oplossen. Ik begrijp dat ik mijn appartement voorlopig niet meer kan gebruiken, het is te gemakkelijk om daarbinnen te komen. Justitie heeft hopelijk voor mij een goed safe-house.'

'Maar ondertussen,' denk ik hardop, 'mijn vader, hij woont helemaal alleen en is dus helemaal niet veilig. De personen waar we nu mee te maken hebben, hebben zo uitgevonden waar hij woont. Zeer zeker hebben deze, waarschijnlijk machtige 'vrienden' van onze cliënt dit allemaal al als optie vastgelegd. Dus we zullen zo met John Fairfax bespreken hoe we dit organiseren.

'Mijn vader is nogal eigenwijs, maar hij zal zeker begrijpen dat wij deze zaak doorzetten. Voor mij is het erg belangrijk dat ook de beveiliging van vader goed gaat. Misschien moet hij maar tijdelijk bij mij in mijn nog aan te wijzen safe-house komen wonen.

De officier van justitie is nog druk aan het bellen, samen met Mike spreek ik het plan door.

Het eerste doel is het onderzoek naar de moord op Bill Iron. Dit zal zeer waarschijnlijk door de forensische arts goed worden gedaan. Maar we besluiten toch naar de arts te bellen en vragen of ze naar de mogelijkheid wil kijken of er mogelijk aanwijzingen zijn dat er derden zijn betrokken bij zijn 'zelfmoord'.

De moord op Sally en Bertram wordt al door de politie onderzocht. De officier van justitie zal ook hier nog extra druk neerleggen nadat hij ons verhaal heeft aangehoord.

Het mag duidelijk zijn dat een gedegen onderzoek erg belangrijk is. Gelukkig hebben wij geen twijfels bij het onderzoek dat door Inspecteur Green wordt gedaan.

Mike gaat het dossier en de getuigenis van Bill Iron nog een keer bekijken. En ik spreek af dat ik de forensische arts alvast ga bellen en wacht niet af wat de officier van justitie allemaal al heeft geregeld.

Als ik de afdeling bel waar de forensische arts werkt, krijg ik haar erg gemakkelijk aan de telefoon en vraag haar direct nadat ik heb uitgelegd dat de officier van justitie nog bij ons op kantoor is en haar later nog zal bellen, of ze extra naar de mogelijkheid wil kijken of er nog aanwijzingen zijn of er derden bij de zelfmoord zijn betrokken.

'Mevrouw Winfield, we hebben het lichaam volledig onderzocht. Ook de mogelijkheid of er iemand anders bij betrokken is, het gehele lichaam is gescand. Alles is vastgelegd op foto en digitaal opgeslagen. Ik heb zelfs voor u nog een reservekopie van het dossier gemaakt en elders opgeslagen. Maar helaas mag ik dit pas aan u overhandigen als ik de officier van justitie heb gesproken. Mijn rapport verwacht ik vandaag helemaal klaar te hebben. Ik wil u dit heel graag laten zien en ik zal het ook uitvoerig met u bespreken, maar echt pas na goedkeuring van de officier van justitie. Hopelijk heeft u hier begrip voor. Helaas is het nu niet anders.'

'Natuurlijk, geen probleem. We spreken elkaar snel.'

John Fairfax loopt over de gang en klopt bij me aan.

'Mevrouw Winfield, ik heb het plan doorgesproken met de minister en ik heb direct akkoord gekregen voor jullie beveiligingsplan. We hebben twee beveiligingsteams tot onze beschikking, die jullie 24/7 zullen gaan bewaken. En jullie beiden krijgen een persoonlijke bodyguard.

'Daarnaast hebben we twee erg goed beveiligde woningen tot uw beschikking. Graag wil ik met u beiden aan tafel om het plan door te spreken. De teams worden nu geïnformeerd en zullen binnen enkele uren hier zijn.

'De huizen liggen op een goed beveiligde plek waar het vrijwel onmogelijk is om binnen te komen. De ingang is via een parkeergarage en onder in de garage is nog een extra beveiligde automatische deur waarachter plaats is voor twee auto's. Vanuit deze plek is een lift die naar de beveiligde woningen gaat. Deze lift wordt op afstand bediend dus onder dreiging naar binnen gaan is onmogelijk. Onze teams komen u straks ophalen en zullen u verder begeleiden.

'Een betere beveiligde plaats is er bijna niet. Dus mijn voorstel is dat jullie samen naar deze woningen gaan. Het zijn twee zelfstandige appartementen waarin het u aan niets zal ontbreken.'

'Oké, dat klinkt goed,' zeg ik. 'Maar ik heb nog een probleem, en dat is mijn vader. Hij woont alleen en ik denk dat we rekening moeten houden dat mijn vader ook een middel kan zijn om ons te beïnvloeden. Stel je voor dat ze mijn vader ontvoeren en mij daarmee onder druk zetten? Omdat ik denk dat deze personen daartoe in staat zijn, is het belangrijk dat we hem meenemen in de beveiliging. Hij zou dus bij mij in de woning kunnen komen wonen.'

'Jazeker,' zei John Fairfax, 'Helemaal geen probleem. Kunnen we uw vader bellen dat we straks langskomen met het beveiligingsteam, zodat hij kort de tijd krijgt om spullen te pakken en zich voor te bereiden?'

'Akkoord. Ik zal mijn vader bellen en het uitleggen, anders maakt hij zich nu al zorgen.'

'Juist. Dan zullen nu we naar uw collega gaan om te kijken wat hij ervan vindt.'

De officier van justitie legt het hele verhaal uit aan Mike. In eerste instantie vond hij het allemaal een beetje te veel. Alleen al het feit dat wij beiden op één plek komen te wonen, ondanks dat het in een ander appartement is. De twee beveiligingsteams en een persoonlijke bodyguard klinken wel goed in de oren.

'Een beter plan is er denk ik niet,' zucht Mike eindelijk.

'Oké, we gaan het zo doen,' zei John Fairfax.

Mijn telefoon gaat. Het is onze bewaker. Hij meldt dat er twee heren zijn voor de officier van justitie met de namen Mick Jackson en Jeff Mercurio.

Ik geef de telefoon aan John Fairfax en kort daarna hoor ik hem zeggen: 'Oké, deze heren mogen naar binnen.'

De beide bodyguards komen binnen en stellen zich voor. Het zijn twee stevige heren, allebei netjes in het pak en erg groot. Ik schat zo'n één meter vijfennegentig.

Onder hun jas zit een kogelvrij vest waarboven nog net een stropdas uitkomt en op de heup dragen ze een pistool. Verder hebben ze een oortje in en onder de rechter broekspijp is duidelijk te zien dat daar nog een of ander wapen verborgen zit.

Justitie heeft het goed voor elkaar, klinkt mijn gedachte, twee knappe mannen die er allebei uitzien als een getrainde vechtmachine.

Mick Jackson en Jeff Mercurio stellen zich beiden aan ons voor.

Mick wordt mijn persoonlijke bodyguard. Een mooie man met een perfect kortgeschoren baardje. Ik moet zeggen: geen slechte keuze. Liever had ik gehad dat dit niet nodig was, maar ik voelde me op de een of andere manier direct op mijn gemak bij hem. Ik heb er vertrouwen in dat justitie een goede keuze heeft gemaakt en dat zo snel.

Jeff is de bodyguard van Mike, ook een goede keuze. Een aardige vent, met een positieve en tegelijk rustige uitstraling. Iemand waar je niet direct ruzie mee krijgt, maar die je gezien zijn verdere lichaamstaal ook maar beter niet kwaad kunt maken. Dit is een echte vechter.

Als de medewerking van justitie met deze snelheid en aanpak doorgaat, hebben we de zaak snel onder controle en kunnen we ons ten volle inzetten om aan de zaak te werken.

De officier van justitie neemt direct de leiding.

'Mevrouw Winfield, heren, kunt u mij volgen? We gaan in de spreekruimte zitten en dan zal ik u allen uitleggen hoe we de beveiliging coördineren.'

In de spreekkamer begint het betoog.

'Onder geen enkele voorwaarde mag u zich zonder onze persoonlijke bodyguard op straat bevinden Hij zal vierentwintig uur per dag bij u zijn. Als u gaat slapen zal hij ook in het appartement zijn. Over het algemeen zal hij slapen als u ook slaapt. Op dat moment is het beveiligingsteam extra attent, omdat uw bodyguard ook slaap nodig heeft.

'Alle details uit uw agenda waar u naar toe moet, bespreekt u met uw bodyguard. Hij gaat altijd mee. Bij belangrijke besprekingen kan het zijn dat hij in overleg buiten wacht. Maar u krijgt ook een paniekknop. Als u die indrukt, is hij direct bij u. Nooit mag de deur, waarachter u zich bevindt, gesloten worden. Zelfs als u naar het toilet gaat mag de deur niet op slot.

'U zult elkaar hierin moeten vertrouwen. Anders kan hij zijn werk nooit goed doen. Uw bodyguard staat altijd met u in verbinding. Hij is continu bereikbaar. U hoeft maar op het knopje te drukken en u kunt met elkaar spreken. U krijgt een GPS-module in de vorm van een armband. Deze armband heeft een accu die ruim een week opgeladen blijft, dus graag minimaal eenmaal per week opladen.

'Verder staat hij ook in verbinding met het team dat voor uw transport en controle zorgt. De auto waar jullie mee rijden is net zo goed beveiligd als de auto van onze president. Maar het is niet mogelijk om zo maar op straat uit te stappen en een rondje te lopen. Anders kunnen we uw veiligheid niet garanderen.

'Dit zijn de belangrijkste zaken. Jeff en Mick zijn erg ervaren. Elke dag zult u tips van de heren krijgen waar u vooral op moet letten. Uw telefoons mag u niet meenemen en verder moet er voor vertrek bij uw laptop en tablet de locatie worden uitgezet. Er komt speciale software op die u volledig zal afschermen. U kunt straks gewoon werken in de cloud, op de nieuwe locatie is alles goed beveiligd.'

John Fairfax stopt zijn verhaal.

'Ik ga nu naar mijn kantoor en daarna zal ik de forensische arts bellen en vragen of zij het rapport van uw cliënt wil toesturen zodat u direct kunt beginnen met de voorbereiding van de zaak want op korte termijn komt er een persconferentie waarin ik deze ga toelichten.

'Ik dank u allen voor de medewerking. We spreken elkaar snel weer.'

Mijn telefoon gaat weer en het is opnieuw onze bewaker. Hij vraagt of hij de officier van justitie aan de telefoon mag hebben. 'Ja, natuurlijk' antwoord ik.

'Mevrouw Winfield, de twee teams zijn ook gearriveerd. Als u het goed vindt, stuur ik deze door, zodat u ook met hen kennis kunt maken.'

Opnieuw komt er nu een hele groep van in totaal acht mannen naar binnen. Deze heren zijn netjes in het pak en allemaal van het formaat zoals de twee bodyguards.

We doen weer een voorstelrondje. De heren zijn allemaal onderweg al voorzien van de informatie dus dat nemen we alleen nog kort even door. Continu zullen ze bij ons blijven. Ze draaien diensten van zes tot tien uur, op een dusdanige manier dat er altijd ruimte is voor een van de vier om te slapen of te eten. En zelfs misschien voor een dagje vrij als ons dagschema het toelaat.

Elk dagschema is anders, maar het team per persoon blijft altijd hetzelfde. Alleen bij eventuele ziekte zal de zieke persoon vervangen worden, anders blijft het team compleet.

's Nachts verblijven de beide teams in twee andere appartementen die in hetzelfde gebouw zijn gesitueerd. In deze appartementen zijn tv-schermen die het gehele gebouw rondom bewaken.

In onze appartementen zijn alleen de ramen van de buitenzijde te zien, de voordeur, de hal en de woonkamer; in de andere ruimtes hebben we onze eigen privacy, voor zover je van privacy kunt spreken.

Nadat iedereen op de hoogte is van de taken besluiten we alles meteen in gang te zetten. Eenmaal op locatie zullen we eerst proefdraaien zodat de belangrijkste taken duidelijk zijn.

Ondertussen heb ik telefonisch kort de situatie aan mijn vader uitgelegd, dus we gaan eerst naar hem toe. Als we er zijn, zal ik eerst alleen naar binnen gaan en later daarna mag het team het huis in en gaan mijn vader en ik onze spullen inpakken. Het gaat allemaal heel snel, maar iets anders is nu niet mogelijk.

Tegelijkertijd is Mike ook naar zijn woning gegaan om kleding in te pakken voor een paar weken en dossiers op te halen die nog thuisliggen.

Door de drukte in New York duurt het zeker veertig minuten voor we bij mijn vader thuis arriveren. Natuurlijk verwacht hij mij, maar nog niet zo vroeg. Hij vraagt: 'Angela wat is er aan de hand?'

'Pap, het hele verhaal met Sally en Bertram is ernstiger dan wij hebben gedacht, Mike en ik worden bedreigd. Als we verder gaan met de zaak van onze cliënt, worden we misschien vermoord. In elk geval worden we ernstig bedreigd. Sally is waarschijnlijk vermoord, omdat ze dachten dat ik het was.

'Vandaag hebben we uitvoerig overleg gehad met de officier van justitie en de minister van Justitie, en besloten dat we toch doorgaan. We moeten weten wie Sally en Bertram hebben vermoord. Om dit goed uit te kunnen voeren, gaan we naar een safe-house. Omdat jij mijn vader bent, loop jij ook direct gevaar. Als ze mij en Mike niet kunnen pakken, zullen ze het misschien op onze families munten.

'Dus komen ze gegarandeerd een keer bij jou langs. Daarom gaan we, jij en ik, nu direct weg.'

'Verschrikkelijk, maar ik begrijp het. Ik zal even met mijn buren overleggen of ze de buitenkant van mijn huis op afstand in de gaten willen houden. Ik zeg wel dat ik met je op vakantie ga en nog niet precies weet wanneer ik terug ben. Verder wil ik spullen uit de koelkast meenemen met nog wat andere boodschappen die ik al heb gehaald. En een koffer met kleren.'

'Oké, pap'

Ik roep mijn bodyguard Mick op en hij stelt zich voor aan mijn vader. Dan komt ook het team binnen om zich voor te stellen. Tot dusverre gaat alles beter dan verwacht.

We hebben een uurtje nodig om alles in te pakken, de kleren van mij en mijn vader zitten in een paar grote koffers en liggen al in de auto samen met nog wat tassen met levensmiddelen en boodschappen en een paar flesjes wijn.

Wanneer alles ingepakt is, gaan we op pad naar onze nieuwe en geheime locatie.

We komen uit bij het Criminal Courts Building. Er gaat een soort grote, zilveren garagedeur open en we komen in een grote lege ruimte. De beide auto's rijden naar binnen, de deur gaat ogenblikkelijk weer dicht.

Daarna rijden we een stuk door. Weer gaat er een grote deur open, ook deze gaat weer achter ons dicht. We zijn nu aangekomen in een ruimte waar makkelijk vier van deze grote auto's kunnen staan.

In de hoek zien we een liftdeur, een hele brede. De beveiligings-mensen hebben alle tassen en koffers van Mick, mij en mijn vader al gepakt. Jeff blijft bij Mike. Met z'n allen stappen we in de lift. Nog nooit heb ik een dergelijke, grote lift gezien. De stevige deuren gaan als een kluis dicht en daarna gaat de lift omhoog. Het verloopt allemaal heel soepel.

We zien geen aanduiding hoe hoog we zitten. Ook zien we geen deuren voorbijsuizen dus deze lift stopt, denk ik, maar op één plaats en dat is onze nieuwe logeerplek. Ik schat dat we zeker vijfentwintig verdiepingen zijn gestegen; althans zo lang duurde volgens mijn inschatting de rit naar boven.

Dan gaat de lift open en we komen uit in een mooie en moderne hal, met vier appartementen zo het lijkt. In de hal staat een bewaker.

Daarna gaan we in de volgende lift, deze is beveiligd met een slot met afstandscode. Deze lift wordt door iemand elders in het gebouw bediend. Allemaal onderdeel van de veiligheidsprocedure. Iedereen gaat weer mee omhoog, met alle koffers en tassen past het net.

Daar komen we bij de twee afzonderlijke appartementen uit, dit zijn de adressen waar we voorlopig wonen.

Mike gaat met zijn team naar zijn appartement en mijn team loopt met mij en mijn vader mee naar binnen. Vooraf wordt alles nog een keer gecheckt. De koffers worden in de slaapkamers gezet. De boodschappen in de keuken. Het is een geweldig mooi en volledig nieuw ingerichte woning met trendy meubelen, een prachtige keuken, drie slaapkamers, drie badkamers, een aparte zithoek en een aparte eethoek. Ik voel me nu al direct thuis. Het is zeker geen straf om hier enige tijd te wonen. We hebben een wijds uitzicht over de stad, met aan de voorzijde het Columbuspark. Een veiliger plek kan ik me nu niet bedenken want dit is het Criminal Courts Building, aan Baxter Street. We zijn aan de achterzijde het gebouw ingereden, dus niemand die ons hier gaat zoeken. Wie zal denken dat er mensen in dit gebouw, een gerechtsgebouw, wonen? En voor ons werk zijn we toch regelmatig in dit gebouw.

Mijn vader kijkt me aan en zegt: 'Angela dit is geweldig! We hebben zelfs een mooi dakterras, met prachtige bomen, bloemen en planten. Kan ik toch nog tuinieren als ik wil!'

Ook Mick, onze bodyguard, heeft een mooie eigen kamer.

In het appartement van Mike is er een kamer ingericht tot werkruimte met daarin twee bureaus. Ook dit is mooi en trendy ingericht, absoluut geen probleem om dit als tijdelijke werkplek te mogen gebruiken.

's Middags heb ik overleg met Mike.

'Angela,' zegt Mike tegen me, 'onze eerste prioriteit is de zaak Bertram en Sally. Ik heb twee van onze beste onderzoeksmedewerkers op de zaak gezet. Allereerst gaan we na waar Bertram allemaal is geweest en hoe hij in jouw auto terecht is gekomen. Het lijkt erop dat de zaak Sally er iets mee te maken heeft, maar de connectie is nog niet duidelijk en al helemaal niet logisch. Onze onderzoeker werkt nauw samen met de forensische specialisten van justitie. Allereerst gaan we zijn telefoonhistorie en locatiegegevens onderzoeken.

'We realiseren ons dat het in een stad als New York erg lastig is om te weten welke personen op hetzelfde moment dat Bertram in het Hudson River Park is terechtgekomen ook daar waren op dezelfde plek en zelfde tijdstip. Maar daar richt het onderzoek zich op, verder gaan we hetzelfde onderzoek doen voor Sally.'

Op dat moment speelt weer door mijn hoofd het moment dat ik thuiskom; de grote brede man, Bertram waarschijnlijk al dood in mijn badkamer, mijn vlucht naar buiten, de overval, het moment uren later dat ik wakker werd met geheugenverlies, de slaapkamer, de kleren van Bertram en later Bertram die dood in mijn logeerbadkamer ligt met een mes in zijn borst.

'Wat is er, Angela?' vraagt Mike aan me.

'Sorry Mike, ik was even afgeleid. Ik moest denken aan de situatie dat ik Sally heb gevonden in mijn appartement en dat het eigenlijk de bedoeling was dat ik vermoord zou moeten zijn. We gaan verder,' zeg ik: 'Het is goed dat we eerst van beiden gaan onderzoeken waar ze allemaal zijn geweest. Dan kunnen we misschien de dader of daders het snelste vinden. Ook de camerabeelden gaan we checken. Overal staan tegenwoordig camera's. Je kunt eigenlijk niet ongezien door de stad lopen fietsen of rijden.

'Het zal een paar dagen duren, maar het is duidelijk dat dit voorlopig onze belangrijkste zaak ooit gaat worden en al helemaal omdat de connecties van onze cliënt ons nu ook privé hebben geraakt.'

Mike en ik spreken af dat we beiden full time blijven werken op deze locatie en alleen voor het overleg bij justitie en ons kantoor deze veilige werkplek verlaten.

Ik neem contact op met Jessica Barr, ze is de beste snelste en slimste onderzoeker die ons kantoor ter beschikking heeft. Jessica gaat erg efficiënt te werk en krijgt deuren open die voor niemand opengaan, ontzettend overtuigend, bijt zich vast in de zaak en gaat dag en nacht door tot het is afgerond.

We hebben haar destijds bij een grote concurrent weggekocht. Zelf heb ik haar benaderd op het moment dat haar vorige werkgever een conclusie in een onderzoek in twijfel trok.

Achteraf, maar toen werkte ze al voor ons, heeft het kantoor van onze concurrent excuses aangeboden en gevraagd of ze alsjeblieft terug wilde komen. Maar Jessica is iemand die bijna nooit terugkomt op een genomen besluit. Voor deze zaak kunnen we niemand beter inzetten. Ze is een echte die-hard.

Ik zeg tegen Jessica: 'We hebben een van de belangrijkste zaken ooit en ik hoop dat jij deze voor mij wil onderzoeken.' Kort leg ik haar het verhaal uit en zeg direct dat dit allemaal al in ons online onderzoeksschema staat. Maar een mondelinge en in dit geval een telefonische inlichting is zeker erg belangrijk. Al is het alleen maar om mijn emoties uit te leggen, vooral omdat het over Sally en Bertram gaat.

'Het rapport is erg compleet, maar de meest cruciale dingen ontbreken.

Voor Sally begint het op het moment dat ze mijn auto heeft opgehaald en naar haar afspraak is gegaan. Tot het moment dat ik haar in mijn eigen appartement heb gevonden. Waarschijnlijk heeft Sally haar vriend opgehaald. Wij weten niet wie dat is, we zijn nog niet aan elkaar voorgesteld.

Met de creditkaartgegevens kunnen we zien waar ze heeft afgerekend. Hebben Sally en haar vriend ergens gegeten? Wat gedronken?

Een bioscoop bezocht? Dit moeten we kunnen vinden.'

Jessica gaat aan het werk en ik besluit om maar eens te ontspannen.

Ik heb zin om weer eens een keer uitgebreid te koken.

'Pap, zal ik iets lekkers proberen te maken? Ik heb ondertussen wel honger.'

'Ja lekker, ik heb nog een hele hoop dingen uit mijn huis meegenomen die ik al had ingekocht omdat jij toch voorlopig wel bij mij zou blijven wonen.'

Mijn eigen specialiteit is eigenlijk best simpel. Ik besluit om een lekkere nasi te maken. Rijst koken, stukjes kip kort in een marinade laten staan, beetje knoflook erbij, mooi bruin bakken, dan zoveel mogelijk groenten fijnsnijden en natuurlijk een lekkere omelet in stukjes over de nasi heen. Een smakelijke satésaus erbij voor over de kip en natuurlijk kroepoek. Als je honger hebt dan gaat dit er altijd in.

Er valt een soort rust over me heen. Samen met mijn vader op een veilige locatie ontspannen eten en kletsen. Proberen te vergeten wat er allemaal is gebeurd en vooral niet denken aan alles wat er nog gaat komen.

Na afloop gaan we op de bank zitten, met een overheerlijk glaasje rode wijn. Het lijkt wel vakantie.

We genieten samen en vergeten alle gebeurtenissen van de afgelopen dagen.

We pakken nog een glaasje wijn en ondertussen voel ik toch dat alles wel een behoorlijke impact op me heeft gehad. De vermoeidheid komt weer terug. Al zal het ook wel een beetje aan de wijn liggen en de maaltijd.

Ik zeg tegen mijn vader: 'Zullen we alles opruimen en in de vaatwasser zetten?' Het was zo gebeurd met z'n tweeën.

Daarna ga ik toch, ondanks dat het nog niet echt laat is, slapen. Ik heb het idee dat ik nog wel twaalf uur aan een stuk kan slapen.

JESSICA BARR meldt zich bij het kantoor van justitie. Ze krijgt van het team volledige medewerking en inzage in alle creditkaart-, locatie- en telefoongegevens.

Het voorlopige overzicht is al netjes uitgewerkt.

Direct viel het Jessica op dat Sally maar een paar telefoontjes heeft gedaan, vrijdagavond gebeld naar Angela, en ook heeft zij gebeld naar Bertram.

'Waarom belt Sally met Bertram de collega van ons kantoor?' denkt Jessica: 'Angela heeft tegen mij gezegd dat Sally een afspraak had met haar vriend, die vriend kende Angela nog niet. Die vriend is dus Bertram. In het rapport en verslag staat dat Bertram een afspraak had op kantoor om 21.00 uur 's avonds met Angela en ook dat hij maar een half uurtje bij de bespreking is geweest en daarna naar een andere afspraak moest. Verder staat er in dat Sally Angela heeft gebeld en haar auto bij het kantoor heeft opgehaald. Waarschijnlijk heeft Sally Bertram dus daar opgehaald.

'Op de creditkaartgegevens staat niets van een etentje of zo. Geen enkele uitgave 's avonds. Wel 's middags een behoorlijke uitgave op Madison Avenue. Dameskleding.'

Jessica vraagt ook de gegevens op van de telefoon en creditkaart van Bertram. Op vrijdag staan heel veel telefoontjes met, zoals het lijkt, cliënten dus dit moet nog worden uitgezocht. Een telefoontje aan Sally en een paar naar het kantoor van Dudley, Brand en Winfield.

Op de creditkaart staat de hele week niets, maar op vrijdagavond een afschrijving van een etentje in het Meatpacking District. Ze zijn dus samen uit gaan eten. Om 22.45 uur heeft Bertram betaald, verder geen afrekening meer van een bar of café dus zijn ze die avond naar Bertram thuis gegaan of misschien naar Sally?

Zowel bij Sally als bij Bertram zijn er geen afschrijvingen meer geweest, wel pleegde Sally op zaterdagmiddag een telefoontje naar Angela. Dit klopt met wat in het rapport staat. In dit gesprek met Angela geeft Sally door dat ze de auto weer terug gaat brengen. Wat later vindt Angela Sally dus bij haar thuis. Dit gedeelte is helder.

De camerabeelden zijn nog niet beschikbaar, ook de locatie-gegevens nog niet, de specialisten zijn deze nog aan het uit-werken en aan het opvragen. De inspecteurs die in opdracht van John Fairfax aan het werk zijn, hebben het voorlopig nog niet compleet.

Jessica besluit om naar de locatie te gaan waar Mike en Angela aan het werk zijn, om verslag uit te brengen. Het valt niet mee om daar binnen te komen.

Via de hoofdentree wordt ze door een bewaker naar het midden van het gebouw begeleid. Daar komen twee van de beveiligers haar ophalen. Ze dient zich te legitimeren. Daarna volgt er nog een telefoontje en het is akkoord om naar binnen te gaan.

Samen met haar collega Mac Burn is Jessica Barr de enige die hier voorlopig mag komen. Alle andere afspraken vinden omwille van de veiligheid toch plaats op het advocatenkantoor.

Ze gaat met een snelle lift naar boven, daar wordt ze opgewacht door vier bewakers, allemaal met een hand op hun pistool. Haar identiteit wordt nog een keer geverifieerd, ze wordt gefouilleerd en daarna mag Jessica naar de volgende lift.

Boven aangekomen wordt ze opgewacht door Mick Jackson; ze mag mee naar binnen.

In het kantoor aangekomen geeft Jessica haar beide collega's een hand en condoleert hen met het verlies van hun collega en daar-naast Angela met het verlies van haar beste vriendin.

Jessica is al een heel stuk verder met de puzzelstukjes die ont-breken in het verhaal van Sally en Bertram. Na het bestuderen van de telefoongegevens van Bertram en Sally is er een ding duidelijk geworden.

'Angela, je vriendin Sally had een afspraak met jullie collega Bertram Brand.' Ondertussen kijkt ze ook Mike aan. 'We hebben de telefoongegevens naast elkaar gelegd en er waren twee duidelijke raakvlakken die onmiddellijk naar voren kwamen. Vrijdag heeft Sally je gebeld of ze je auto mocht ophalen; dat klopt allemaal met het verhaal dusverre. Ook heeft ze Bertram gebeld, waarschijnlijk om te vertellen dat ze hem op kwam halen. Bertram moest vrijdagavond op kantoor eerder weg, dus dat klopt met de gegevens in het rapport.

Dus naar alle waarschijnlijkheid heeft Sally Bertram hier opgehaald. Daarna zijn ze zeer waarschijnlijk samen naar het Meatpacking District geweest om te eten. Daar heeft Bertram om 22.45 uur afgerekend, al hebben we nog geen beelden of ze werkelijk samen daar zijn geweest. Dat is wel het meest logische omdat er vooraf telefonisch contact is geweest tussen beiden.

Angela was er stil van. Hoe kan Sally dit voor mij verbergen? Mijn collega Bertram een afspraak met Sally?

En waarom heeft Bertram niets tegen mij gezegd? Al zeggen de onderzoeksgegevens dit tot nu toe: het hoeft toch niet waar te zijn. Of wel? Ik begrijp het echt niet. Dus ik zeg tegen Jessica 'Ongelofelijk, dit had ik niet zien aankomen. Ik begrijp niet dat Sally dit niet tegen mij heeft gezegd. Mijn beste vriendin een afspraak met mijn collega, dit had ze vast en zeker tegen mij verteld.'

Mike op zijn beurt begrijpt het ook niet: 'Ik weet dat Bertram vrijgezel is en dat het lastig is om in deze business werk en privé goed te combineren. Dus als je het mij vraagt, zou ik haast zeggen dat het niet kan. Maar we zijn benieuwd of er camerabeelden zijn.'

Jessica denkt hardop: 'Het is natuurlijk zo dat Bertram is gevonden in de auto waar Sally mee heeft gereden. En het kan natuurlijk kloppen dat iemand Sally heeft aangezien voor Angela. Het zou kunnen dat Sally de auto heeft teruggebracht naar Angela en dat Bertram erbij was. Misschien heeft Bertram beneden op Sally gewacht in zijn eigen auto. Sally ging de sleutel binnen leggen en is direct in het appartement overvallen en vermoord.'

De moordenaar heeft vervolgens Bertram vermoord, in de kofferbak van de Aston Martin gelegd en daarna de auto, heel veel later, 's nachts in het Hudson Riverpark geparkeerd en in brand gestoken. Ik zet dit voorlopig in mijn rapport dat ik deel met justitie.'

Natuurlijk weet ik dat het niet klopt, maar ik zeg tegen Jessica: 'Oké, je mag het zo vastleggen. Ik weet ook geen ander alternatief te bedenken, hopelijk wijzen de camerabeelden nog iets uit.'

Ik weet dus zeker dat Bertram vrijdagnacht om 1.00 uur al vermoord was, hij lag immers in mijn appartement, maar zaterdagavond was hij daar weg. Wat is de reden dat Bertram is weggehaald uit mijn appartement? Zaterdagmiddag leefde Sally nog, ze heeft me immers gebeld en later heb ik haar zelf gevonden vlak nadat ze vermoord is.

BERTRAM HAD vandaag gepland om Angela uit te nodigen voor een romantisch diner, zodat ze samen eens rustig konden praten, vanavond wilde hij eindelijk zijn gevoelens voor haar vertellen.

Door alle drukte van de dag was het nog niet mogelijk geweest, maar hij had het wel voorbereid. Hij had Sally gebeld of ze hen samen op kwam halen. Sally vond het een geweldig plan. Maar zoals vaker lukte het weer niet om Angela te vragen of ze vandaag meeging. Het moest een late verrassing zijn. Er was te veel gebeurd vandaag.

Sally had het zo geregeld dat ze aan Angela had verteld de auto op te halen omdat een vriend haar had uitgenodigd voor een etentje, het zou super zijn als hij dan met een geweldig mooie Aston Martin werd opgehaald.

Angela had dus niets gemerkt van de afspraak vanavond. Hij had het nog wel in haar agenda gezet...

Nee, het was te druk, de zelfmoord, het communicatieplan, de druk om de cliënt vrij te krijgen. Dat was zeker gelukt vandaag, maar nu is alles in duigen gevallen.

Het was allemaal perfect gepland, deze grootste klant moest worden vrijgelaten. Want daar waren ze zeker vanuit gegaan; er was geen enkel bewijs tegen hem.

Sally belt.

Beneden aangekomen kijkt Sally ervan op dat Bertram alleen is. 'Sorry,' zegt Bertram. 'Angela kan niet mee, er is nog veel werk te doen voor een belangrijke cliënt. Dat gaat zeker de hele avond duren, dus mijn plan valt weer in duigen. Vind jij het goed dat wij dan samen gaan eten vanavond? Ik heb al gereserveerd, bij een toprestaurant. Dan gaan we straks een nieuw plan verzinnen.'

'Vooruit dan maar, ik heb toch niets beters te doen.'

Ze kwamen het restaurant binnen in het Meatpacking District. Het restaurant is pas drie maanden open en heeft nu al de beste recensies. Het is er sfeervol, gezellig, erg mooi en trendy ingericht.

85

Dé gelegenheid voor Bertram om met Angela te praten. De muziek staat precies goed, zodat de mensen aan de tafels naast je niet kunnen horen wat je tegen elkaar zegt.

Bertram zegt tegen Sally: 'Wat zullen we doen, een glaasje champagne? En verder gewoon water, want jij moet nog rijden.'

'Oké Bertram, zullen we een voorgerecht bestellen en een hoofdgerecht? Het ziet er hier geweldig uit.'

Een van de dames noteert de bestelling, snel staat er een glas champagne en samen toosten ze op Angela. De dame van de bediening was niet nieuwsgierig, maar vroeg toch wat ze te vieren hadden. Want hier kwam je niet zomaar eten, dit moet wel een speciale gelegenheid zijn.

Sally, niet op haar mondje gevallen, zei direct: 'De planning was dat deze meneer hier met zijn vriendin, een collega, zou gaan eten, maar daar is helaas iets tussen gekomen. Ik maak er daarom dankbaar gebruik van om hier een keer te eten. De volgende keer komt hij echt met zijn vriendin.' Ze keek Bertram aan, hij knikte instemmend.

Sally stelt voor: 'Als ik je nu straks na het eten eens bij het appartement van Angela afzet zodat je haar thuis als een verrassing opwacht? Je doet in het hele huis wat kaarsjes aan, muziekje erbij.'

NADAT SALLY hem voor de deur van het appartement heeft afgezet, loopt Bertram Brand op deze vrijdagavond laat naar het appartement van Angela Winfield. Hij heeft van Sally de sleutel gekregen voor de woning met het label: Bertram, Old Broadway 1115.

Bertram is al geruime tijd verliefd op Angela, het komt er gewoon niet van om het tegen haar te zeggen. Ze hebben het erg druk, veel tijd om samen iets af te spreken is er niet. Vooral de laatste tijd is het een erg volle agenda met alle besprekingen en voorbereidingen voor de zaak van hun cliënt Bill Iron.

Bertram doet de deur open van het appartementengebouw waar Angela woont. Er loopt op het moment dat hij binnenloopt, een grote, vriendelijke, brede kerel mee naar binnen.

Hij gaat naar de lift. De man loopt mee en vraagt naar welke etage Bertram wil. 'De tiende.'

'Oké, dat is toevallig, ik ook.'

De lift is er erg snel. De man loopt voorop en loopt naar het appartement van de buren. Bertram doet de deur open, ziet een schim van links aankomen en voor hij het wist, wordt hij met een enorme duw naar binnen gegooid. Valt op de grond en staat onmiddellijk weer op. Daarna krijgt hij een ontzettende klap en alles wordt zwart.

Als hij wakker wordt, ligt hij op het bed, zonder kleren, alleen nog met zijn onderbroek aan. Overal zijn kaarsjes aan.

Hij had zich ongeveer voorgesteld dat de avond zo zou gaan verlopen. Angela die na het overleg naar huis gaat en als ze binnenkomt helemaal wordt verrast met overal kaarsjes, hapjes, een muziekje.

Samen op de bank en vertellen hoe lang hij al van haar houdt. Maar zoals nu in de slaapkamer: dit had hij niet gepland. Zo al helemaal niet.

De grote kerel staat voor hem en zegt: 'Zo meneer Brand, dit is een waarschuwing voor jullie kantoor. Ik ga u zo vermoorden. Ik leg u hier op bed. Straks zal uw collega thuiskomen.

'Ze zal ervan schrikken dat u hier in haar bed ligt. Allereerst zal ze u proberen te helpen, al snel komt ze erachter dat u al overleden bent.

'Omdat ze advocaat is, zal ze direct de politie bellen. Natuurlijk zal men haar in eerste instantie niet geloven. Alle sporen wijzen natuurlijk helemaal in haar richting. Dus het loopt allemaal erg slecht met jullie kantoor af. Dat heeft grote gevolgen voor de zaak van Bill Iron.'

Intussen had Bertram al bedacht hoe hij de man snel uit zou kunnen schakelen.

Bertram springt op en geeft de grote vent een vuistslag op zijn onderkaak.

Vervolgens vliegen ze samen de badkamer in en vallen op de grond. Bertram begint de grote kerel keihard tegen zijn hoofd te schoppen, maar die springt op. Hij lijkt wel van staal en voor dat hij weer uit kan halen, voelt hij een enorme steek in zijn borst, een mes… Binnen enkele seconden valt hij neer en voelt niets meer.

MAC BURN werkt al ongeveer zeven jaar voor het advocatenkantoor van Dudley, Winfield en Brand Advocaten. Mike Dudley heeft hem gevraagd om toch te starten met het onderzoek naar de dood van Bill Iron.

Hij heeft een afspraak met de directeur van de gevangenis. Samen bespreken ze wat er is voorgevallen en dat het kantoor Dudley, Winfield en Brand Advocaten een onderzoek gaat doen naar wat er is gebeurd en of de twijfel terecht is.

Mac Burn begint met het stellen van vragen. 'Heeft u het vermoeden dat de zelfmoord in scène is gezet?'

'Nee, integendeel, wij twijfelen daar zeker niet aan. Eigen onderzoek heeft wel uitgewezen dat de vaste bewaker ziek was op het moment dat meneer Iron zelfmoord heeft gepleegd. Het is geen geheim wie de bewakers zijn, alles wordt vastgelegd in logboeken. Dus het was eenvoudig om te zien wie verantwoordelijk was voor de bewaking van onze cliënt op het moment dat hij zelfmoord heeft gepleegd.'

In deze afdeling van de gevangenis wordt elke gevangene om de dertig minuten gecontroleerd. Volgens de directeur was door een fout in de communicatie de controle een keer overgeslagen. Hij vervolgt: 'Meneer Iron heeft in dat tijdsbestek zelfmoord gepleegd. Het is niet zeker of we er op tijd bij waren geweest als die controle wel was uitgevoerd. Meneer Iron was waarschijnlijk al bijna een uur dood volgens de lijkschouwer. Zoals het ernaar uitziet heeft hij direct na het laatste bezoek van de bewaker een einde aan zijn leven gemaakt. Dus als de bewaker binnen een half uur terug was geweest, was het alsnog te laat geweest om zijn leven te redden. We gaan deze procedure voordat we nog een keer met een soortgelijk geval te maken krijgen direct aanpassen. Er volgt nu een continue beveiliging met camera's. Helaas is dit voor de heer Iron te laat.

'Het definitieve rapport van de schouwarts heb ik nog niet gezien. Maar dit verwachten we binnenkort.'

Mac Burn noteert de namen van de bewakers en vraagt of hij deze kan spreken. 'Natuurlijk, ze zijn allemaal aanwezig behalve de vaste bewaker, hij is nog ziek thuis. Ik kan u zijn adres en telefoonnummer geven zodat u hem thuis kunt bezoeken.'

De beide andere bewakers waren uiterst vriendelijk en stonden Mac uitstekend te woord. Ook hadden ze direct toegeven dat er tijdens de overdracht een communicatiefout was gemaakt. Hij werd maar één keer per uur gecontroleerd tussen de pauzes door. Tot nu toe eigenlijk niets verontrustends, het klonk allemaal erg aannemelijk.

Mac krijgt het telefoonnummer en adres van de zieke bewaker, Ben Johnson. Hij besluit om niet te bellen, maar hij gaat er direct langs. Ben Johnson woont in Court Street, niet al te ver rijden.

Mac belt aan en al gauw krijgt hij Ben via de intercom te spreken.

Hij meldt dat hij van advocatenkantoor Dudley, Winfield en Brand is; graag wil hij wat weten over zijn werk in de gevangenis.

De deur opent.

Mac Burn is een van de meest ervaren senior onderzoekers van het advocatenkantoor. Als er iemand is die in staat is om dingen los te weken bij mensen die worden ondervraagd, dan is hij een van deze toppers.

Ben Johnson zegt: 'Wat kan ik voor u doen, meneer Burn?'

'Ik ben aangesteld als onderzoeker van Dudley, Winfield en Brand en onderzoek de zelfmoord van Bill Iron.

Ik heb een soort zesde zintuig ontwikkeld in mijn jaren als onderzoeker. We hebben een aantal zaken op een rijtje gezet. Allereerst past een zelfmoord niet bij onze cliënt Bill Iron. Hij zou, zoals het ernaar uitzag, op korte termijn vrijkomen. Er was dus helemaal geen reden om zelfmoord te plegen. Hij wilde heel graag weg uit deze gevangenis.

'Het was erg ongepast onder welke omstandigheden hij werd vastgehouden, totaal afgezonderd, geen contact met andere gedetineerden. Hij is weggezet als een zware crimineel. Hij heeft niemand vermoord en had daar ook geen plannen voor.

'Al is hetgeen waar hij voor is veroordeeld, is natuurlijk niet goed te praten, maar het was vrij zeker dat meneer Iron op korte termijn weer vrij zou komen.

'Vanmorgen heb ik het logboek van de bewakers gecontroleerd, dit was keurig ingevuld. De bewakers hebben gemeld dat bij de heer Iron een controle is overgeslagen.

'De directeur van de gevangenis heeft dit ook direct aan mij gemeld. Op dat moment ging ik natuurlijk al twijfelen. Het klinkt allemaal te mooi.

'Ik kan u in vertrouwen melden dat wij verwachten dat er grote belangen in het spel zijn. Ons onderzoek richt zich daarop en wij gaan bewijzen dat Iron is vermoord in zijn cel.

'We hebben uw staat van dienst gecontroleerd, nog nooit bent u ziek geweest. Het is wel heel erg toevallig dat u zich voor het moment van overlijden van onze cliënt ziek heeft gemeld. Ik moet zeggen, erg ziek ziet u er niet uit.

'Na het rapport van de schouwarts hopen we meer nieuws te hebben over de exacte doodsoorzaak. Dus mijn vraag aan u is, heeft u het vermoeden dat onze cliënt zelfmoord zou gaan plegen? U bent namelijk een van zijn vaste bewakers en de enige die naast onze advocaten nog vaak contact heeft gehad met hem voor zijn dood.'

'Nee,' begint Ben Johnson zijn verhaal, 'ik had een goed contact met de heer Iron, hij was altijd aardig en vriendelijk en hoopte dat hij snel vrijkwam. In de korte momenten dat ik hem sprak kwam hij erg inspirerend op mij over. Het was zeker niet de persoon die past bij alle verhalen die over hem worden verteld.

'Vaak vroeg hij aan mij of ik nog nieuws voor hem had, altijd heb ik natuurlijk gezegd dat ik dat niet had. Wij mogen immers niets met de gevangenen bespreken. We mogen alleen vragen hoe het ermee gaat en of ze goed geslapen hebben. Alleen oppervlakkige praatjes is de instructie voor de communicatie met de gedetineerden.

'Ik merkte wel dat hij bang was in de gevangenis. Bang dat er iets met hem zou gebeuren. Dit past wel bij jullie verhaal. Ik denk ook dat hij zeker niet van plan was om zelfmoord te gaan plegen. Integendeel, hij zei dat als hij vrijkwam – en voegde eraan toe dat dat op korte termijn ging gebeuren – dat hij iedereen zou vertellen dat hij niet de persoon was zoals hij in de pers werd weggezet.

'Zoals u begrijpt, ben ik er erg van geschrokken dat hij zelfmoord heeft gepleegd.'

'Meneer Johnson, dank u wel voor uw openheid. Denkt u dat u collega's heeft die zich met duistere zaken bezighouden?'

'Nee, dat kan ik me niet voorstellen.'

'Bent u onder druk gezet om u ziek te melden?'

Ben Johnson schrikt van de directe vraag die Mac Burn hem stelt. Mac staat erom bekend dat hij erg goed in staat is om verder en duidelijker door te vragen dan de meeste andere onderzoekers. Zijn betrouwbare en vriendelijke uitstraling zorgt ervoor dat de meeste mensen zich echt op hun gemak voelen en daarom eerder open en eerlijk antwoord geven.

Ben Johnson is er stil van geworden. Blijkbaar had Mac een gevoelige snaar geraakt; het kijkt erop dat hij iets wil zeggen maar vervolgt met: 'Wilt u misschien een kop koffie of iets anders te drinken?'

'Ja, een kop koffie graag, met een beetje suiker en een beetje melk alstublieft'

Ben gaat naar de keuken en maakt twee koppen koffie. Hij komt terug en gaat weer bij Mac zitten.

'Meneer Burn, ik wil graag een hele hoop dingen tegen u zeggen. Voor mij is de zaak ook onlogisch, erg onverwacht, maar zelf denk ik dat u gelijk heeft. Deze hele zaak klopt niet.

'Er spelen grotere belangen mee. Ik ben zelf ook bang. Allereerst om weer te gaan werken. Maar ook om mijn verhaal, zoals ik er over denk, naar buiten te brengen. Zeker na wat er nu is gebeurd. Voordat ik mijn versie van het verhaal ga vertellen en dat wil ik graag doen, moeten jullie mij garantie en advies geven voor mijn eigen veiligheid.

'Wat gaat er met mij gebeuren als ik misstanden in de gevangenis naar buiten breng? Dat heeft hele grote gevolgen. Daarom wil ik dit gesprek snel beëindigen. Als u langer in mijn woning blijft, en u wordt gevolgd, zal dat mij alleen maar verdacht maken.'

'Ben, ik snap het. Stel dat u mij bewijzen kunt geven dat er zich misstanden hebben voorgedaan in de gevangenis, zou dat inderdaad gevolgen kunnen hebben voor uw carrière. Maar ik kan u nu niet beloven dat u beschermd wordt. Als u echt belangrijke informatie kan geven, zal ik dit in vertrouwen met de officier van justitie bespreken.'

'Mijn informatie zal bewijzen dat de zaak van zijn zelfmoord is gemanipuleerd.'

'Ik ga het u niet lastiger maken, straks zullen we uw probleem bespreken. Daarna overleggen we met de officier van justitie. Ik beloof u nu dat er geen enkele informatie naar buiten komt. Op kantoor zal ik de directeur van de gevangenis bellen dat ik bij u ben geweest en dat u nog wel een tijdje afwezig zult blijven en mij geen verdere info over onze cliënt heeft kunnen geven. Stemt u hiermee in?'

'Akkoord, we zullen het hierbij laten.'

DE VOLGENDE morgen word ik wakker, 6.30 uur. Het wordt weer een gewone werkdag, er staat genoeg op het programma dus uitslapen is onmogelijk. Ik heb trouwens bijna elf uur aan een stuk door geslapen. Ik voel me goed, ik ben helemaal fit.

Na de douche kleed ik me netjes aan zoals op elke normale werkdag, daarna maak ik een heerlijk ontbijt. Yoghurt met ontbijtgranen, blauwe bessen, aardbeien en een overheerlijk glas vruchtensap erbij. Zo kan ik weer een groot deel van de dag vooruit.

Daarna ga ik naar het kantoor in het appartement van Mike.

Mike is al aan het werk.

'Goedemorgen, Mike.'

'Goedemorgen Angela, hoe gaat het er mee?'

'Het gaat eigenlijk weer goed. Ik heb weer voldoende energie om de draad goed op te pakken.'

'Mooi, zullen we dan meteen maar aan de slag gaan?'

'Ja graag!'

Mike zegt: 'Ik heb hier het eerste deel van het onderzoek van Mac Burn, hij is in de gevangenis geweest en heeft daar de directeur gesproken. Daarna heeft hij de bewakers gesproken die dienst hadden op het moment dat Bill zelfmoord zou hebben gepleegd. Tot nu toe klinkt eigenlijk alles heel erg aannemelijk.

'De bewakers hebben toegegeven dat ze plotseling moesten invallen voor een zieke collega. En dat ze de halfuurlijkse controle van Bill een keer hebben overgeslagen.'

'Er is een probleem met de zieke bewaker, deze meneer schijnt meer te weten. Maar hij wil eerst van ons zekerheid hebben, zo heeft hij tegen Mac Burn gezegd, over de gevolgen die het voor hem heeft als hij zijn verhaal vertelt. Blijkbaar heeft hij belangrijke informatie die wellicht kan verklaren dat Bill geen zelfmoord heeft gepleegd.

'Dit betekent dat wij met de officier van justitie moeten gaan praten om voor deze bewaker, de heer Ben Johnson, een soort getuigenbeschermingsprogramma op te gaan zetten.'

Bij Mike gaat de telefoon. Het is de officier van justitie, John Fairfax.

'Meneer Dudley, ik heb zojuist het rapport van de schouwarts ontvangen. Deze heeft in het kort tegen mij verteld dat er iets niet pluis is met het lichaam van uw cliënt Bill Iron. Zijn nek is op meerdere plaatsen gebroken. Er zitten vreemde blauwe plekken rondom in zijn hals. Volgens de schouwarts is dit een beeld wat niet kan kloppen als je jezelf ophangt. Dus ons onderzoek gaat zich nu richten op moord.

'We hebben de beide bewakers die dienst hadden op non-actief gesteld. Deze bewakers zouden elk half uur moeten controleren. Dit is niet gebeurd. Ze hebben dit ook toegegeven. Er zitten meerdere fouten in het logboek van de bewakers, dus op een bepaald moment is er niet gecontroleerd. Mogelijk dat er opzet in het spel is of de bewakers zijn afgeleid geweest.'

'Dank u wel, meneer Fairfax, wij zijn in elk geval zeer tevreden dat u ons zo goed op de hoogte houdt. Kunnen wij direct een afspraak maken met u? Ons onderzoek heeft ook nog aangewezen dat er iets mis was met de bewaking. Graag wil ik dit mondeling met u bespreken.'

'Ja natuurlijk, wanneer komt het u uit?'

'Wij kunnen eventueel vanmiddag rond drie uur.'

'Oké, is goed, ik zie jullie vanmiddag.'

CHESTER WINCH was nog nooit zo kwaad geweest. Angela Winfield was hem toch nog te snel af geweest. Het was allemaal goed gepland. Hij zou Bertram bewusteloos slaan. Daarna het hele appartement romantisch maken zodat het erop leek dat Bertram Brand en Angela Winfield een gezellige avond in het appartement zouden hebben gehad.

Bij thuiskomst van Angela zou hij haar ook dusdanig bewerken dat het er, na de komst van de forensische specialisten, op zou lijken dat Angela Bertram had betrapt met Sally Miller. Vooraf had hij alle beveiligingscamera's rondom het appartement van Angela Winfield vakkundig buiten werking gesteld.

Het was de bedoeling dat hij Bertram op het laatste moment zou vermoorden. En dat het erop zou lijken – omdat het onderzoek uit zou wijzen dat het lichaam nog warm was – dat de moord pas was gebeurd. Maar het ging allemaal iets anders dan gepland.

Alles ging bijna goed. Hij had de afspraak van Bertram en Angela doorgekregen, immers zijn contacten weten alle info. Er is inzicht in de agenda, afspraken, telefoontjes en WhatsApp-berichten. Eigenlijk alles was digitaal goed te volgen; ze zouden samen gaan eten. Zelfs het restaurant was bekend.

Chester Winch stond te wachten voor het kantoor. En zag Sally Miller naar binnen gaan, korte tijd daarna zag hij haar met de Aston Martin wegrijden. En kwam daarna weer teruggereden, ze had een rondje gereden en zette de auto voor de deur.

Bertram Brand kwam naar buiten en stapte een beetje onwennig in de auto van Angela Winfield, waarin op dat moment Sally Miller reed.

Wat is er nu aan de hand? Angela Winfield had een afspraak met Bertram Brand ze zouden samen naar het restaurant in het Meatpacking District gaan. En nu gaat hij met Sally Miller weg?

De Aston Martin rijdt weg, hij besluit om ze maar te volgen.

Sally parkeert de auto schuin tegenover het restaurant. Samen met Bertram loopt ze naar het mooie, trendy restaurant waar ze naar binnengaan. Bertram doet natuurlijk galant de deur open en achter hen weer dicht.

Chester begrijpt er niets meer van. Maar toch besluit hij te wachten wat er nog gaat gebeuren. Misschien komt Angela Winfield toch nog.

Wie weet is haar vergadering uitgelopen en komt ze wat later.

Er lopen heel wat mensen naar binnen op dit tijdstip.

Het ziet er erg druk uit in het restaurant. Zelf was hij hier nog nooit geweest, maar hij had wel gehoord dat het op dit moment een van de meest gewilde plaatsen van dit deel van New York is om te gaan eten. Het heeft de allerbeste recensies. Zelf kan hij hier natuurlijk nooit gaan eten.

Wachten duurt altijd lang, maar op zich kwam dit eigenlijk goed uit. Het plan moet worden aangepast. Mevrouw Winfield is nog steeds niet op komen dagen. Hij volgt Angela Winfield, Bertram Miller en Mike Dudley al een hele tijd. De laatste tijd had hij al gemerkt dat ook Sally Miller wat vaker bij Angela kwam, dus zij was geen onbekende voor hem.

Maar wat dan ook de reden is dat Sally in plaats van Angela met Bertram uit gaat eten; het is eigenlijk alleen weer een beter verhaal. Want dat is zijn specialiteit. Hij kan een plaats delict zodanig aanpassen dat negenennegentig procent van de forensische specialisten in zijn opzet gelooft.

Alleen is nu nog niet helemaal bekend of Sally nu ook met Bertram naar het appartement van Angela gaat.

Na iets meer dan anderhalf uur komen er steeds meer mensen naar buiten. De meeste etentjes zitten er voor deze avond weer op. De mensen zullen zich waarschijnlijk begeven naar een of andere rooftop-bar in de stad.

Nadat er alweer een paar stelletjes naar buiten zijn gekomen, verlaat ook Sally het restaurant, gevolgd door Bertram.

Ze lopen samen naar de auto. Ook Chester start de auto en op het moment dat de Aston Martin gaat rijden, wacht hij heel eventjes en gaat in de achtervolging. Op geruime afstand zodat ze zeker niet zien dat ze worden achtervolgd.

Nu afwachten waar ze naar toe rijden. Het is druk, er zitten nu een stuk of zeven, acht auto's tussen hem en de Aston Martin in. Maar het volgen gaat goed, hij probeert steeds een goede afstand te houden. Het is onmogelijk dat ze hem zien. Tot nu toe gaat alles prima. Na ongeveer een kwartiertje lijkt het erop dat Sally en Bertram naar het zuiden van de stad rijden.

Na korte tijd komen ze aan op Old Broadway, Sally parkeert de auto voor het appartement, ze blijven samen in de auto zitten.

Zelf parkeert hij de auto om de hoek, achteruit zodat hij nog net zicht heeft op de Aston Martin en besluit om uit te stappen. Hij zal toch ongezien mee naar binnen moeten lopen, een sleutel heeft hij niet.

Hij ziet dat Bertram uitstapt. Sally blijft zitten. Bertram zegt nog iets door het geopende raam en Sally rijdt weg. Bertram blijft nog staan, zwaait naar Sally en wacht tot ze om de hoek is gereden.

Hij loopt de trap op en uit zijn zak haalt hij een sleutel.

Wat nu? Blijft Bertram hier? Gaat hij naar huis?

Met enkele grote passen en een flinke sprint loopt Chester naar de trap. Zijn conditie is super dus dit is geen enkele moeite. Als Bertram de sleutel in het slot stopt, staat hij al op twee meter achter Bertram. Vlak voordat de deur dichtvalt, heeft hij die al vast en loopt hij behendig achter Bertram aan.

Hij loopt erg rustig, alsof hij ook in dit gebouw woont, de hal in naar de lift en knikt vriendelijk naar Bertram.

Hij heeft al op de knop geduwd en vraagt: 'Naar welke etage wilt u?'

'Naar de tiende,' zegt Bertram.

De lift gaat snel naar de tiende. Er wordt niets meer tegen elkaar gezegd, Bertram gaat, als de deur van de lift opengaat, met de sleutel in zijn hand naar het appartement van Angela. Chester loopt naar de naastgelegen voordeur om ervoor te zorgen dat Bertram geen argwaan krijgt.

Bertram doet de deur open en in een flits staat hij naast hem, en duwt met hem de deur in een enorme klap open. Met zijn volledige gewicht op Bertram. Direct geeft hij Bertram een enorme slag onder zijn rechteronderkaak en Bertram valt neer, maar staat onmiddellijk weer op. Daarna geeft hij hem nog een ontzettende klap en hij staat niet meer op.

Het plan is nu veranderd. Jammer van Sally Miller, maar hij gaat ervan uit dat Angela Winfield vanavond toch gewoon naar huis komt. Het oorspronkelijke plan gaat door.

Hij tilt Bertram op alsof hij niets weegt, legt hem op het bed van de slaapkamer en kleed hem uit.

Het ziet ernaar uit dat Bertram nog wel enkele minuten buiten westen is, dus hij maakt de kaarsjes aan, zet een flesje wijn op tafel met een paar glazen, haalt wat hapjes uit de koelkast en gaat vlug weer terug.

Snel legt hij alvast wat sporen zo neer zodat het verhaal helemaal past.

Hoe laat Angela thuiskomt, is niet te zeggen. Dat kan direct zijn of het duurt nog uren, maar zeker is dat ze straks thuiskomt.

Als Bertram wakker wordt, kijkt hij Chester Wings verschrikt aan. Er flitst van alles door zijn hoofd en kijkt rond.

De kleerkast staat voor hem en zegt, 'Zo meneer Brand, dit is een waarschuwing voor jullie kantoor. Ik ga u zo vermoorden. Ik leg u hier op bed. Straks zal uw collega thuiskomen, ze zal ervan schrikken dat u hier in haar bed ligt. Allereerst zal ze u proberen te helpen. Al snel komt ze erachter dat u al overleden bent. Omdat ze advocaat is zal ze direct de politie bellen. Natuurlijk zal men haar in eerste instantie niet geloven, alle sporen wijzen natuurlijk helemaal in haar richting. Dus het loopt allemaal erg slecht met jullie kantoor af en dat heeft grote gevolgen in de zaak van Bill Iron.

Hij ziet Bertram bewegen. In een flits geeft hij hem een flinke klap op zijn gezicht en vervolgens vliegen ze samen de badkamer in en vallen de grond. Hij krijgt nog een schop tegen zijn hoofd maar springt op, pakt zijn mes en duwt dit met een enorme steek in Bertrams borst, recht in het hart. Bertram valt neer en binnen een paar seconden ligt hij helemaal stil.

Hij hoort de voordeur dichtgaan en in een reflex kijkt hij om. Angela Winfield is binnengekomen. Perfect. Nu loopt het plan nog steeds zoals hij had bedacht.

Voordat Angela iets kan vragen, schopt hij haar behendig omver. Nog een trap tegen haar hoofd en ze zal rustig zijn. Maar voor hij het weet, ligt hij zelf op de grond. Hij voelt twee benen tegen zijn linker kuit en zweeft door de lucht. Met een enorme knal valt zijn honderdtwintig kilo zware lichaam op de vloer in de hal.

Hij springt weer op. Deze dame is een waardige tegenstander. Hij deelt een enorme slag uit op haar hoofd, helaas is deze tik niet goed raak anders had ze zeker niet meer opgestaan.

Voordat hij nog iets kan bedenken, voelt hij zijn lichaam achteruitvliegen de badkamer in. Beduusd komt hij bij van de karatetrap en ziet Angela Winfield nog net de voordeur uitrennen. De hal in. Zijn laatste kans! Pijlsnel gaat hij er achteraan en ziet Angela in de lift staan. Rammend als een bezetene drukt ze op de knop van de liftdeur om deze dicht te doen.

Net voordat hij er is gaat deze dicht en ramt de liftdeur in een laatste poging om hem nog open te krijgen. Verdomme!!

Nu terug naar het appartement van Angela, maar de deur is dichtgevallen. Hij kan er niet meer in. Hij besluit direct met de trap naar beneden te gaan; Angela achterna. Hij kan haar vast inhalen buiten op haar blote voeten. Haar schoenen liggen immers nog in de hal.

Hij loopt als een idioot met drie treden tegelijk de trap af. Helemaal buiten adem komt hij beneden aan en ziet Angela nog net wegrennen.

Ze loopt honderd meter verderop naar een groep van in totaal vier mannen.

Ze klampt de linkse twee mannen aan. Dit heeft geen zin. Als ik erop afga moet ik die vier mannen ook uitschakelen; dat zijn allemaal getuigen. Rustig draait hij zich om, doet zijn overhemd weer in zijn broek en trekt zijn stropdas recht. Daarna loopt hij alsof er niets is gebeurd naar zijn auto. Deze staat om de hoek uit het zicht van Angela en gaat er vandoor.

Mijn plan is geslaagd, denkt hij.

Angela heeft Chester wel gezien, maar het zal lastig worden om hem te vinden. Hij komt in geen enkele databank voor. Zijn machtige vrienden hebben hem deze status gegeven, af en toe moet hij klusjes opknappen. Maar met al zijn valse paspoorten kan hij ongezien over de hele wereld reizen. Hij heeft nu weer twee klusjes gedaan. Dus voorlopig is hij klaar.

Angela zal zo de politie bellen, alle bewijzen spreken haar nu tegen: Bertram vermoord met een mes, zonder vingerafdrukken, men zal haar verdenken. Er heeft een vechtpartij plaatsgevonden. Ze heeft gegarandeerd blauwe plekken. En het mooie is: ze heeft geen alibi, waarschijnlijk komt ze recht van haar kantoor.

Bij thuiskomst heeft ze Bertram samen met haar beste vriendin Sally betrapt. Sally heeft immers de Aston Martin geleend en is gestopt bij de voordeur van het huis van Angela. Dat zal het routevolgsysteem aangeven na onderzoek. Bij de vechtpartij die bij thuiskomst ontstond, heeft ze een mes gebruikt en Bertram doodgestoken. Dat zal het verslag worden van het forensisch onderzoek.

Alles komt toch nog ongeveer uit zoals hij had gepland.

ALS DETECTIVE en onderzoeker heeft Jack Gray jaren bij grote advocatenkantoren gewerkt, maar nu heeft hij een van de beste betaalde jobs in New York.

Een select groepje investeerders en bestuurders huurt hem in om allerlei klusjes te doen. Zijn werk bestaat voornamelijk uit observeren en registreren. Alles wat hij doet, is zo geraffineerd geoefend dat hij bijna onzichtbaar is. Nooit mag hij in contact komen met de contacten waarvoor hij het onderzoek doet. Ook de personen die hij moet onderzoeken of controleren zien hem niet, niemand uit de omgeving zal hem ooit zien.

Door zijn jarenlange ervaring neemt hij allerlei soorten vermommingen aan. Perfect beheerst hij alle manieren van schminken en verkleden. En alleen zo zal hij nu en in de toekomst kunnen werken.

Het bevalt hem perfect. Dit is het leukste wat een onderzoeker kan doen in zijn beleving, altijd in een maatpak lopen ging hem vervelen: alle dagelijkse besprekingen, bezoekjes aan de rechtbank, rapportages, overleg.

Het werk beviel hem destijds uitstekend, maar na verloop van tijd ging het hem steeds meer tegenstaan dat er altijd discussies en vervelende overlegsituaties waren.

Nooit waren de partijen tevreden. De waarheid komt altijd boven met de nodige gevolgen. Als je goed bent in je werk zijn er altijd mensen die je na het onderzoek benaderen en proberen te beïnvloeden. Zoals hij nu werkt, is dat nooit meer aan de orde. Zijn werk is er alleen maar beter op geworden, nooit legt hij nog verantwoording af.

Vandaag is zijn vermomming geweldig. Als zwerver ligt hij op korte afstand van de woning van Angela Winfield.

Een zwerver wordt altijd met rust gelaten als deze op een plek ligt waar niemand er last van heeft. Vaak drinken zwervers overmatig en zijn als ze slapen moeilijk wakker te krijgen. Soms zijn ze gewoon vervelend. Alle geluiden van de stad zijn ze gewend. Ze worden vanzelf weer wakker als het drukker wordt. Dan gaan ze op de voor hen bekende plekken ontbijten, wat drinken en dan op zoek naar wat geld om de dag door te komen. Een makkelijker rol is er eigenlijk niet. Je bent onzichtbaar omdat er geen aandacht aan je wordt geschonken.

Maar natuurlijk slaapt hij niet. Hij is zo scherp als een mes.

Sally Miller rijdt de auto netjes voor en Bertram Brand stapt uit. Nadat ze afscheid nemen, rijdt Sally weer rustig weg.

Bertram zwaait nog een keer. Vanaf de andere kant komt Chester Winch. Hij loopt snel en behendig achter Bertram aan, de trap op naar de voordeur. Met een vriendelijke knik bedankt hij Bertram voor het openhouden van de deur.

In de straat lopen een stel ongure types, ze kijken overal in auto's, in de woningen en het lijkt erop dat ze de buurt een beetje aan het verkennen waren.

Ook lopen ze langs Jack, geen van hen zegt iets. Zoals de meeste mensen die langs een slapende zwerver lopen. Eigenlijk vindt iedereen het zielig, een man of vrouw helemaal eenzaam, buiten slapen op een bank, vaak op karton en altijd een hoop rommel in oude boodschappentassen van een supermarkt.

Maar die hoop rommel van een zwerver is meestal zijn complete nog resterende bezit: afblijven dus. Zelfs de lege bierblikken die Jack rondom de bank heeft gelegd laten ze liggen. Eigenlijk had hij verwacht dat ze er een keer tegen aan zouden schoppen om hem wakker te maken en misschien uit te schelden voor ouwe viezerik. Maar nee het lijkt wel of ze hem respecteren en hem netjes met rust laten.

Geslaagd.

Het duurt lang; de bedoeling was dat Angela Winfield vanavond met Bertram Brand naar haar woning zou komen. Dit was allemaal zo bedacht en geregisseerd.

Hoe het plan nu verder zal gaan? Hij komt er vanzelf achter; actie hoeft hij niet te nemen, er komt straks een telefoontje met de vraag naar de huidige stand van zaken.

Na ruim twee uur stopt er een taxi. Angela stapt uit, bedankt de taxichauffeur en geeft hem waarschijnlijk een hele mooie fooi. Ze loopt de trap op en gaat naar binnen. Het is vijfentwintig minuten over één 's nachts.

Nog geen drie minuten later komt Angela Winfield naar buiten gerend helemaal in een soort van gehaaste paniek. Op blote voeten vliegt ze van de statige trap af. Daarna meteen de hoek om. Links van haar lopen nog twee van die ongure types die de buurt aan het afstruinen zijn. Aan haar rechterkant lopen de andere twee mannen van hetzelfde groepje. Ze rent erop af en spreekt ze aan en lijkt om hulp te vragen.

Van de trap van het appartement komt nu Chester Winch naar buiten gerend. Hij kijkt om zich heen en ziet Angela Winfield bij de mannen staan. Ogenblikkelijk loopt hij rustig verder de trap af de andere kant op, uit het zicht van Angela. Hij doet zijn overhemd in zijn broek, stropdas recht en loopt verder. Hij stopt en kijkt nog om naar Angela die nog met de mannen in gesprek is en verdwijnt.

Van achteren wordt Angela benaderd door de twee anderen uit het gezelschap, de kleinste van de twee knikt een keer naar zijn maat en in een slag krijgt Angela een klap met een soort knuppel op haar hoofd en valt bewusteloos op de grond.

De oudste van het stel haalt behendig het horloge van Angela's pols en ze gaan er vandoor. De buit voor vandaag is binnen, ze hebben hier niets meer te zoeken. Zeer waarschijnlijk een hele goede dag voor dit stel. Dit horloge brengt zeker een paar mooie maandsalarissen op. Wegwezen dus.

Angela ligt eigenlijk een beetje uit het zicht en niet in het licht van een lantaarnpaal of straatlamp. Jack besluit om te blijven liggen. Ze staat zo wel weer op.

Het duurt ontzettend lang, maar Jack besluit om voorlopig nog in zijn rol te blijven. Het vervolg is nu van belang voor het plan dat is bedacht.

Het duurde zeker meer dan een kwartier voordat Angela weer beweegt. Ze wordt wakker, staat op en waggelt een beetje beduusd rond. Het lijkt erop dat ze niet echt goed meer weet wat er is gebeurd. Ze kan bijna niet op haar benen staan, ze lijkt wel dronken.

Er stopt een taxichauffeur en hij roept iets van 'Mevrouw, gaat het wel?'

'Ja,' hoort Jack haar roepen: 'Het gaat wel.' De taxichauffeur denkt natuurlijk dat Angela te veel heeft gedronken op een feestje en nu de weg kwijt is.

De taxi rijdt door. Hij ziet Angela naar een bank lopen waar ze gaat liggen. Het lijkt wel of ze in slaap valt. Die klap is ook behoorlijk hard geweest.

Er rijden wat meer auto's door de straat en het wordt wat rumoeriger. Angela ligt nu ruim een paar uur op de bank. Maar waarschijnlijk door de ongelukkige houding en het geluid rondom komt ze weer bij haar positieven. Ze gaat zitten, kijkt om zich heen, staat op en loopt nog wat slingerend rond.

Nog steeds lijkt het erop dat ze de weg kwijt is. De klok op de kerk slaat inmiddels alweer vier uur.

Angela kijkt op haar pols, ja, het horloge is weg. Hij ziet haar overal voelen naar spullen maar ze heeft helemaal niets meer. Ze stopt haar hand in een zak van haar rok en haalt er een sleutel uit. Ze gaat aan de wandel en kijkt om zich heen. Op de hoek van de straat kijkt ze naar het straatnaambord op een stadsplattegrond. Daarna nog een keer naar de sleutel en loopt weer verder.

Zoekend en kijkend naar beide zijdes van de straat loopt ze in de richting van haar woning.

'Als Angela binnen is,' denkt Jack, 'zal het spektakel zo gaan beginnen.' Politie, ambulance, daarna de recherche. Dus hij wacht af en besluit als de hulpdiensten komen om dan deze opdracht hier af te sluiten. Zijn werk zit erop.

De klok van de kerk slaat half vijf. Er zijn nog geen hulpdiensten gearriveerd. Dit loopt niet volgens plan. Ondertussen had het hier moeten wemelen van de hulptroepen, maar er gebeurt helemaal niets.

Door zijn werk is hij gewend soms lange diensten te moeten draaien. Inmiddels is het weer licht geworden. Hij kan hier nog niet weg. Het kan zijn dat Angela thuis bij binnenkomst direct in slaap is gevallen, maar er had al lang actie moeten komen. Contact leggen over de stand van zaken nu is niet mogelijk. Er zit niets anders op: gewoon afwachten.

Ondertussen ruimt hij de bierblikken om zich heen netjes op en gooit deze in een prullenbak.

Tenslotte moet hij zijn rol goed spelen, maar een hele hoop troep achterlaten, dat kan natuurlijk niet. Hij neemt zijn spullen mee en gaat verderop op een bank zitten waar hij het pand van Angela Winfield woont, kan observeren.

Hij pakt de krant van gisteren en gaat zo lezen dat hij alles in de omgeving nog steeds goed kan zien. Weer gaan er uren voorbij. Er stopt een taxi bij de voordeur van Angela. Kort daarna komt Angela naar buiten gelopen en stapt in.

Jack pakt zijn spullen en gaat er vandoor.

CHESTER WINCH komt wat later op de dag terug. Ze hebben besloten na overleg dat Bertram Brand niet langer in het appartement moet blijven liggen. Het eerste deel van het plan is niet gelukt zoals ze hadden verwacht. Angela heeft slim gehandeld om niet de politie te bellen. Op deze manier maakt ze zichzelf niet verdacht.

Er volgt een andere strategie. Men gaat de beide advocaten bedreigen zodat ze stoppen met het bekend maken van gegevens.

Hij heeft doorgekregen dat Sally de auto terug komt brengen. Dit is de enige gelegenheid om ongezien zonder inbraaksporen in het appartement te komen. Om te voorkomen dat Sally Bertram Brand vindt, is er besloten om mee naar binnen te gaan en Sally en Bertram samen in de Aston Martin te stoppen en op te ruimen.

Hij wacht op de hoek van de straat en als Sally met de Aston Martin de parkeergarage inrijdt, glipt hij nog net voordat het hek dichtgaat naar binnen en loopt snel richting de deur van de lift.

Sally stapt uit en loopt naar de liftdeuringang van de parkeerkelder. Chester komt vrijwel tegelijk aan en loopt met een vriendelijke knik en 'goedemiddag' samen met haar de lift in.

'Welke etage mag ik voor u indrukken, mevrouw?'

'De tiende graag.'

'Oké, mooi, toevallig moet ik daar ook zijn,' antwoordde Chester.

Sally is direct gecharmeerd door de grote en vriendelijke kerel. En denkt dat het misschien wel eigenlijk een leuke vent was om een keer mee op stap te gaan. Misschien komt hij wel voor Angela, denkt ze, maar die is niet thuis.

'Moet u bij mevrouw Winfield zijn?' vraagt Sally. 'Nee' antwoordt hij, 'ik heb een afspraak op nummer duizenddertien. Waarschijnlijk haar buren.'

'Oké' zegt Sally. De liftdeur gaat open, 'Een fijne dag verder.'

'Dank u wel. Voor u hetzelfde.'

Zonder nog om te kijken, loopt Sally naar de voordeur van het appartement, doet de deur open en voelt dat ze direct wordt opgetild. Ogenblikkelijk gaat de deur achter haar dicht. Ze zit klem tussen de armen van de grote man uit de lift die nu iets minder vriendelijk kijkt.

Hij draait haar behendig om en drukt haar op de grond. Voordat ze eigenlijk weet wat er allemaal gebeurt, ziet ze een groot mes richting haar borst komen, voelt een flinke pijnscheut en kan alleen nog een keer flink kreunen.

Het mes zit midden in haar borst, het gevoel is weg en ze wordt slap. De grote man laat haar los en toen wist ze dat dit haar einde was. Ze wil nog wat zeggen maar er komt geen woord meer uit. Hoe ze ook probeert te schreeuwen komt er niets uit haar mond. De man kijkt haar aan, het lijkt of hij er ook van is geschrokken. Ze wil opstaan maar er gebeurt niets, haar hoofd valt naar rechts. 'Dat was het mijn leven is voorbij.'

Chester pakt de sleutels van Sally en kijkt nog kort naar Bertram in de badkamer. Hij ligt er nog steeds bij zoals hij hem er had achtergelaten. Hij herinnert zich dat er beneden in de parkeergarage een soort waskar stond. Op de een of andere manier moeten Bertram en Sally hier weg, dus hij besluit de waskar te halen.

Een voor een moet het lukken om ze met deze kar in de auto te krijgen.

Hij gaat weer met de lift naar beneden, onder in de parkeergarage is niemand. Dus hij pakt de waskar en rijdt ermee de lift in. Er zit nog wasgoed in dus dat kan hij ook goed gebruiken.

Ook boven is er niemand in de lifthal; tot dusverre gaat het goed. Hij besluit om eerst Bertram in wasgoed te wikkelen, de badkamer maakt hij helemaal schoon wat verrassend snel ging. Daarna gaat hij met de kar met Bertram erin naar beneden. In de parkeergarage zet hij die achter de Aston Martin en doet met de afstandsbediening de kofferbak open.

Hij kijkt goed om zich heen, er is nog steeds niemand. Behendig pakt hij Bertram op en legt hem voorzichtig in de kofferbak. Daarna gaat hij weer naar boven, nu Sally ophalen en zorgen dat hij weer zo snel mogelijk weg is.

Het duurt enkele ogenblikken voordat de lift er is. Hij rijdt de kar naar binnen en stijgt weer met de lift naar de tiende verdieping.

Hij rijdt de kar uit de lift, maar trekt die weer snel terug.

De voordeur van het appartement staat open, op de grond net binnen bij de voordeur ligt Angela Winfield.

Onmiddellijk drukt hij op de knop van de lift. De deur gaat snel dicht en hij zet beneden aangekomen de waskar weer op dezelfde plaats terug. Weer een wijziging in het plan. Dan loost hij alleen Bertram en natuurlijk de auto. Hij start de auto en rijdt voorzichtig de parkeergarage uit. Hij moet nu in ieder geval rustig rijden, geen aandacht trekken en snel zorgen dat de auto en Bertram worden opgeruimd.

SAMEN MET Mike en onze bodyguards lopen we naar de lift. Het kantoor van John Fairfax zit in hetzelfde gebouw waar wij nu wonen. Mijn vader heeft vandaag besloten nergens heen te gaan. Als ontspanning puzzelt hij vaak, houdt van wandelen en ook schrijft hij vaak korte verhalen die soms in de krant worden gepubliceerd. Korte verhalen die eigenlijk in een paar honderd woorden erg spannend zijn.

Daarom zei hij vanmorgen: 'Ik blijf fijn hier vandaag. Misschien besluit ik nog later op de dag een wandeling te maken. Allemaal in overleg met de beveiliging.'

Om in het andere deel van het gebouw te kunnen komen, moeten we een lange weg afleggen. Allereerst gaan we met de lift helemaal naar beneden. Via de parkeergarage lopen we naar een lift die aan de voorzijde van het gebouw ligt. Het is onmogelijk gemaakt dat er iemand in ons deel van het gebouw kan komen.

Alle liften en gangen worden vooraf gecheckt door de beveiligers. Ook gaan we niet met een lift waar andere mensen zich mee willen verplaatsen. Alles gaat heel professioneel.

Enkele minuten later komen we in het deel waar de officier van justitie John Fairfax zich met zijn team bevindt.

De kantoren liggen midden in het gebouw, alles erg strak en modern ingericht, maar geen zicht naar buiten.

Ook hier is alles honderd procent beveiligd. De deuren gaan alleen open als je een toegangspas hebt. En als je naar buiten wil zonder pas gaat dat niet lukken.

Als we het kantoor van John Fairfax binnenlopen is hij net klaar met het overleg van zijn team. Een van de medewerkers is vandaag jarig. Er wordt dan altijd getrakteerd op koffie met donuts. Dit doen ze om samen met het team ook naast het werk ontspannen momenten te hebben.

John Fairfax nodigt ons uit om te komen zitten, schenkt koffie voor ons in en zegt dat als we willen we natuurlijk ook een donut mogen pakken.

Hij komt daarna snel tot zaken. 'Mevrouw Winfield en meneer Dudley, graag wil ik u op de hoogte stellen van het onderzoek tot en met nu over uw cliënt Bill Iron. De schouwarts heeft samen met de forensische onderzoekers een rapport opgesteld. Daarnaast hebben onze rechercheurs onderzoek gedaan naar de toedracht, en zijn er diverse medewerkers gehoord.

'Voor u beiden heb ik een formulier opgesteld, waarin u verklaart voorlopig niets van de uitslag van het onderzoek naar buiten te brengen. Dit is in het belang van de nabestaanden van uw cliënt en ook zeer zeker van belang voor u als advocaten. Als u hiermee instemt, verzoek ik u deze formulieren aandachtig te lezen.

'Als u akkoord gaat, stel ik het op prijs dat u deze beiden ondertekend zodat we hiermee de zaak goed hebben vastgelegd. Dan kunnen we het verslag gaan bespreken. Onder geen enkele voorwaarde mogen de gegevens zoals vastgelegd in het rapport aan derden ter beschikking worden gesteld.'

Mike en ik kijken elkaar aan en zeggen eigenlijk allebei tegelijk: 'Natuurlijk, begrijpelijk, we zullen het lezen en bij akkoord ondertekenen.'

Beiden beginnen we met het doornemen van de geheimhoudingsverklaring. Dit is iets wat bij veel zaken voorkomt. Ook wij zijn natuurlijk erg blij met deze wending in het verhaal. Alles wat in het rapport staat kunnen we zelf als aanvulling gebruiken in ons onderzoek naar wat zich heeft afgespeeld.

Nadat we het hebben gelezen, ondertekenen we het formulier. Waarna John Fairfax ook zijn handtekening plaatst. We krijgen, omdat het formulier in drievoud is, beiden een door alle partijen getekende overeenkomst.

John Fairfax begint zijn verhaal.

'Uw cliënt Bill Iron, is zeer waarschijnlijk vermoord in zijn cel. Er is een moment dat de bewaking heeft verzuimd om uw cliënt bij de halfuurlijkse controle te checken. In deze periode heeft iemand of meerdere personen kans gezien om uw cliënt te bezoeken in zijn cel. Waarschijnlijk is hij gewurgd.

'Volgens de schouwarts zijn er blauwe plekken ontstaan in zijn nek doordat iemand met kracht druk heeft uitgevoerd op zijn nek. Hierbij is waarschijnlijk een breuk ontstaan. Onmiddellijk is hij bewusteloos geraakt.

'Daarna is er een laken van zijn bed gebruikt om een soort touw te maken. Dit is om zijn nek gebonden met een knoop, daarna is dit laken vastgemaakt aan de deur. Zoals de schouwarts verklaart in zijn rapport is hij daarna met kracht naar beneden geduwd. Met dermate veel druk op zijn schouders dat hij door verstikking om het leven gekomen. Zijn nek is daarbij op meerdere plaatsen gebroken.

'Dit duidt erop dat hij dit nooit zelf gedaan kan hebben! Het is onmogelijk om zelf eigenhandig je nek op meerdere plaatsen te breken. Zeker niet in een cel waarin niets los staat. Al onze cellen zijn voorzien van roestvrijstalen bedden en een roestvrijstalen toilet; er zijn geen radiatoren, alleen vloerverwarming. Dus wat er nu is gebeurd is door de gedetineerde onmogelijk zelf te doen.

'De conclusie van de schouwarts is duidelijk en wordt goed onderbouwd met foto's van de blauwe plekken en een scan van het gehele lichaam. Alle bevindingen zijn dus vastgelegd.'

Wij zijn er allebei stil van, maar vallen John Fairfax niet in de rede en laten hem zijn verhaal vervolgen.

'Verder, voor wat betreft het onderzoek naar hoe dit heeft kunnen gebeuren:

'De vaste bewaker heeft zich ziekgemeld. Daarna is er een ander reserveteam gekomen. Deze twee bewakers hebben alleen verklaard dat de avond rustig is verlopen. Er is niemand gezien en ook op de beveiligingsbeelden is helemaal niets te zien.

'We zijn er zeker van dat de beelden zijn gemanipuleerd. De onderzoekers hebben vastgesteld dat de beelden zijn bewerkt, geknipt en geplakt. Allemaal heel erg professioneel.

'Kort daarna hebben we de twee bewakers op non-actief gesteld. Later worden deze twee heren nog ondervraagd. De komende dagen worden deze ook nog afzonderlijk van elkaar ondervraagd. Komt hier geen afdoende antwoord op dan zullen we beide heren in hechtenis moeten nemen.

'De eenduidige verklaring van beide heren is dat alles rustig was en dat ze inderdaad zijn vergeten om de cel van Bill Iron te controleren. Zonder opzet. Ze zijn niet onder druk gezet door iemand van buitenaf.

We kunnen ze niet vasthouden tot het tegendeel bewezen kan worden.

Zonder hulp van buitenaf kan het onzes inziens niet gelukt zijn, iemand heeft de beelden van buitenaf bewerkt en opgeslagen op onze servers.

Dit moet iemand zijn met veel kennis van computers en hacken. Dit zijn we nog aan het onderzoeken, maar dit kost nog tijd.

Op dit moment zouden alleen de bewakers verdachte kunnen zijn van de moord op Bill Iron. De beelden van alle andere camera's zijn op een stand-alone computer gezet en worden momenteel nog onderzocht. Iedereen die het gebouw is ingegaan of uitgegaan staat op beeld. We zijn bezig om acht uur voor de moord en acht uur na de moord alle beelden na te kijken. Dit gaat zeker nog een aantal dagen duren.

'Verder hebben we een externe, forensische schouwarts gevraagd om los van alle conclusies een ander onafhankelijk rapport te maken. We zijn hiervoor eigenlijk al ingegaan op de vraag die jullie ons zouden stellen. Maar ik hoop dat u begrijpt dat ik aan uw zijde en de zijde van uw cliënt sta. Ik wil dit tot op de bodem uitzoeken. Daarom hebben we zelf al deze stap genomen.

'Er zijn op dit moment – althans dit is mijn vermoeden – andere belangen die meespelen dan u en onze belangen. Het is duidelijk, iemand wilde Bill Iron de mond snoeren. Iemand was bang dat hij de verklaring die hij aan jullie heeft afgelegd, onder ede opnieuw zou kunnen verklaren.

'Dank u wel,' zegt Mike, 'Wij stellen het erg op prijs dat jullie dit onderzoek hebben gedaan en dat ook u ondersteunt dat onze cliënt geen zelfmoord gepleegd kan hebben. Alles wat wij tot voor kort van onze cliënt hebben vernomen, wees er ook op dat hij bang was dat hem iets zou overkomen en, gek genoeg, eigenlijk blij was dat hij in de gevangenis zat. Hier kon hem immers niets gebeuren.'

'Wij begrijpen dat niets van deze verklaring naar buiten mag komen en dat het lichaam van onze cliënt voorlopig nog niet vrijgegeven zal worden. We gaan in elk geval met de familie communiceren dat er nog een vervolgsectie komt op het lichaam van Bill. En dat er nog geen datum voor een begrafenis kan worden vastgesteld. Graag worden wij hiervan nog op de hoogte gehouden.'

'Onze onderzoeker is ook bezig met wat er zich heeft afgespeeld in de gevangenis. Met name richten wij ons op de beide bewakers.

'We gaan dit nu verder uitbreiden naar de relaties van onze cliënt. Er zijn ongetwijfeld gastenlijsten van de feesten die hij heeft gehouden. Al deze mensen moeten worden gehoord om zodoende een beeld te krijgen wat er zich allemaal heeft afgespeeld. We zullen dit allemaal met erg korte lijnen aan u communiceren.'

'Het is duidelijk dat we gevaarlijk spel spelen, zelfs wijzelf lopen gevaar, men gaat over lijken. Maar u zult begrijpen dat wij ondanks dat onze vriend en collega Bertram Brand is vermoord en alle beperkingen en risico's die dat voor ons meebrengt, toch doorgaan tot we weten wie hierachter zit. Dank voor uw tijd, we gaan weer terug naar ons kantoor.'

Tijdens het lopen gaat mijn telefoon. Ik kijk op het scherm; het is de secretaresse van kantoor en ik neem op.

'Hallo Angela, hier met Noelle. Ik heb zojuist de burgemeester aan de telefoon gehad. Hij heeft je een mail gestuurd maar nog steeds geen bericht van je terugontvangen. Hij wil op korte termijn een afspraak met je maken.

Komt het uit dat hij hier morgen op kantoor komt?'

'Oké,' zegt Angela, 'spreek maar af, als het lukt morgen om 11.00 uur op ons kantoor.'

'Prima, zal ik doen en ik zet de afspraak alvast in je agenda.'

'Dankjewel, Noelle.'

De burgemeester wil een afspraak met mij, waar gaat dit over? Maar goed, ik kan dit verzoek eigenlijk niet afslaan. Ik hoor het morgen wel.

Via de lift gaan we weer helemaal naar beneden naar de parkeergarage en weer naar onze eigen, tijdelijke woningen.

Ik heb met Mike afgesproken dat ik vanmiddag alleen wil zijn. Graag ga ik vandaag wat anders doen. Misschien wel met mijn vader de stad in, lekker lunchen, wat nieuwe kleren kopen, gewoon even niks dat moet.

Ik overleg met Mick Jackson, want om nu met het hele circus van bewakers op pad te gaan, zie ik helemaal niet zitten. Maar Mick wil hier niets van weten. Zijn voorstel is om met twee auto's te gaan. Ik samen met Mick en mijn vader in een auto en de bewakers volgen ons op gepaste afstand. We zien ze dan wel, maar hebben er geen last van.

Dit is meteen de eerste test van het beveiligingsteam. Zonder overleg stond iedereen al klaar en we gingen samen in de lift naar buiten. Onze chauffeur stond beneden al klaar. Mijn vader en ik stapten achterin, Mick naast de chauffeur voorin.

We gaan nu naar het winkelgebied Times Square. Daar is het inmiddels lekker druk en daardoor lastig om ons goed te volgen. Eenmaal uitgestapt besluiten we eerst een stukje te wandelen. De wandeling is eigenlijk best ontspannen, het voelt goed als je door een hele groep mensen wordt gecontroleerd.

We besluiten om naar het Hard Rock Café te gaan; het is lang geleden dat ik daar met mijn vader een hamburger heb gegeten. Binnen kiezen we een tafeltje voor twee.

De mannen verdelen zich over twee tafels op een kleine afstand van die van ons en Mick komt aan de tafel naast ons zitten.

Vrijwel direct wordt onze bestelling opgenomen. Mijn vader en ik pakken allebei een hamburger en daarnaast pakt mijn vader een kop koffie en een flink glas water. Zelf pak ik een milkshake.

'Hé,' zegt mijn vader, 'Ben je al een beetje tot rust gekomen, kun je alweer een beetje positief vooruit kijken?'

'Ja, ik ben gelukkig strijdvaardig en zal niet rusten voordat we de moordenaar van Sally en Bertram hebben gevonden. Onvoorstelbaar dat ze allebei in korte tijd zijn vermoord. Het is natuurlijk erg vervelend dat we nu zijn opgezadeld met het probleem dat we continu beveiliging nodig hebben, maar ik ben erg blij dat justitie dit goed heeft opgepakt.

'Hierdoor kunnen we ons wel in een veilige omgeving goed concentreren op het plan van aanpak, maar we zijn ons ervan bewust dat dit wel geruime tijd kan duren. Helaas kan het niet anders'

'Ik vind het geen probleem, ik kan nu meer tijd met je doorbrengen en mijn huis wordt toch door de buren gecontroleerd. Maak je in elk geval niet druk om mij, hoelang het ook gaat duren. Als ik iets voor jou kan doen dan hoor ik het wel, hé?'

'Dankjewel pap, fijn dat je er zo over denkt. Omdat je natuurlijk ook in je vrijheid beperkt bent, houd ik je sowieso op de hoogte van het verloop van de zaak.

'Laten we er samen het beste van maken en tussendoor meer tijd samen besteden.'

De koffie en de milkshake worden op tafel gezet. Lekker, het is lang geleden dat ik een milkshake heb gehad! Ik kijk rond en zie dat de beveiliging werkt, de mannen houden de omgeving goed in de gaten.

Mick leest de krant en heeft een kop koffie. Professioneel houdt hij afstand en ik heb meteen de indruk dat hij gewend is om dit werk te doen, wij voelen ons er zeker niet ongemakkelijk bij.

118

Het restaurant is druk bezocht. Wat vaders en moeders met kleine kinderen, wat ouderen en ook veel jeugd, gezellig druk en ontspannen.

Na een uurtje besluiten we om weer verder te gaan.

De beveiliging heeft alles al afgerekend, dus we kunnen gaan.

We doen geen pintransacties zodat we niet gevolgd kunnen worden. Alles wordt verzameld en ik krijg een keer per week een overzicht wat ik moet betalen.

Gelukkig kan ik de voordelen ervan inzien, positief denken is altijd mijn motto geweest. Dus we gaan weer door met Mick voorop. We gaan naar een shoppingcentrum vlakbij, waar alle exclusieve merken te koop zijn en besluiten het stukje te lopen. Ik heb nog een paar mooie bloesjes nodig en een leuke rok. Die kan mijn vader mooi mee uitzoeken.

Het is gezellig druk in New York, de zon schijnt heerlijk dus de wandeling is fijn. De stad ziet er gewoon uit. Allerlei mensen die kriskras door elkaar lopen, mensen die treuzelen, grote groepen die wachten voor het stoplicht, overal taxi's. Ik houd echt ontzettend veel van deze sfeer.

Ook lopen er soms zwervers en muzikanten. Zoals vandaag. Er komt een zwerver op me afgelopen en vraagt 'a few dollars, please?' Ik kijk hem niet aan en loop door, maar ineens loopt hij tegen me op en zegt tegelijkertijd 'Sorry, mevrouw.'

Ik schenk er maar geen aandacht aan, Mick stopt en kijkt de man na. Maar ook hij is gewend dat dit soort mensen hier rondlopen. Niks aan de hand. We zullen eens kijken wat voor moois ik vandaag kan scoren.

DIT WAS een mooie kans geweest. Op het moment dat hij Angela Winfield ziet lopen, heeft hij haar goed gescand. Het zendertje, zo had hij besloten, verstopt hij in de plooi van de handtas. Door de vele tijd die hij erop had geoefend gaat het eigenlijk vanzelf. Gewoon vriendelijk de aandacht afleiden en dan direct op het doel af.

Vanmorgen had hij namelijk een spoedbericht gekregen: via de camera's in de stad is Angela Winfield gesignaleerd. Het team was opgeroepen en ze was het laatst gesignaleerd bij het Hard Rock café op Times Square. Dus direct is hij ernaartoe gegaan en om wat rond te hangen in de omgeving.

Het valt hem op dat er nogal wat beveiliging was georganiseerd. Ook, zoals het lijkt, een persoonlijke bodyguard. Hij mag geen actie ondernemen, alleen maar signaleren en een peilzender plaatsen. Het team wil graag weten waar Angela verblijft. Om indien nodig weer 'passende' maatregelen te kunnen nemen. Dit is gelukt, hij heeft de zender precies in de zijkant van de tas in een plooi geplakt. Een hele kleine kans dat hij gevonden zou worden.

MIJN VADER loopt met Mick rond. Ik zoek wat leuke blouses uit en vind ook een paar mooie rokjes. Het is nu de tijd van de nieuwe collecties dus ik heb meteen een goede keuze kunnen maken. Ik knik naar Mick en hij volgt me naar de paskamer.

Mijn vader is blijkbaar niet zo van de dameskledingafdeling. Hij loopt wat rondjes en gaat verderop op een bankje zitten. Aan Mick vraag ik of hij in de plaats van mijn vader mee wil kijken hoe het staat. Normaal zou ik dit met Sally doen. Nu voel ik eigenlijk weer wat de situatie met me heeft gedaan.

Mijn vader zie ik niet meer. Maar die zit uit het zicht, omdat hij niet boven de kledingrekken uitkomt.

Wat verderop lopen de andere mannen rond, net alsof ze geïnteresseerd zijn om wat te kopen.

Ik begin met het rokje. Het is de goede maat en het past perfect. Ik doe de voor mijn gevoel mooiste blouse aan en kijk in de spiegel. Het ziet er geweldig uit.

Ik vraag aan Mick of hij wil kijken of het goed staat en doe het gordijn open. Op hetzelfde moment hoor ik een verschrikkelijke vloek en een schreeuw.

Mijn vader... Ik ren naar hem toe, maar voordat ik er ben rent er al een beveiliger naartoe.

Mijn vader is neergestoken, twee van de beveiligers zijn weg en ik hoor ze beiden keihard rennen achter de dader aan en zie die daarna nog net wegsprinten.

Mijn vader zit tussen de twee mannen op de grond, gelukkig bij kennis, maar er zit een mes in zijn linkerzij.

Het bloeden viel mee, maar hij heeft een ontzettende pijn. De lucht gorgelt uit zijn keel. We leggen hem op zijn rechterzijde, maar laten het mes zitten. Hopelijk is er geen schade aan belangrijke organen. Een van de verkoopsters heeft al naar de hulpdiensten gebeld.

Ondertussen probeer ik mijn vader gerust te stellen. Dat lukt tot nu toe. Het rokje wat ik net heb gepast zit helemaal onder het bloed. Het bloeden is met een soort snelverband wat een van de beveiligers om het mes heeft gedaan een beetje gestopt.

Het team hoort van de collega's dat de persoon die dit heeft gedaan, gevlucht is via de personeelsingang en is verdwenen in de mensenmassa. Een duidelijke omschrijving van de man of vrouw die het gedaan heeft is er nog niet. Niet eens of het een man of een vrouw is!

Ik hoor de sirenes al aankomen, Mick heeft ondertussen mijn handtas gepakt en mijn kleren in een bij de kassa gepakte tas gedaan. Twee ambulancebroeders komen met een brancard aangelopen.

Dit ging snel!

Er wordt een infuus aangelegd en daarna wordt mijn vader behendig door vier mannen op de brancard geschoven.

Nu snel naar het ziekenhuis dat gelukkig vlakbij is in 47street, dus er gaat geen onnodige tijd verloren.

Mick en ik gaan samen mee in de ambulance. De beveiligers hebben de auto ook al klaar staan dus we vertrekken direct. We worden een klein beetje opgehouden door de drukte op Times Square maar uiteindelijk zijn toch we binnen vijf minuten in het ziekenhuis.

Meteen worden we naar de spoedeisende hulp gebracht, er staat al een opgetrommeld team klaar en er komt direct een chirurg bij die de situatie gaat beoordelen.

Afhankelijk van hoe lang het mes is, zal de schade mee kunnen vallen, zegt hij. Als het mes er meer dan vijftien centimeter in zit, kan het ongeveer bij het hart zitten. Dus het is gevaarlijk als je het mes er nu uithaalt, dan kan er een enorme bloeding ontstaan.

Nog geen seconde later komt er een mobiel röntgenapparaat aan en er wordt direct een foto gemaakt. Gelukkig gaat dit allemaal goed.

De uitslag van de foto is er ook binnen enkele minuten.

Mijn vader moet direct naar de operatiekamer, het mes zit in de linkerlong, maar heeft gelukkig het hart niet bereikt.

Het mes kan en moet direct worden verwijderd in de operatiekamer onder plaatselijke verdoving. En er wordt een soort compressor op de borstholte aangesloten zodat de long niet ineen klapt. Een klaplong is erg pijnlijk en gevaarlijk. Waarschijnlijk zal hij een of twee dagen ter observatie moeten blijven om eventuele complicaties uit te sluiten.

Wij mogen niet mee naar de operatiekamer maar het is toegestaan dat twee beveiligers buiten de operatiekamer wachten.

We gaan dan naar de wachtruimte en voordat we de ruimte inlopen komt Inspecteur Green aangelopen. Hij heeft via de beveiliging al gehoord wat er gebeurd is.

Hij geeft me een hand. 'Goedemiddag mevrouw Winfield, vreselijk wat er met uw vader is gebeurd. Hoe gaat het met hem?'

'Het lijkt erop dat er geen schade is aan het hart,' zeg ik. 'Wel is de long geraakt, maar dat moet als het goed is geen probleem opleveren voor de toekomst. Al zal hij wel een paar dagen in het ziekenhuis moeten blijven.'

'Helaas hebben we nog niet kunnen achterhalen wie de dader is,' zegt inspecteur Green. 'Op de beveiligingscamera's is hij of zij niet te zien. Het is goed voorbereid deze aanslag op uw vader.

'De enige camera die het zou hebben kunnen zien is die van de personeelsingang, maar die is een half uur geleden uitgevallen. Er staat niets op beeld. Maar we zoeken verder in de omgeving.

'Als deze aanslag uit dezelfde hoek komt als alle andere, zullen we de beveiliging extra op moeten schalen. Dit betekent dat uitstapjes in de openbare ruimte voorlopig ook niet meer kunnen. Helaas is dit alles nodig voor de veiligheid van u en uw vader en natuurlijk voor Mike Dudley.

'Het is dus echt menens. Ze zijn er nu dus al van op de hoogte waar u bent en ongetwijfeld wordt u gevolgd als u naar uw woning gaat.'

'Hoe kunnen ze dit weten?' zeg ik. 'Ik heb geen mobiele telefoon, ik heb geen pinbetaling gedaan...'

Mick zegt op een gegeven moment. 'Mag ik in je kleren en handtas zoeken?'

'Ja natuurlijk, geen probleem.'

Mick haalt zorgvuldig mijn kleren uit de tas en zoekt deze helemaal na. Maar waarom? Er kan toch niets in zitten?

Daarna haalt hij voorzichtig mijn spulletjes uit mijn handtas en kijk alles goed na wat erin zit. Lippenstift, parfum, make-up, een spiegeltje en nog een hele hoop ander los spul, het ziet er allemaal bekend uit en er zit niks geks tussen.

Dan voelt hij de hele voering van de tas na, kijkt naar de slotjes en vouwt hem helemaal open. Niks te zien. Dan nog de onderkant van de tas. Ook niks. Hij stopt zijn beide handen in de tas en probeert hem te ontvouwen en dan plotseling ziet hij het. Een heel klein peilzendertje.

Hij probeert het eraf te halen, maar het zit heel erg goed vastgeplakt. Hij geeft het direct aan Inspecteur Green die het niet zoals altijd in films gebeurt kapot maakt. 'Dit gaan we onderzoeken,' zegt hij. 'We kijken of we via dit zendertje de personen kunnen achterhalen die hierachter zitten. Dit gaat naar ons lab.'

'Nu herinner ik het me weer!' zei ik, 'vanmiddag is er een zwerver tegen me opgelopen, ik denk dat hij het er heeft opgeplakt.'

'Nu je het zegt,' zei Mick, 'Ik heb de man duidelijk gezien, maar eigenlijk dacht ik, een zwerver, die lopen er zoveel rond; ik heb er niets achter gezocht.'

'Er zit een goed georganiseerde bende achter je aan.'

'De kans is heel groot dat de 'bende', om het zo maar te noemen, nu precies weet waar we zijn, het nadeel is dan dat we straks hier worden achtervolgd en dat ze vandaag nog weten waar jullie zijn ondergebracht.'

'We gaan het plan iets aanpassen, de peilzender gaat met inspecteur Green mee. Hopelijk zullen ze deze dan gaan volgen en wordt het een soort van dwaalspoor. Zodat wij die gelegenheid aanpakken om weer naar het safe-house te gaan.'

'Mick,' zeg ik, 'Ik wil graag hier blijven tot mijn vader uit de operatiekamer komt en weer wakker is.'

'Oké,' zegt Mick, 'We blijven voorlopig hier, ik zal overleggen of we ergens een tijdelijke ruimte kunnen gebruiken. Ik wil straks ook graag zien hoe het met je vader gaat.

'Ik zal vragen of een van mijn collega's wat broodjes gaat verzorgen. Het gaat zeker een aantal uren duren voordat je vader uit de operatiekamer zal komen. En dan duurt het nog een half uurtje voordat hij bij kennis is.'

'Ja, dat is een goed plan,' zeg ik.

Eigenlijk ben ik heel blij dat Mick bij me is, het is duidelijk dat we allemaal een groot gevaar lopen. In vijf dagen tijd zijn er al twee mensen vermoord en is er een aanslag op ons en in dit geval op mijn vader gepleegd. Het is ze menens.

En het is duidelijk dat de bende ons tot stoppen wil dwingen. Maar dat gaan we dus juist helemaal niet doen. Al kunnen we ons niet meer vrij bewegen zoals we gewend zijn; we gaan er alles aan doen om elke verantwoordelijke persoon achter de tralies te krijgen.

Mijn telefoon gaat. Het is Mike.

125

'Hoe gaat het, Angela? Ik heb net gehoord dat je vader is neergestoken.'

'Hoi Mike, het gaat nu weer goed, hij is in goede handen. Hij wordt nu geopereerd en zal waarschijnlijk over een uurtje weer uit de operatiekamer komen.

'Op het moment dat wij in de winkel wat kleding aan het passen waren, zat mijn vader vlakbij op een bankje te wachten. Overal was er beveiliging, maar er is toch een persoon die kans heeft gezien mijn vader neer te steken. In ieder geval was het de bedoeling om hem dood te steken, het mes zat dicht bij het hart.

'Het is menens dus. Dit soort activiteiten zoals winkelen, is voor ons allemaal niet meer mogelijk helaas. Volgens de artsen is er gelukkig geen schade aan het hart, dus zoals het er nu naar uit ziet, zal hij binnen een paar dagen naar huis mogen. Ik blijf voorlopig hier tot mijn vader ontwaakt en daarna blijven er twee mannen van het team hier tot hij weer weg mag.'

'Gelukkig valt het mee,' zei Mike, 'maar erg vervelend dat ook jouw vader er nu bij betrokken is. Laat je mij straks weten hoe de operatie is gegaan?'

'Natuurlijk, dat zal ik doen, dankjewel voor het telefoontje.'

De broodjes zijn bezorgd Het zijn heerlijke Italiaanse bollen, met brie en honingsaus, broodjes zalm en broodjes gezond met ham, kaas, tomaat en ei. We laten het ons smaken en kunnen zo even onze gedachten verzetten. Ik had niets eens gemerkt dat ik zo'n honger had.

Een van de dames van de verpleging komt ons een update geven.

'De arts heeft gezegd dat de operatie is geslaagd en inwendig is er geen andere schade dan aan de long. Deze moet binnen een aantal dagen ook weer gewoon gaan functioneren. Tot die tijd zal een compressor een paar dagen de druk op de borstholte houden. Het volledige herstel zal wel enkele maanden duren, maar zal dan 100% zijn. De long is geplakt zodat hij weer volledig zal ontvouwen, dit is wel erg pijnlijk de komende dagen maar er is heel goede pijnstilling mogelijk.

'Uw vader ligt nu op de uitslaapkamer. Op het moment dat hij voorzichtig ontwaakt, gaat hij naar zijn kamer en dan kunt u er direct naar toe. Ik kom u halen voordat hij de uitslaapkamer uitgaat, dan kun u met z'n allen meteen met hem meelopen.'

'Fijn, dankjewel!'

Gelukkig komt het allemaal goed, maar ik ben me ervan bewust dat de komende tijd ontzettend veel energie zal gaan kosten. Het herstel van mijn vader, nergens meer naar toe, dus geen uitstapjes zonder het team beveiligers.

Het is zeker dat er een moment komt dat we allemaal zullen denken: wanneer komt hier een einde aan. Als we de betrokken personen hebben gevonden, zal er nog geruime tijd overheen gaan tot alle handlangers gevonden zijn. Maar als we de top van de bende in kaart hebben, zullen we ook alle anderen in de organisatie een halt toe kunnen brengen.

MAC BURN is een gespecialiseerde onderzoeker. Hij is door zijn ervaring bijna onzichtbaar voor de buitenwereld. Deze ochtend is hij in een perfecte vermomming, hij ziet eruit als een toerist, met een kaart en een rugzakje en met zijn mobiele telefoon maakt hij overal foto's van. Zoals heel veel toeristen die in New York de stad bezoeken.

Vandaag loopt hij op afstand van Angela en haar vader. Het is voor hem natuurlijk goed te zien dat ze niet alleen door de stad lopen; Mick is duidelijk te zien. Al is het ook haast onmogelijk om er langs af te kijken met zijn lengte en forse postuur. De andere beveiligers doen hun werk ook goed. Natuurlijk, omdat Mac weet wat het plan is, let hij niet te veel op de groep van de beveiliging, maar juist op alle andere personen in de omgeving van Angela en haar vader.

Buiten wat mensen die iedereen lastigvallen met aanbiedingen voor de hop-on-hop-off-bussen is er eigenlijk niets vreemd aan de hand. Het is een normale dag in New York, gezellig druk, een beetje stress van mensen met een beker die terwijl ze naar een afspraak gaan nog gauw wat koffie of een versnapering scoren. Mensen net in het pak, of dames mooi in mantelpakjes, nette schoentjes, hier en daar een agent of een schoonmaker.

Maar een ding springt er duidelijk uit. De zwerver die recht op Angela afloopt. Er is plek genoeg om er gewoon voorbij te lopen. Zwervers zijn erg goed om onopvallend langs iedereen af te lopen ondanks dat ze af en toe wel erg vervelend vragen om eten of geld. Dit is een houding die voor de meeste zwervers ongeveer hetzelfde is.

Maar deze loopt eigenlijk in een afwijkende loop naar Angela toe. Hij wijkt iets uit naar links en lijkt bijna opzettelijk tegen haar op te lopen. Hij ziet zijn rechterhand snel en gewiekst naar Angela toegaan. Het lijkt erop dat hij tussen duim en wijsvinger iets heeft, geen mes of een ander wapen, nee, het is niet te zien.

De hand gaat met de handpalm omhoog, de duim gaat van de vinger af, de vinger gaat richting de handtas en er tegenaan waarna direct de duim samen met de wijsvinger de tas vastpakt en meteen weer los laat. Angela merkt daar niets van, alleen dat hij een haar een klein beetje met zijn lichaam raakt als afleiding.

Dit kan maar één ding zijn, een peilzender. Dus Mac besluit direct de achtervolging in te zetten. De zwerver maakt zich eigenlijk erg snel uit de voeten. Hij kijkt nog om, maar ziet dat iedereen gewoon doorloopt; alleen Mac had hij natuurlijk niet gezien.

Dit is voor Mac de ideale kans om in elk geval een van de handlangers te volgen, het eerste contact met de moordenaars. Dit mag hij niet verprutsen.

Vanuit Times Square loopt hij richting 45 Street, na een paar honderd meter pakt de zwerver zijn telefoon, heeft zoals het lijkt een kort gesprek, en loopt een heel eind door en dan rechtsaf bij 10th Avenue.

Hij loopt op een mooie afstand van de zwerver, het is haast onmogelijk dat de zwerver hem ziet.

Maar als de zwerver ergens in een auto stapt of in de metro, dan moet hij snel zijn.

Echter, hij loopt een wasserette binnen. Mac loopt naar de overkant van de straat en kijkt wat de zwerver nu doet. Er is niemand behalve de zwerver in de wassalon. Dit is zeer waarschijnlijk geen echte wassalon maar een witwaspraktijk. Hij besluit om te wachten. De zwerver haalt kleren uit een van de wasdrogers en begint zich te verkleden. Hij denkt natuurlijk dat niemand hem ziet, maar Mac kan het goed zien vanaf de overzijde. Hij verplaatst zich naar twintig meter verderop. De man zal zo wel weer naar buiten komen.

De kleren die hij heeft uitgedaan stopt hij snel in de rugzak, de hele verkleedpartij duurde nog geen twee minuten.

Hij komt naar buiten en loopt in de richting van 7th Avenue en Mac blijft hem volgen. Behendig pakt hij een andere pet en een andere bril uit zijn tas en zet deze onder het lopen op. Direct ziet hij er anders uit. Het is een hele wandeling en door de drukte is het goed opletten. Maar eigenlijk gaat dit best goed; hij blijft de weg continu rechtdoor vervolgen.

Soms steekt hij over bij de stoplichten, kijkt goed om zich heen en vervolgt zijn route aan de andere kant van de weg. Dit herhaalt hij een aantal keer; hij is een geoefende in verdwijnen en moeilijk te volgen. Als je niet goed oplet, ben je hem snel kwijt.

Plotseling duikt de man een trap af naar de metro. Mac zet de achtervolging sneller in en loopt een stukje hard. Als hij de metro inloopt, en deze zou direct vertrekken, dan is hij hem kwijt. Hij weet dan alleen dat het de metro op Broadway Down Town is.

Gelukkig is de metro nog niet vertrokken want hij heeft geen fluit gehoord en het spoor is leeg. Wel is het er erg druk. Mac pakt zijn fototoestel en maakt wat foto's, een beetje ongelukkig, net als een echte toerist. Bewust zet hij er geen mensen op, maakt een foto van het routebord, ook altijd handig. Dan zet hij zijn camera op filmen en hangt hem op zijn buik. Hij ziet de man staan, besluit om hem voorbij te lopen en houdt zijn camera een beetje gericht met zijn handen vast zodat het lijkt alsof hij hem alleen maar vasthoudt en beschermt. Maar hij zet iedereen met zijn camera goed op beeld tijdens het voorbijlopen. Hij ontwijkt gezichtscontact want dat valt altijd te veel op. Laat de camera het werk maar doen. Ook de peilzenderplakker moet er nu goed op staan.

De metro komt eraan en ondertussen houdt hij vanuit een voorzichtige hoek de man goed in de gaten en besluit in dezelfde coupé plaats te nemen als dat lukt.

De metro stopt en er gaan heel veel mensen uit. Zo te zien kan iedereen zitten, de man gaat alleen in een stoeltje in een hoekje vlak bij de deur zitten. Mac gaat op een stoeltje zitten met nog een ander zitje er tegenover, zodat hij een goed overzicht houdt.

De metro gaat weer rijden, bij elke halte wordt omgeroepen op welk station ze zijn. Dit gaat zo enige tijd door. Nu komen ze bij The City Hall, de man staat alvast op gaat er dus hier uit. Mac pakt alvast zijn kaartje om uit te checken en loopt ook richting de uitgang. Hij wacht als er nog iemand op staat en laat deze voorgaan, zodat er in elk geval iemand tussen hen in staat.

Tot nu gaat het goed, hij volgt hem op korte afstand. Nog steeds lopen er andere mensen tussen. De man loopt recht naar The City Hall, door het hek, de trap op en zonder om te kijken loopt hij gewoon door. Mac mengt zich tussen de andere toeristen. Hij ziet nog net dat de peilzenderplakker naar een of andere ambtenaar toeloopt die hem naar het kantoor van de burgemeester leidt.

Hij gelooft bijna niet wat hij ziet, dus de burgemeester zit hier ook achter? Nu wordt langzaam duidelijk dat er heel gevaarlijk spel wordt gespeeld.

Mac loopt naar buiten en doet zich weer voor als de toerist, maakt wat foto's en loopt weer terug het hek door naar buiten. Hij gaat nu direct Angela en Mike bellen.

Er is geen tijd te verliezen. Hij kiest het nummer van Mike en krijgt hem direct aan de telefoon. Mac zegt. 'Mike, ik kom nu naar jullie toe, is het mogelijk dat ik jullie samen over dertig minuten kan spreken? Ik heb erg belangrijk nieuws, het is hoogstnoodzakelijk dat we dit direct bespreken.' 'Oké Mac, ik ga Angela bellen en vraag of ze direct hierheen kan komen.'

De telefoon van Angela gaat over het is Mike.

'Met Angela.'

'Hee, ik ben zojuist gebeld door Mac, hij heeft belangrijk nieuws voor ons dat hij graag met spoed wil bespreken. Kun jij direct hiernaartoe komen? Het is erg belangrijk, zei hij.'

'Mike, ik ben nog in het ziekenhuis, mijn vader is nog niet wakker dus ik weet nog niet hoe het met hem gaat.'

'Ja, verschrikkelijk, het is allemaal zo snel gegaan. Jullie hebben genoeg beveiliging, hé?'

Ze twijfelt even wat ze nu gaat doen en reageert direct.

'Ik ga hier regelen dat er iemand tegen mijn vader zegt dat ik naar ons kantoor ga en later op de dag bij hem terugkom.'

'Oké Angela, ik zie je zo, sorry dat dit allemaal zo snel moet, maar als Mac zegt dat het belangrijk is, kunnen we er ook maar het beste snel naar luisteren.'

'Natuurlijk, dat gaan we doen.'

'Mick, we moeten snel naar ons kantoor,' zeg ik, 'ik heb zo een belangrijke afspraak met Mac en een van onze onderzoekers.'

'Oké, we overleggen met de directie van het ziekenhuis of er een plaats is waar we de auto ongezien kunnen parkeren. Zodat het niet zo opvalt dat je weer vertrekt. Het is niet de bedoeling dat we weer worden achtervolgd, blijkbaar was het erg eenvoudig om ons te vinden in de stad.' Mick belt hem op en overlegt kort.

Volgens de directeur kunnen we de beveiligde ingang gebruiken, die speciaal is gemaakt om belangrijke gasten na een spoedgeval ongezien binnen te kunnen loodsen. We besluiten daar gebruik van te maken.

Twee beveiligers blijven bij mijn vader, ik ga samen met Mick en de anderen naar ons veilige kantoor.

'Angela,' zegt Mick, 'ik denk dat de mensen die jullie volgen de beschikking hebben over de camera's in de stad, dit is de enige mogelijkheid dat ze ons zo snel al hebben gevonden. Dus als we dadelijk in de auto zitten is het belangrijk dat je je gezicht afschermt, zodat ze ons niet opnieuw zo snel kunnen vinden, al wordt het steeds lastiger met alle camera's in de stad.'

'Oké, goed dat je dit hebt geconstateerd, dit moet wel de manier zijn waarop we gevonden zijn.

'We horen zo van Mac misschien de laatste informatie, in elk geval is het belangrijke info.'

We gaan naar de kelder van het ziekenhuis, een afdeling waar we alleen maar met de veiligheidsmensen van het ziekenhuis kunnen komen. De auto staat er al en we stappen in. Niemand kan ons gezien hebben. We verlaten de uitrit en gaan op weg naar ons kantoor. Het is erg druk geworden in de stad, dus de rit zal iets langer duren. Ondertussen check ik mijn telefoon en stuur Mike een bericht dat we onderweg zijn.

Er is nog wat mail die ik doorneem, een aantal kan ik straks nog wel beantwoorden. Alle zaken zijn tijdelijk door onze collega-medewerkers overgenomen en alles is onder controle. Voor een paar zaken zal ik straks ook de nieuwe strategie doorspreken. Alles op kantoor loopt zoals gepland. Gelukkig dat we een team hebben dat alles voor elkaar doet, kwaliteit staat voorop maar alles draait toch om de interne en externe communicatie. Juist daarop hebben we de advocaten en juridische medewerkers geselecteerd.

Ondertussen zijn we wij bij ons gebouw aangekomen, de deur gaat netjes open en weer achter ons dicht.

'Het ziet ernaar uit dat we niet gevolgd zijn, we hebben een extra blok gereden. Er is niets dat erop wijst dat een auto ons heeft gevolgd.

Boven aangekomen ga ik meteen naar het kantoor van Mike. Mac Burn is al binnen.

'Hallo Angela, hoe gaat het er mee?' vraagt Mac.

'Gezien de omstandigheden gaat het goed, mijn vader is niet in levensgevaar al had dit heel erg slecht kunnen aflopen. Als het mes iets langer was geweest of iets dieper had gezeten had mijn vader het niet overleefd. Dus hij heeft geluk gehad, maar dit betekent wel dat het al met al een zorgelijke situatie is waar we met z'n allen in zijn terechtgekomen.'

'Ja, ik denk dat je helemaal gelijk hebt,' zegt Mac.

'Ik heb jullie vanmorgen op korte afstand gevolgd en heb gezien dat de zwerver je raakte. Tijdens de korte aanraking heeft hij zoals we inmiddels weten een peilzender op je tas geplakt. Ik ben hem daarna gevolgd, maar kon jullie niet bellen, anders zou dat te veel zijn opgevallen. De zwerver heeft zich omgekleed in een soort wasserij waar je wasmachines kunt huren. Daarna ben ik hem achtervolgd in de metro.

'De man is uitgestapt bij The City Hall en daarna is hij het gebouw binnengelopen. In The City Hall is hij opgevangen door een medewerker en gelukkig weet ik daar een beetje waar alle ruimtes voor zijn en wie of welke afdeling waar zit.

'Hij is vrijwel direct naar het kantoor van de burgemeester gelopen en daar naar binnen gegaan.

'Vreemd natuurlijk dat hij recht nadat hij de zender heeft geplakt zich ging omkleden en daarna zonder tussenstop naar de burgemeester zijn kantoor is gegaan.

'Ik ga ervan uit dat de burgemeester in zijn kantoor was en er een directe connectie is tussen de peilzender en het vervolgens neersteken van jouw vader, wellicht ook met de andere twee moorden.

'Dit is geen bewijs; ik heb er geen foto's van, maar het is belangrijk dat we dit doorspreken met de officier van justitie.'

'Zo,' zeg ik, 'Dit geeft een hele andere wending aan onze zaak dan ik had verwacht. Heeft de burgemeester iets met onze cliënt Bill Iron te maken? Dit moeten we heel erg zorgvuldig aanpakken. Als we de burgemeester beschuldigen, zullen we een bewijsvoering moeten verzamelen, dit kan niet zonder justitie. Het is onmogelijk voor ons om de burgemeester continu te volgen.'

'Ik ga direct de officier van justitie bellen.' zegt Mike, 'Dit kan ik alleen met hem bespreken. De burgemeester van de stad New York! Als die betrokken is bij de zaak dan krijgt het een hele ander wending.'

'Mike,' zeg ik, 'Morgenvroeg om 11.00 uur heb ik een afspraak met de burgemeester op ons kantoor. Ik ben ook erg benieuwd wat hij met mij wil bespreken. Kun jij dit ook vandaag met de officier van justitie bespreken?

'Ik denk dat het misschien verstandig is dat wij hem gaan afluisteren, maar dat mag alleen in overleg met de minister van Justitie. Anders is het bewijsmateriaal straks niet rechtmatig verkregen en mogen we het niet gebruiken.'

'Vanzelfsprekend,' zegt Mike, 'ik ga dit zeker zo doen. Na mijn gesprek ben ik ervan overtuigd dat we toestemming krijgen.'

Mike gaat naar zijn kantoor en belt direct John op.

'Met John Fairfax, officier van justitie. Wat kan ik voor u doen?'

'Goedemorgen meneer Fairfax, u spreekt met Mike Dudley van advocatenkantoor Dudley, Winfield en Brand, mag ik u kort storen? Ik heb belangrijk onderzoeknieuws.'

'Ja natuurlijk, meneer Dudley.'

'Een van onze onderzoekers, Mac Burn, is al enige tijd bezig met het onderzoek rondom onze cliënt Bill Iron, zijn netwerken en zijn moord. Daarnaast verricht hij, samen met onze andere onderzoeker Jessica Barr, onderzoek naar de moord op onze collega Bertram Brand en de vriendin van Angela Winfield, Sally Miller.'

'Ja dat klopt,' zegt John Fairfax, 'Ik ben op de hoogte van de zaak, wij hebben er inmiddels al dertig rechercheurs op gezet, maar wat is het belangrijke nieuws?'

'Ik vertel het u nu in vertrouwen door de telefoon,' vervolgt Mike, 'Graag had ik naar u toegekomen, maar dat wordt voor ons steeds lastiger en gevaarlijker.

'Vanmorgen is mijn collega met haar vader onder zware beveiliging naar de stad gegaan. Op de achtergrond hebben we ook Mac Burn ingezet om te controleren of er nog meer risico's waren en waar mogelijk te ondersteunen of ze gevolgd worden.

'Vaak is dit de eerste mogelijkheid om sporen te vinden. En inderdaad is dat het geval, dit is gelukt, althans een gedeelte.

'Er is op enig moment een zwerver tegen Angela aangelopen, deze heeft een peilzender geplakt. Niemand had de botsing gezien als een probleem. Het leek erop dat het per ongeluk ging, maar dat was achteraf gezien niet het geval. Mac heeft deze man gevolgd. Bij een wasserij in de stad heeft deze persoon zich omgekleed en nette kleren aangedaan.

Vervolgens heeft Mac deze man de halve stad door gevolgd en via de metro is hij uiteindelijk bij The City Hall aangekomen. Hier is hij naar binnen gegaan en direct daarna onder begeleiding naar het kantoor van de burgemeester begeleid. Erg vreemd, vindt u niet?'

'Ogenblik, meneer Dudley, ik moet een collega bellen, sorry, blijft u aan de telefoon?'

Na ongeveer anderhalve minuut was John Fairfax weer terug aan de telefoon.

'Sorry, meneer Dudley, ik heb direct naar aanleiding van wat u heeft gezegd, naar mijn collega gebeld, om vier rechercheurs op de burgemeester te zetten. We mogen geen kostbare tijd verliezen. Ik hoop dat de man die binnen is geweest nog bij de burgemeester is. Als dit het geval is dan kunnen we de burgemeester linken aan de man die de peilzender heeft geplakt. Deze man gaan we vinden en arresteren, alle beelden van The City Hall gaan we ophalen. Om te getuigen dat hij dit alles heeft gezien, willen we graag Mac gebruiken.'

'Ja zeker,' antwoordt Mike, 'mijn verhaal was nog niet compleet. De peilzender heeft ervoor gezorgd dat Angela en haar vader verder gevolgd zijn door weer iemand anders. Deze persoon heeft kans gezien om de vader van Angela neer te steken. Hij wist wat hij deed, maar gelukkig zat het mes net niet diep genoeg. Het scheelde maar een paar centimeter anders was het hart geraakt en was het leed niet meer te overzien geweest. De vader van Angela ligt nu in het ziekenhuis onder zware bewaking, maar ik vrees dat dit niet voldoende is.

'Ik wil graag vragen of de beveiliging opgeschroefd mag worden. Hij is de enige die de persoon gezien heeft die hem heeft neergestoken, dus hopelijk is er een beschrijving of een schets van deze man te maken.

'De mensen die er nu zijn in het ziekenhuis zijn erg bekwaam, maar tijdelijk extra beveiliging is noodzakelijk.'

'Natuurlijk, dit gaan we direct organiseren.'

'De peilzender is al door een van uw collega's meegenomen, dus dit onderzoek loopt al.

'De volgende vraag is als volgt: Angela Winfield heeft deze week de burgemeester aan de telefoon gehad. Hij wilde graag een afspraak met Angela, deze afspraak staat morgen om 11.00 uur op ons kantoor. Gelukkig niet in het veilige kantoor, want dan was hij meteen op de hoogte van die locatie. Ik wil vragen of wij toestemming van u krijgen om beeld en geluidsopnames te maken van het gesprek? Al weten we helemaal niet waar het over gaat; misschien zou het toevallig toch iets met Bill Iron te maken kunnen hebben.'

'Natuurlijk, ik ga de toestemming aan u bevestigen. Er komen morgen vooraf twee van onze rechercheurs naar uw kantoor. Zij zullen de opnames beluisteren en bekijken. Mocht het met de zaak te maken hebben dan kunnen we het allemaal ook juridisch gezien gebruiken. Ik geef dus toestemming dit te doen.'

'Oké, dank u wel dat dit alles zo snel geregeld wordt.'

'Gelukkig dat de officier van justitie dit goed oppakt,' zeg ik tegen Mike en Mac, 'Nu is er alles aan gelegen dat ik het gesprek met de burgemeester goed ga aanpakken. Ik weet niet waar hij voor komt en wat hij gaat bespreken, maar zal erop aansturen dat hij openlijk spreekt.

'Ik probeer tegelijkertijd niets uit te lokken anders zal dat later worden uitgelegd als een soort verhoor zonder advocaten.

'Als hij op een of andere manier betrokken is bij de zaken van onze cliënt, wat wij weten gezien de verklaring van Bill Iron, dan gaat hij er morgen gegarandeerd over beginnen. Maar een burgemeester is een burgemeester, als er iemand goed kan communiceren dan is hij het wel.'

Over een uur zal burgemeester Marcel Barsoto op ons kantoor zijn.

Het is de eerste keer dat we met het volledige team naar dit kantoor gaan, ook Mike gaat mee. Na de afspraak met de burgemeester zullen we ook mijn vader gaan bezoeken.

Iedereen staat klaar. We gaan met twee groepen. Eerst gaat Mike met het team naar beneden. De lift gaat erg snel en in een mum van tijd is de lift weer terug. Vanuit de centrale wordt de lift bediend, dus dat gaat allemaal volgens het vastgelegde protocol. Stel dat ik alleen de lift wil pakken, wat niet is toegestaan, dan komt de lift niet eens naar boven. Altijd staat hij ergens in het midden van het gebouw geparkeerd op een plek waar niet eens een deur zit. Sabotage is onmogelijk. Alleen als er iemand in de controlekamer zou infiltreren zou het kunnen. Gelukkig zijn alle veiligheidsafspraken hier op het hoogste niveau.

Iedereen stapt in en direct als de deur dicht gaat, gaan we met topsnelheid omlaag. Je voelt de druk goed op je oren. Beneden wacht het andere team op ons, we stappen tegelijk in de auto's. Ze zijn allemaal voorzien van geblindeerde ramen, dus we zijn niet meer met gezichtsherkenningscamera's te vinden. Alleen de chauffeur is zichtbaar, maar met de grote speciale bril en de extra gepolijste en spiegelende ramen is ook dat een karwei. We vertrekken, door de ondergrondse gangen is alleen de rit naar buiten al een heel gedoe. Met een aantal extra beveiligde sluizen moet je haast met een tank komen om hier binnen te komen. Ditzelfde geldt ook als je hier naar buiten wil; de grote deur gaat snel open en binnen een seconde is deze ook weer met een enorme snelheid dicht. De deur gaat niet open als er iemand binnen vijf meter afstand loopt of staat, dus als de deur opengaat moet je erg snel zijn om naar binnen te rijden of lopen en het is zeker als dit niet lukt dat je geplet wordt.

De rit naar ons kantoor gaat erg voorspoedig, het is een hele mooie, zonnige novemberdag, lekker helder weer en met de drukte valt het ook mee.

Bij ons kantoor aangekomen, wordt het wel spannend, iedereen is op zijn hoede. De afspraak is dat we team voor team afzonderlijk, dus niet tegelijk, naar binnen gaan in het kader van risicospreiding. Stel dat er een aanval komt met een raketwerper, dan is het sterftecijfer vijftig procent. Dat ik dit nog ooit zou meemaken kwam zelfs niet in mijn meest thrillerachtige dromen voor.

Mike is al binnen en er is niemand in de buurt dus nu gaan wij. Ik stap uit en na een meter lopen... een verschrikkelijke knal. Er gebeurt verder niets en ik voel niets, maar ben wel geschrokken. Ik trok vanzelf mijn hoofd naar beneden en kroop ineen, maar de beveiligers begeleiden mij rustig zonder een enkele reactie naar binnen. Het was een knal van een uitlaat van een auto. Niets aan de hand.

De deur gaat achter ons dicht en direct weer op slot.

Mijn secretaresse wacht me al op en loopt met ons mee naar mijn kantoor. Mick blijft bij mij in de buurt en zal ook als de burgemeester komt vlakbij zijn. De andere beveiligers zoeken een plaats waar ze het gehele deel van ons kantoor kunnen zien en bij calamiteiten snel kunnen ingrijpen.

Ik voel me eigenlijk wel weer prettig in de omgeving waar ik al jaren met plezier heb gewerkt. Mijn bureau ziet er netjes uit, mooi opgeruimd en er ligt een map. Deze map is voor de voorbereiding van het gesprek met de burgemeester. Als er iemand van dit kaliber komt, is het handig om nog een soort cv van de persoon door te lezen. Bijvoorbeeld hoe lang hij of zij al in functie is, wat heeft hij of zij hiervoor allemaal gedaan, dit soort weetjes.

Mijn secretaresse heeft voor mij en Mick al koffie geregeld.

'Angela,' zegt Mick, 'Wil je dat ik bij het gesprek met de burgemeester blijf of zal ik op de gang wachten?'

'Nee, ik denk voorlopig dat er geen problemen zullen komen en ik vind het fijner dat we een een-op-eengesprek kunnen voeren. Tenslotte is het ook een vertrouwd gesprek, tenminste, dat neem ik aan.

'Ik weet natuurlijk ook niet waar het over gaat. Als ik wil dat je komt geef ik je direct een sein.'

Nadat ik het dossier van de burgemeester heb doorgenomen, komt mijn secretaresse al melden dat hij is gearriveerd.

Ik kijk in de spiegel of mijn haar goed zit, nu zie ik eigenlijk pas voor de eerste keer dat ik er erg moe uit zie. Het gebeuren is allemaal erg emotioneel, maar voorlopig zit er niets anders op. Een vakantie om bij te komen of een weekendje weg kan nu niet. Voordat ik de spreekkamer waar de burgemeester zit binnenloop, heb ik voor mezelf besloten om maar eens een aantal uren extra slaap in te plannen.

Mijn secretaresse doet de deur voor me open, Mick gaat op een stoel naast de deur zitten. Hij staat continu met me in verbinding dus bij paniek is hij er direct, maar zoals gezegd; ik verwacht niet dat dat gaat gebeuren.

'Goedemorgen, burgemeester. Wat kan ik voor u doen?'

'Om maar met de deur in huis te vallen, mevrouw Winfield, ik wilde u graag onder vier ogen spreken. Er is de laatste tijd nogal wat gebeurd in deze stad, daarom ben ik hier. De openbare veiligheid is een belangrijk onderdeel van mijn functie en ik word als zodanig in mijn rol als burgemeester goed op de hoogte gehouden van alles. Ook moet ik passende maatregelen nemen als er dingen fout gaan of dreigen fout te gaan.' Hij keek me aan of hij me in elkaar wilde slaan. Waar slaat dit nu weer op.

'Uw cliënt Bill Iron heeft zelfmoord gepleegd omdat hij blijkbaar niet alle ellende die hij heeft veroorzaakt kon verwerken en niet meer deel kon nemen aan zijn vorige leven van feesten en partijen.

'Zelf ben ik ook weleens op die feestjes geweest, mijn staf zoekt altijd zorgvuldig uit waar ik wel en waar ik niet heen moet gaan. De feesten van uw cliënt waren altijd erg gezellig en er kwamen nogal wat mensen die dingen goed doen voor onze stad en het openbare leven. In die hoedanigheid vonden wij dat dit bij mijn rol hoort.

'Ik ben eigenlijk gekomen om met u hierover te praten. In de kranten staat dat de heer Iron jullie als advocaten de beschikking heeft gegeven over beelden en zelf diverse verklaringen op beeld heeft afgelegd. Met name over het misbruik van jonge dames. Ik weet natuurlijk van mijzelf dat ik niet betrokken ben geweest bij dergelijke praktijken. Maar het zou voor de stad en mij persoonlijk niet goed zijn dat er verklaringen zijn afgelegd terwijl deze niet waar zijn.

Kunt u aan mij vertellen of er door uw cliënt verklaringen over mij en mijn eventuele medewerkers zijn afgelegd?'

Ik moest even slikken. Ik had wel verwacht dat het hierover zou gaan maar zo direct to the point had ik niet gedacht. Nu maar eens een zakelijk en duidelijk antwoord formuleren, tenslotte luistert iedereen mee.

'Meneer de burgemeester, alle verklaringen die de heer Iron heeft afgelegd, zijn inderdaad op beeld vastgelegd en alle ondertekende documenten met zijn verklaring zijn ook gefilmd en vastgelegd tijdens het ondertekenen hiervan.

'Wij zijn in nauw overleg met het ministerie van Justitie om deze documenten te overleggen. Dit moet nog gebeuren. Het doel van ons is honderd procent onze cliënt bij te staan.

'Daarnaast zijn wij verplicht om integer te handelen. Alle informatie die wij tot nu toe van onze klant Bill Iron hebben gekregen zal binnenskamers blijven en wordt alleen aan justitie gegeven als wij vooraf een overeenkomst krijgen waarin de heer Bill Iron wordt vrijgesproken van al zijn daden.

'Dus in feite gaat het er ons om de deal goed af te ronden. Helaas kunnen wij nog geen informatie verstrekken over de inhoud en verklaringen, hetzij positief dan wel negatief. Elke betrokkene, helaas inclusief uzelf, zal moeten wachten tot de deal met justitie rond is.

'Ik kan u nog toelichten waarom.' Ik merk nu aan mezelf dat ik er emotioneel en eigenlijk heel boos van wordt, omdat de burgemeester blijkbaar zijn straatje schoon wil komen vegen. Dit probeer ik weg te slikken en vervolg mijn verhaal. 'U bent de hoogste persoon die over de openbare veiligheid gaat en ik kan u het volgende vertellen:

'Kort na het overlijden van onze cliënt in de gevangenis, zijn er rondom ons kantoor een aantal vreemde dingen gebeurd. Onze kantoor partner Bertram Brand is vermoord teruggevonden in een uitgebrande auto. Mijn vriendin Sally Miller is in mijn huis vermoord. Waarschijnlijk is ze voor mij aangezien en was er een vergissing in het spel. Een hele dure vergissing, want ik leef nog en wij gaan er alles aan doen om ervoor te zorgen dat dat zo blijft.' Ik merk aan mezelf dat ik iets te emotioneel ben maar het is in elk geval duidelijk.

'Daarnaast is er een moordaanslag op mijn vader gepleegd. Gelukkig is deze mislukt, maar na goed speurwerk in samenwerking met justitie hebben wij een vermoeden wie hier achter zit.

Dus burgemeester, het spijt me, maar hoe dan ook, ik kan en wil u geen verdere informatie geven over de afspraken en verklaringen die onze cliënt heeft afgelegd.'

'Oké, mevrouw Winfield, het is me duidelijk, het is erg vervelend dat u en uw kantoorpartners dit alles moeten meemaken. Als ik iets voor u kan doen, dan doe ik dit graag. U kunt mij altijd bellen als het nodig is.

Dan vervolgt hij: 'Ondanks dat ik u gewaarschuwd heb, gaat u gewoon door met uw plan. Dit siert u wel, maar u moet begrijpen: als straks blijkt dat uw cliënt Bill Iron een voor mij belastende verklaring heeft afgelegd, wat niet waar kan zijn, dan worden de problemen nog groter dan ze nu al zijn.

'Graag wil ik het hierbij laten, ik geef u nog één ding mee. Hopelijk bedenkt u zich, samen met uw kantoorpartner Mike Dudley, zoals ik u aan het begin van het gesprek heb verteld. Ik moet passende maatregelen nemen als er dingen fout dreigen te gaan voor onze stad en dat ga ik ook zeker doen.

'Dank voor de koffie en de ontvangst, ik wens u veel succes toe met de onderhandelingen en overleg met justitie. Als u zich dus bedenkt, dan hoor ik graag van u.'

Hij staat op en geeft me een hand. Als dit geen regelrechte, maar indirecte bedreiging aan ons adres is dan weet ik het ook niet meer.

'Dank u wel voor uw bezoek meneer de burgemeester, ik wens u nog een hele fijne dag. Mijn secretaresse zal u naar buiten begeleiden.'

Ik ben met stomheid geslagen. De burgemeester weet dus zeker dat hij in de bekentenissen staat. In feite heeft hij mij en Mike in het korte gesprek zeker drie keer gezegd dat er geen verklaring over hem naar buiten mag komen. Hij dient te zorgen voor de openbare veiligheid.

Al zijn woorden zijn zorgvuldig gekozen, erg duidelijk persoonlijk gericht op Mike, mij en ons team en wellicht op onze familie. Een dergelijk gesprek heb ik nog nooit gehad. Het is dus duidelijk, er mag niets naar buiten komen van de verklaring van onze cliënt. We zijn gewaarschuwd, anders worden er maatregelen genomen. Wat dat inhoudt, kan ik ondertussen zelf wel invullen.

Mike komt binnengelopen. 'Sorry Angela, dat je dit ook nog mee moest maken. Mijn complimenten, je hebt het uitstekend gedaan. Uit de opnames blijkt dat je je kranig hebt gehouden ondanks alles wat hier aan vooraf is gegaan. In elk geval heb je niet laten blijken dat je gevoelig bent voor een indirecte bedreiging in deze situatie.'

'Tja,' zeg ik, 'Het is duidelijk, alleen is niets van wat hij heeft gezegd bewijsmateriaal. Alles wat hij heeft gezegd is te herleiden naar zijn taak als burgemeester. Alleen het stukje waarin hij vraagt of er een verklaring over hem of zijn medewerkers is afgelegd, is een directe link.

We zullen overleggen met de officier van justitie wat hij hiervan vindt.'

We besluiten om niet verder door te gaan met ons overleg. De camera staat nog aan en alles wordt opgenomen. Samen met Mike zal ik eerst een bespreking moeten afronden waarin we onze eisen voor onze cliënt gaan vastleggen.

We lopen de spreekkamer uit en direct komt Mick naar me toe. 'Gaat het, Angela?' Hij ziet er nu plotseling erg betrokken uit. Eigenlijk vind ik het wel fijn dat er iemand is die me op een hele lieve, gemeende manier vraagt hoe het met me gaat.

Plotseling word ik erg emotioneel en val in zijn armen. Wat er gebeurt, weet ik niet maar het lijkt op een emotionele ontlading in een van de meest vervelende periodes van mijn leven. Ik kan hem niet meer loslaten. Ik huil; de tranen lopen over mijn wangen en ik voel dat het om me heen stil wordt. Mick grijpt me steviger vast en fluistert in mijn oor dat het misschien beter is dat hij me naar huis brengt. Geen woord kan ik uitbrengen, wat gebeurt er?

Natuurlijk, Mick is een knappe man, stevig gebouwd, stoer, groot, maar nu ook plotseling erg betrokken.

Ik geef me aan hem over, ik knik en zonder woorden begrijpt hij me.

Nog steeds houd ik hem vast en ik kijk op, iedereen is weg. Het team wordt door Mick opgeroepen en voordat ik het kan beseffen staan we in de lift. Mijn jas en tas worden al door mijn secretaresse gebracht. Normaal heb ik best wel praatjes en vind ik mezelf behoorlijk stabiel, niemand ziet mij ooit huilen. Maar vandaag heb ik mezelf niet meer onder controle.

Mick heeft meegeluisterd en omdat we samen al het een en ander hebben meegemaakt, snapt hij wat er nu in mij omgaat. Het gesprek met de burgemeester heeft de situatie er niet eenvoudiger op gemaakt. Ik ga weer een beetje helder denken, maar Mick houdt me nog steeds stevig vast.

We zitten in de auto en gaan met een rustig gangetje naar ons safe-house. Het is niet dat ik me druk maak, maar mijn gevoel is niet goed. Na dit gesprek en de duidelijke taal aan ons adres krijg ik het gevoel dat het lastig zal worden om de situatie onder controle te krijgen.

Maar dat is helemaal niet mijn stijl. Altijd krijg ik de controle over elke situatie. Nu is het blijkbaar te veel. Na korte tijd durf ik Mick weer aan te kijken.

Ik zie dat hij me begrijpt. We zeggen beiden niets. Maar het was toen ik hem aankeek of het geluk in een keer terugkwam in mijn leven. Dit is erg lang geleden, het lijkt erop dat ik eerst een hele hoop gevoelens moest verwerken voordat ik weer mezelf kon zijn. Lang geleden dat ik armen van een man om me heen heb gehad waar direct een bijzonder gevoel door ontstaat. Een klik, een connectie, vertrouwen, geluk.

De hele situatie heeft me duidelijk keihard geraakt, maar ergens voel ik me erg gelukkig dat ik naast Mick zit en dat hij me zonder woorden duidelijk maakt dat de situatie onder controle is. Ik wil hem niet meer loslaten, wat er ook gebeurt; ik voel me veilig, mijn vertrouwen komt terug.

Het is een rustige en kalme rit. Zonder problemen rijden we de parkeergarage weer in. Het gaat allemaal erg soepel. Dat komt natuurlijk omdat Mick me nog steeds vasthoudt.

De deuren gaan open, het hele team staat om de auto heen. Niet dat er hier iets kan gebeuren, maar we weten het niet meer zeker. Ik stap aan de kant van de auto uit waar Mick zit. Hij begeleidt me naar de lift.

Boven is ook alles onder controle, het andere team is nog bij mijn vader.

'Mick,' zeg ik: 'Wil je met me mee gaan naar mijn appartement? Liever wil ik niet alleen zijn, omdat mijn vader er nog niet is.'

'Natuurlijk, Angela!'

Het team gaat naar het eigen deel en wij gaan naar onze woning.

'Dankjewel Mick, ik vind het erg fijn dat je mij zo hebt opgevangen, alles werd me vanmorgen te veel en normaal heb ik alles goed onder controle, maar toen ik je zag en jij mij vroeg hoe het met me ging, kwamen er zoveel emoties bij me los. Daar had ik blijkbaar behoefte aan. Ik voel me erg prettig als jij bij me bent.'

'Angela, ik vind het ook erg fijn dat ik bij je mag zijn. Omdat we al een aantal dagen met elkaar doorbrengen, begin ik je al een beetje te kennen en snapte ik door het verhaal van de burgemeester dat dit allemaal wel erg ver gaat. Je bent persoonlijk, privé en zakelijk keihard getroffen, ga dat maar eens allemaal verwerken.'

Ik loop op hem af en kus hem flink op zijn mond, met een kleine aarzeling wordt mijn gevoel beantwoord, een heerlijke kus. Zo, wat voelde dat goed, de emoties vliegen me om mijn oren.

Ik trek zijn jas uit en tegelijkertijd valt zijn oortelefoon uit. We zijn nu toch bij elkaar; ik hoef me nu helemaal geen zorgen meer te maken. Ik maak ondertussen de knopen van zijn blouse los en maak zijn riem los en we lopen naar de slaapkamer. Gelukkig stonden we al in een hoek van de kamer waar geen camera's zijn en hangen er in de slaapkamer helemaal geen camera's.

Niet dat ik er iets om had gegeven maar het is een goede bijkomstigheid dat dit niet op beeld staat, dacht ik in een flits.

Mick knoopt mijn blouse ook los en de rits van mijn rok ging helemaal vanzelf open.

Hij kust me op mijn hele lichaam, ondertussen liggen onze kleren verspreid over de grond.

Mijn hand gaat over zijn boxer en ik voel dat hij helemaal zo ver is. Mijn beha gaat uit, hij trekt mijn slipje uit en voordat ik het weet, liggen we helemaal naakt dwars op mijn bed.

Geweldig. Hij dringt bij me binnen en na enkele bewegingen komen we bijna op hetzelfde moment klaar. Maar dat is het nog niet, we gaan door. Ik wordt overal gekust, achter mijn oren, mijn borsten, mijn billen, mijn dijbenen, vervolgens gaat zijn hoofd tussen mijn benen. Wat een geweldig gevoel, dat was lang geleden.

Hij is er weer klaar voor, nog een keer.

Het was geweldig, dit is wat ik net nodig had, na alle spanningen van de afgelopen tijd.

Ik zeg tegen Mick: 'Dat was fijn, ik ben erg blij dat je met me mee bent gegaan. Het werd me allemaal te veel. Normaal zou je zeggen het spijt me dat we samen te ver zijn gegaan, maar ik heb er helemaal geen spijt van.'

'Ik ook niet,' zei Mick, 'Ik vond je vanaf de eerste dag dat ik bij je kwam een geweldige stoere meid, zoals jij met alles bent omgegaan, alle zaken hebt verwerkt. Ontzettend knap. Straks zag ik echt dat het je allemaal te veel werd en ik ben blij dat ik je heb kunnen troosten.

'Het was zeker goed dat ik je heb meegenomen naar huis, misschien is het verstandig dat we een paar dagen afstand nemen van alle zaken. Je moet nu tot rust komen, dus ik stel voor dat ik zo meteen ga douchen en dan neem ik weer plaats in de woonkamer. Als jij dan eens een paar uurtjes gaat slapen, dan gaan we later op de middag bij je vader kijken hoe het met hem gaat.'

'Oké, is goed.' We bleven nog even liggen, gelukkig hebben we er beiden geen spijt van en wat mij betreft is het voor herhaling vatbaar.

Ik ben blijkbaar ontspannen in slaap gevallen, want enkele uren later word ik wakker. Mick heeft me denk ik helemaal ondergestopt, want ik lig lekker warm ingepakt in de deken. Ik voel me goed en besluit om direct te gaan douchen en daarna makkelijke kleren aan te doen.

Onder de douche bedenk ik me wat Mick zou zeggen. Bijvoorbeeld dat het professioneel gezien niet kan, de situatie waarin we nu terecht zijn gekomen. Maar eigenlijk maakt het me helemaal niks uit. Ik voel me nu gelukkiger dan ooit, intens gelukkig, tevreden en ontspannen.

Ik droog mijn haren en doe ze op een staart, breng nog een beetje make up aan en kijk in de spiegel. Ik zie er weer goed uit.

In de kamer zit Mick rustig een boek te lezen, onmiddellijk staat hij op en kijkt me aan. 'Hoe gaat het? Heb je een beetje kunnen slapen?'

Hij hint me meteen om terug te lopen naar de ruimte voor de slaapkamer. Uit zicht van de camera's. 'Het gaat goed. Gelukkig heb ik een beetje kunnen slapen.' Als we eenmaal in de cameravrije hoek staan. krijg ik meteen een dikke kus en pakt hij me fijn vast. Gelukkig geen professioneel gedrag. Maar wel uit beeld.

Hij fluistert zacht: 'Het was fijn, Angela.'

'Dat vond ik ook, Mick.' We lopen weer terug naar de woonkamer. Geluid wordt er niet opgenomen in ons appartement, dus we kunnen vrijuit praten.

'Angela, professioneel gezien, mag ik vanaf nu niet meer jouw bodyguard zijn. We mogen geen privécontact hebben met onze cliënten, maar ik wil je liever zelf als bodyguard blijven begeleiden. Misschien dat ik op den duur iemand vind die het over kan nemen, maar voorlopig sta ik dat niet toe.

'Als jij het goedvindt, gaan we zo gewoon door, dit betekent wel dat we in het bijzijn van het team op moeten letten hoe we met elkaar omgaan. Als het team signaleert dat er wat speelt tussen ons ben ik verplicht om te stoppen.'

'Heel graag wil ik je bij me houden, dus we proberen het spel goed te spelen. Jij bent een professional en ik ben dat ook, maar hoe dan ook ben ik erg blij dat we dat varmiddag allebei zijn vergeten. Ik wil er graag voor zorgen dat je bij me blijft zowel in als uit functie.'

'Oké, we gaan dat zo samen doen. Ik weet zeker dat we erin zullen slagen, maar eerst maar eens de zaak met jullie cliënt oplossen en de verantwoordelijke voor de moorden en aanslag vinden.'

'Zullen we zo bij mijn vader op bezoek gaan? Ik ben erg benieuwd hoe het met hem gaat en of hij een beschrijving kan geven van de persoon die hem heeft neergestoken.'

'Zeker, dat gaan we meteen doen; ik sein het team in.'

Mike ging direct na het bezoek van de burgemeester naar de mannen van de recherche. De opname was al gekopieerd en op een usb-stick gezet.

'Heren, wat vonden jullie van het verhaal van de burgemeester?'

Elias, de leider van dit team rechercheurs, zei: 'Ik denk dat het duidelijk is dat de burgemeester de zaak naar zijn hand wil zetten, maar het zal moeilijk zijn om hem te arresteren om zijn uitspraken. Alles wat hij heeft gezegd is weloverwogen gedaan.

'Hij heeft alles duidelijk vanuit zijn functie verteld, maar hij heeft zeker wel druk neergelegd dat er niets over hem naar buiten mag komen als eventueel betrokkene. Ook heeft hij in het gesprek al ontkend iets met de zaak te maken te hebben.

'Met alleen deze uitspraken eventueel in combinatie met een opgenomen verklaring van uw overleden cliënt, zal het toch moeilijk blijven om hem hiervoor te veroordelen.

'We moeten nog een verklaring van een derde persoon hebben en graag een vierde, alleen dan zal het in combinatie met deze uitspraken bij de officier van justitie tot een aanhouding kunnen leiden.'

'Oké,' zei Mike. 'Ik ga in elk geval de officier van justitie bellen en hem een beetje bijpraten, dankjewel voor jullie inzet vandaag. We zijn in elk geval weer een stap in de richting van een aantal aanhoudingen. De persoon die bij de burgemeester is geweest, kunnen jullie in elk geval verhoren, wanneer hij gepakt is.'

Mike ging weer terug naar zijn kantoor, Jeff Mercurio bleef hem volgen en nam weer plaats voor de deur van zijn kantoor.

Hij draaide het nummer en kreeg de secretaresse aan de telefoon. 'Goede middag, met Mike Dudley, is John Fairfax bereikbaar?'

'Jazeker meneer Dudley, ik verbind u door, een moment.'

'Goedemiddag Mike, met John Fairfax. Hoe gaat het er mee?'

'Gezien de omstandigheden toch goed, we zijn weer een stapje verder, uw medewerkers zullen de opname van het gesprek met de burgemeester nog met u bespreken. Hier zal ik niet op vooruitlopen. Maar graag wil ik een afspraak met u om de vervolgstappen te bespreken. In combinatie met de afgelegde verklaring van onze cliënt over de burgemeester en de opnames van vandaag begint het bewijs zich op te stapelen.

'Dus als u nog steeds achter de zaak staat en samen met ons het dossier compleet kunt maken, dan kunnen we zeker vervolgstappen zetten zodat jullie een verhoor kunnen inplannen.'

'Zeker Mike, ik heb ook nieuws over de persoon die na het plakken van de peilzender naar de burgemeester is geweest. We hebben alleen nog geen verhoor met deze persoon ingepland. We kunnen alleen maar verklaren dat hij de peilzender heeft geplakt en dat hij daarna naar de burgemeester is gegaan

'Het verhoor met hem dient nog plaats te vinden, maar we zijn nu bezig met de strategie om deze allemaal tegelijk op te pakken, inclusief een uitnodiging aan de burgemeester. Die zal onmiddellijk positief reageren als ik hem bel om langs te komen, ik lok hem wel met een smoes.

'Dus kortom: dit heeft nog tijd nodig.

We hebben ook het onderzoek in het appartement van Angela Winfield afgerond, we hebben een aantal DNA-sporen vastgelegd en gedocumenteerd. Een van deze sporen kwam ook nog voor in de deels verbrande auto van Angela Winfield.

Waarschijnlijk is dit spoor van de moordenaar. De computers zijn op zoek naar dit DNA. Een ding is zeker, deze persoon gaan we vinden, er zijn namelijk altijd personen die in de DNA-databank voorkomen en in zekere zin verwant zijn aan deze sporen. Dus binnenkort hebben we een verklaring van deze dienst in welke richting we gaan zoeken.'

'Dat is geweldig nieuws, meneer Fairfax.' Vindt u het goed dat we morgen of overmorgen een afspraak inplannen? Ik zal u dan bellen als ik mijn collega Angela Winfield heb gesproken, dan plannen we dit in, oké?'

'Ja graag, het liefst zo snel mogelijk zodat we bij de eerste strategie de burgemeester, de peilzenderplakker, de ontvanger van het signaal en misschien de persoon wiens DNA in de auto en appartement is gevonden op kunnen pakken. Alleen is hopelijk de verklaring van uw cliënt duidelijk en overtuigend, ook al zullen we dit niet heel erg zwaarwegend kunnen meenemen'

'Oké, u hoort morgen van mij en dan maken we een afspraak.'

Mick roept het team bij elkaar en we gaan op pad.

Het loopt eigenlijk heel erg soepel, de lift, naar de auto en vervolgens op pad, naar het ziekenhuis.

Daar weer via de speciale ingang naar de afdeling waar mijn vader ligt. Nog steeds zit er een van de beveiligers voor de deur te wachten.

Vanuit de gang hoor ik hem al praten, blijkbaar is hij het niet eens met de verzorger. Hij klinkt niet gelukkig. Vlak voordat we de bij de kamer zijn, loopt er juist een verpleger weg.

'Hoi,' zeg ik tegen mijn vader, 'gelukkig zie je er weer goed uit en je hebt weer praatjes genoeg.'

'Hoi Angela, het gaat prima en ik wil graag weer met je mee naar huis. Vanmorgen werd er gezegd dat ik zeker tot morgen zal moeten blijven en net was er iemand die zei dat hij me vandaag naar huis ging brengen. Dus ik heb flink gemopperd en gevraagd of hij dit met het hoofd van de afdeling wil bespreken. Lijkt me heel vreemd dat het in een keer verandert, heel verwarrend.'

'Vader, weet je nog hoe die man heet? Het is inderdaad erg vreemd. Ik zal het meteen na vragen.'

'Nee, ik had hem nog niet eerder gezien, hij was erg vriendelijk, maar niet het type verpleger dat je normaal in een ziekenhuis ziet.'

'Oké, ik loop nu naar het hoofd van de afdeling en zal navragen wat precies de bedoeling is.'

De balie is om de hoek, het afdelingshoofd zat er toevallig, ze was wat gegevens in aan het voeren op de computer.

'Hallo, ik ben Angela Winfield, de dochter van meneer Winfield die hier is opgenomen. Hij ligt op kamer zes. Vanmorgen is er blijkbaar tegen mijn vader gezegd dat hij nog zeker tot morgen moet blijven, maar er liep zojuist iemand van de verpleging bij mijn vader weg en die had gezegd dat hij naar huis mocht en hij hem kwam ophalen.'

Ze reageert direct: 'Nee, uw vader mag vandaag zeker niet weg, ik loop met u mee naar uw vader, we gaan vragen wie dit heeft gezegd.'

We lopen meteen terug naar de kamer waar mijn vader gewoon rustig in bed ligt en met Mick aan het praten is.

'Meneer Winfield, wie heeft er tegen u gezegd dat u vandaag naar huis mocht?'

'Dat weet ik niet, ik kan me zijn naam niet herinneren. Het was een man met zwart haar, lange bakkebaarden en een baard van ongeveer twee dagen. Erg vriendelijk, maar ik heb tegen hem gezegd dat ik het een beetje vreemd vond: u heeft nog tegen mij gezegd dat ik zeker vandaag niet naar huis mocht. Deze man wilde mij meteen meenemen om naar huis te brengen.'

'Dat kan echt niet, bij ons werkt er niemand vandaag die er zo uit ziet.'

Ze pakt direct de telefoon en seint de bewaking in. 'Graag uitkijken naar een man met zwart haar, lange bakkebaarden en een baard van twee dagen Als je hem ziet, benader hem dan voorzichtig, hij kan gevaarlijk zijn.'

'Het ziet er naar uit dat er iemand in het ziekenhuis is die uw vader wat wil aandoen. Het moet niet mogelijk zijn om langs de beveiliging te komen.'

Mick liep naar de beveiliger toe. 'Weet jij nog hoe de verpleger eruit zag die zojuist bij meneer Winfield is geweest?'

'Ja hoor zeker, deze verpleger loopt hier al de hele morgen rond, grote vent, een meter vijfentachtig, zwart haar, lange bakkebaarden, ongeschoren, blanke huidskleur en erg vriendelijk.

'Hij heeft hier vanmorgen bij veel mensen een praatje gemaakt en overal drinken gebracht, hij is ook bij meneer Winfield geweest, een hele vriendelijke man.'

'Waarschijnlijk kwam hij hier om meneer Winfield te ontvoeren,' zegt Mick gefrustreerd.

'Sorry! Ik heb daar geen kwaad achter gezocht en omdat hij hier al enige tijd rondliep, dacht ik serieus dat het een werknemer is van het ziekenhuis.'

'Bij wie kan ik de bewakingsbeelden zien?'

'U kunt het beste naar het hoofd van de beveiliging gaan, beneden bij de ingang, daar worden alle beelden opgeslagen.'

'Oké, dankjewel.'

Mick gaat weer terug naar de kamer waar de vader van Angela ligt.

'We gaan meteen de bewakingsbeelden bekijken, maar ondertussen moeten we een oplossing zoeken voor de beveiliging. Dit is niet verantwoord. Vanaf nu mag er niemand meer naar binnen. Iedereen die hier naar binnen gaat mag alleen samen met het hoofd van de afdeling naar binnen. Zij kent alle medewerkers. Zo voorkomen we dat er nog ongewenst bezoek naar binnen gaat. We zorgen ervoor dat je vader morgen in overleg naar huis gaat. We regelen thuis dan speciale verpleging en verzorging, verder komt een tweede beveiliger bij om deze afdeling speciaal te beveiligen.

'Onvoorstelbaar, maar nu weten we zeker nog een keer dat het menens is.'

JOHN FAIRFAX belt de burgemeester en krijgt hem zoals verwacht direct aan de telefoon. Als de officier van justitie belt is het belangrijk, tenslotte is de burgemeester de belangrijkste schakel en persoon als het gaat om zaken zoals criminaliteit en problemen in de stad. De burgemeester denkt dan waarschijnlijk ook dat dit telefoontje wel daarover zou gaan.

'Goedemorgen meneer Fairfax, wat kan ik voor u doen? '

'Dag burgemeester, dank dat u me te woord wil staan. Er zijn wat problemen met een criminele groep die we inmiddels in kaart hebben gebracht. Graag wil ik met u van gedachten wisselen hoe we deze zaak samen tot een goed einde kunnen brengen. Uw advies is me veel waard. Is het mogelijk dat u op korte termijn bij mij op kantoor langskomt om het plan van aanpak te bespreken?'

'Natuurlijk meneer Fairfax, graag kom ik bij u langs. Het is voor mij mogelijk om eventueel direct bij u langs te komen, hoe eerder hoe beter denk ik maar.'

Eigenlijk zou het beter uitkomen als hij eerst met Mike Dudley en Angela Winfield zou overleggen, maar een eerste gesprek met de burgemeester kan helemaal geen kwaad, denkt John snel.

'Graag burgemeester, als u direct kunt komen? Dat komt op dit moment erg goed uit.'

John Fairfax hangt op en belt meteen naar Mike Dudley.

'Mike, met John Fairfax, ik heb zojuist de burgemeester aan de telefoon gehad. Ik wilde eigenlijk voor morgen een afspraak maken, maar hij heeft direct tijd, hij is er over een uurtje.

'Oké,' zei Mike, 'geen probleem. Als u probeert eerst de opname te beluisteren van het gesprek wat hij met Angela heeft gehad, dan zal het voor u duidelijk zijn in welke richting het gesprek eventueel kan gaan.

'Ik ben erg benieuwd of hij er iets van los zal laten, is het mogelijk dat u mij vanmiddag belt over het verloop en wat er is besproken, althans over deze zaak?'

'Natuurlijk, ik heb hem gevraagd om voor iets anders langs te komen, maar ik ga het gesprek in de richting van jullie cliënt Bill Iron sturen. Maar ik zal inderdaad eerst samen met mijn team jullie opnames gaan beluisteren.'

'Dank meneer Fairfax, ik hoor graag vanmiddag van u.'

John Fairfax roept zijn team bijeen en het uurtje voor de opnames te beluisteren moet voldoende zijn.

Het is duidelijk dat de burgemeester zich zorgen maakte over de gebeurtenissen bij Bill Iron, over de feesten, de jongedames maar vooral over de getuigenis van Iron. Hij wil informatie los zien te krijgen wat er is gezegd, waar hij mogelijk bij betrokken zou zijn volgens Bill Iron. Maar wat er ook is gezegd hij heeft de link direct in dit gesprek professioneel ontkend, mocht er een verklaring over hem komen. Hoe dan ook, het lijkt erop dat hij bang is. Erg vastberaden, maar ook zeer diplomatiek.

In elk geval heeft hij duidelijk proberen te maken dat hij niet blij is als er iets over hem wordt gezegd en hij heeft behoorlijk wat druk bij Angela neergelegd. Maar de verklaring van Bill Iron is nog niet vrijgegeven.

'We maken een verslag van het gesprek met Angela Winfield en onze burgemeester,' zegt John Fairfax, 'ik wil graag vandaag de opname nog door een onafhankelijke profiler laten beluisteren. Daarna maken we samen een plan van aanpak.'

Niet veel later komt de secretaresse van John Fairfax met de mededeling dat de burgemeester is gearriveerd, hij zit in de conferentiekamer.

Hij ziet er een beetje moe en onrustig uit.

'Goedemiddag,' zegt John Fairfax, fijn dat u zo snel tijd vrij heeft kunnen maken.'

'Heel graag gedaan,' zegt hij, 'wat kan ik voor u doen.'

'Ik wil graag het volgende met u bespreken. De laatste tijd zijn er een aantal dingen in de stad gebeurd waarvoor ik uw medewerking wil vragen. Het verhaal speelt op dit moment rond mediamagnaat Bill Iron.

'Alles wat ik nu tegen u ga zeggen, is vertrouwelijk en allemaal nog in onderzoek. U weet dat u vanuit uw functie bevoegd bent om deze info op te vragen. Maar u bent ook verplicht om alles wat ik tegen u ga zeggen onder ons te houden.'

'Natuurlijk, geen probleem, dat is duidelijk en ik ben me daar altijd van bewust!'

'Bill Iron is onlangs dood in zijn cel gevonden. Men dacht dat hij zelfmoord heeft gepleegd, maar nader onderzoek heeft uitgewezen dat er derden bij betrokken zijn en hij geen zelfmoord gepleegd kan hebben.

'De advocaten van Bill Iron hebben bewijs dat hetgeen waar Iron voor is veroordeeld, het misbruiken van jonge dames, niet waar is. Bill Iron werd bedreigd, voelde zich al niet veilig.

'Dus op zich was het zeer onprettig dat hij in de cel zat, maar van de andere kant zou hij daar wel veilig moeten zitten.

'Helaas was dat niet waar, er zijn op dit moment al aanwijzingen in welke richting we moeten zoeken. We denken op korte termijn de personen aan te kunnen gaan houden die verantwoordelijk zijn voor zijn dood. Wie de opdrachtgevers zijn, hebben we ook al voor een groot deel in kaart gebracht.' Dit laatste bluft John.

John kijkt de burgemeester strak aan. Het gezicht van de burgemeester verandert. Het lijkt er zelfs op dat hij een beetje opgelucht kijkt.

John Fairfax vervolgt zijn verhaal na een korte stilte.

'Helaas heeft de verklaring van de advocaten voor een vervelende wending in het verhaal gezorgd. Een van de advocaten is vermoord. De andere advocate is verward met een andere persoon. Die persoon is ook vermoord en is dus een vergismoord geweest. Als het was gelukt, waren dus twee van de advocaten dood geweest.

We hebben met keiharde criminelen te maken.

Angela Winfield en Mike Dudley, de overige twee advocaten hebben nu een team van beveiligers om zich heen en zitten in een safe-house. Helaas hebben we de beveiliging uit moeten breiden; ook de vader van Angela Winfield is bijna doodgestoken, maar die is gelukkig aan de beterende hand.

'Mijn taak is nu dus om u hiervan op de hoogte te houden. Er is nogal wat gaande en wij verwachten dat er nog meer gaat gebeuren. Dus vooral de personen die niets met de zaak te maken hebben, maar toch iets weten, lopen gevaar.'

Heel tactisch heeft John Fairfax dit toegevoegd om te bekijken of er weer een reactie komt van de burgemeester.

En ja. Het lijkt erop dat hij nu weer gespannen kijkt, hij trekt zelfs een beetje wit weg.

Joh Fairfax vervolgt. 'We gaan de komende dagen alle personen die in de verklaring van Bill Iron voor zijn gekomen, uitnodigen voor een gesprek. Ons doel is om ervoor te zorgen dat de verantwoordelijke personen zo snel mogelijk worden vastgezet. We bedoelen dan ook iedereen die iets met bedreiging en het contact met Bill Iron en zijn advocaten heeft te maken.

'Om samen te vatten: op dit moment zitten we dus met twee moorden en een poging tot moord. Dit betekent een ernstige situatie die snel moet worden opgelost. De advocaten van Bill Iron zullen keihard doorgaan ook bij hen is er alles aan gelegen om de verantwoordelijk personen aan te wijzen.

'Zeker gaan ze beiden door en stoppen niet met deze zaak tot iedereen door ons als justitie is opgepakt. Alle andere zaken worden door collega's afgerond of uitgesteld. Deze zaak gaat honderd procent voor. Wij hebben toegezegd dat we alle medewerking gaan verlenen. Voor ons is het de eerste prioriteit, het mag niet zo zijn dat advocaten worden bedreigd en vermoord.

'Dat was eigenlijk in het kort wat ik u wilde vertellen, burgemeester, omdat dit een uiterst vervelend probleem is en het de openbare orde aan gaat, ben ik verplicht u dit te vertellen.'

'Hartelijk dank voor uw duidelijke verhaal, helaas moet ik aan u toegeven dat ik ook een paar keer op de feestjes van Bill Iron ben geweest. Natuurlijk heb ik soms het vermoeden gehad dat er dames rondliepen die er eigenlijk niet thuishoorden. Maar dat was alleen maar een gedachte. Zelf heb ik daar nooit al te veel achter gezocht. Zeker heb ik niet het vermoeden gehad dat het daar om minderjarige meisjes ging.

'Ik hoop dat u begrijpt dat ik er anders zeker melding van had gedaan.

'In zekere zin ben ik natuurlijk ook een van de betrokkenen, maar ik kan u verzekeren dat ik geen contacten heb opgedaan, althans niet met jonge meisjes. Ik ben er puur geweest uit het oogpunt van netwerken en het uitbouwen van relaties met personen die op allerlei belangrijke posities zitten of werkzaam zijn.

Daarnaast ben ik deze week bij mevrouw Angela Winfield geweest en heb met nadruk gevraagd of Bill Iron iets over mij heeft verklaard, want als dat zo zou zijn, is dat wat hij zegt niet waar. Ik heb daarbij duidelijk gevraagd of ze dit wilde vertellen, maar in het belang van de zaak heeft ze helemaal niets losgelaten.'

Nu lijkt het erop dat hij zijn straatje wil schoonvegen, maar eigenlijk kwam het verhaal wel erg oprecht en ongerust over. Misschien heeft Angela Winfield het anders geïnterpreteerd en vooral omdat ze betrokken is, als een aanval gevoeld. Maar op John Fairfax kwam het nu heel anders over; ook hij had de opname gehoord en dacht er op dat moment ook zo over.

Nu rest er nog een verklaring over de peilzenderplakker. John Fairfax is erg benieuwd of dit ook nog verteld ging worden.

De burgemeester vervolgt zijn verhaal.

'Ik begrijp natuurlijk dat ze dit niet heeft gezegd en al helemaal nadat ik uw verhaal nu hoor. Op eigen initiatief heb ik mevrouw Winfield laten volgen en waarom? Dat ga ik u vertellen.

'Als burgemeester ben ik bevoegd om ook onderzoek te doen naar de gang van zaken als het de openbare orde betreft en ook als het daarbij een van de belangrijkste personen uit onze stad betreft, mezelf dus.

'Op initiatief van een adviseur heb ik mevrouw Winfield dus laten volgen en niet alleen speciaal voor mevrouw Winfield. Op dit moment ben ik ook een van de personen uit de groep van Bill Iron die bedreigd wordt. Dat is de reden dat ik zo snel naar u wilde komen.

'Een van mijn beveiligers is gespecialiseerd in het volgen van personen. Mijn opdracht aan hem was Angela Winfield te volgen. Om zodoende te controleren wie er achter haar aan zat. Dit zijn namelijk dezelfde personen die mij bedreigen op dit moment.

'Het spijt me dat ik dit niet met u heb overlegd. Wij dachten dit op eigen houtje wel op te kunnen lossen en zodoende de verantwoordelijke personen in kaart konden brengen.

'Op de feesten van Bill Iron ging het helemaal niet om jonge meisjes. Op de feesten kwamen personen die betrokken zijn bij grootschalige drugshandel.

'Het ziet er naar uit dat ze Bill Iron als afleidingsmanoeuvre hebben gebruikt. Dit is erg goed gelukt. Helaas met erg vervelende en vergaande gevolgen.

'Wij hoopten nu dat de advocaten na het afleggen van de verklaring van Bill Iron met het verhaal van de drugshandel zouden gaan komen. Maar deze handelaren hebben er tot nu toe alles aan gedaan om dit te voorkomen.

'Het is nu tijd dat we de krachten gaan bundelen en dat ik het spoor dat wij nu hebben gevolgd met u ga delen. Ook de verklaring van Bill Iron moet nu snel naar buiten komen anders gaat het escaleren.'

'Goed dat u nu met dit verhaal komt,' zegt John Fairfax.

'We zullen uw onderzoekers en onze medewerkers vanmiddag bij elkaar brengen om alle info die we nu hebben verzameld te bundelen en er op deze manier voor zorgen dat we het netwerk van criminelen beter in kaart kunnen brengen.

'Eerlijk gezegd ben ik er erg blij mee dat u open kaart speelt. Uw verhaal is erg oprecht, gelukkig bent u niet betrokken bij de zaken van de criminelen die hierachter zitten.'

'Wat ik wel ga doen is uw verklaring vastleggen, graag nodig ik u nog uit om samen met uw advocaat alles wat op dit moment bekend is en hoe de bedreigingen aan u zijn geuit, in een verslag vast te leggen. We kunnen dan uw betrokkenheid uitsluiten omdat u in deze zaak ook slachtoffer bent.'

'Graag meneer Fairfax, ik maak vandaag een nieuwe afspraak en zal onze onderzoeker contact met u laten opnemen om de gegevens te delen.'

'Dank voor uw bezoek, we spreken elkaar snel weer'

MIKE DUDLEY krijgt een telefoontje vanuit het kantoor; de secretaresse heeft Kelly Smalstorm aan de telefoon, de ex-partner van Bill Iron.

'Dankjewel, geef haar maar door.'

'Goedemorgen meneer Dudley, u spreekt met Kelly Smalstorm, ik ben de partner van Bill Iron. Er is de laatste tijd nogal wat gebeurd en er doen zich heel wat verhalen de ronde.

'Omdat u de advocaat bent van Bill zou ik graag een informeel gesprek met u willen hebben. Ik voel me op dit moment niet veilig, daarom ben ik ondergedoken. Waar? Dat zullen we later bespreken. Is het mogelijk dat we op een veilige plaats een afspraak maken?'

'Graag Kelly, we kunnen deze afspraak beter niet op mijn kantoor maken. Heb je een locatie in gedachten? Dan kom ik daar zo snel mogelijk naar toe.'

'Ja, ik stel voor dat u zo meteen naar Brooklyn Bridge Park komt, restaurant The Osprey, ik zal daar zijn. Ik ben niet alleen, maar graag spreek ik u wel apart. Kunnen we daar over drie kwartier afspreken?

'Lukt dit niet dan zal het voorlopig moeilijk worden om elkaar te ontmoeten, helaas.'

'Nee Kelly, ik zal zorgen dat ik er ben. The Osprey ligt naast Neighbours Café toch? Daar ben ik pas nog geweest.

Ik kom ook niet alleen, inmiddels heb ik een team van beveiligers die altijd met me meerijden. Zij zullen de omgeving controleren en is het niet veilig dan bel ik je en stellen we het uit.'

'Goed, ik zie je zo.'

Mike belt direct naar Jeff Mercurio, 'Jeff, ik moet onmiddellijk naar een belangrijke spoedafspraak, kun je me wegbrengen? Ik geef je de info zo.' 'Geen probleem, we komen eraan.'

Binnen enkele ogenblikken staat iedereen voor het kantoor van Mike, de auto is al voor de deur geparkeerd en binnen enkele minuten zijn ze onderweg.

'We gaan naar Brooklyn Bridge Park, we kunnen de auto voor de deur van het hotel zetten. Binnendoor kunnen we naar het café lopen waar ik een afspraak heb met de ex-partner van Bill Iron. Ze heeft belangrijke informatie voor ons, deze dame is al enige tijd onbereikbaar en gezien de situatie vond ik dat we de afspraak snel moeten inplannen.

'Kelly Smalstorm is de belangrijkste getuige in onze zaak van Bill Iron, maar ook zij loopt op dit moment gevaar. Het is dus belangrijk dat we de omgeving goed verkennen. Met Kelly heb ik de afspraak dat als we denken dat het niet veilig is we een andere locatie plannen.'

Jeff knikte. 'Duidelijk, we rijden voordat we naar binnen gaan een rondje rond het hotel. Een man blijft aan de voorzijde, twee aan de parkzijde en ik blijf vlak bij je.'

De omgeving ziet er rustig uit, in het hotel lopen wat gasten rond en er staat een auto vijftig meter verderop geparkeerd. Waarschijnlijk is dat de auto van Kelly. Ze rijden erlangs, daarna een blok om. Een van de mannen stapt alvast uit en loopt naar de achterzijde bij het park. Dan rijden ze weer terug.

De auto stopt voor het hotel en ze besluiten om allemaal samen naar binnen te gaan, de chauffeur blijft zitten, Mike belt naar Kelly en zegt, 'We zijn gearriveerd, we lopen nu naar binnen.'

'Ja, ik heb jullie gezien, we gaan links in de hoek in de lobby zitten, goed? Ik zie je zo.'

Mike gaat zitten en binnen een minuutje komt Kelly binnengelopen, ze draagt een spijkerbroek, een zwartleren jack en ziet er eigenlijk heel anders uit. Ze is moeilijk te herkennen in een hele andere outfit dan ze normaal gekleed was.

Hoe dan ook, ze gaat toch nog redelijk ontspannen zitten, haar beveiligers zoeken verdeeld over de bar een plekje en nog een van hen loopt naar de parkzijde. Iedereen knikt naar elkaar zodat precies duidelijk is wie er bij de twee teams horen. Het lijkt alsof Mike een afspraak met een vriendin heeft.

'Mike, ik moet het kort houden. Ik ben op de hoogte van de verklaring die Bill bij jullie heeft afgelegd; graag wil ik ook een verklaring afleggen, maar de situatie is op dit moment bijzonder onveilig voor mij.

'Ik zit op wisselende onderduikadressen, na dit gesprek kun je me niet meer bellen op het nummer wat je van mij hebt. Ik neem zelf weer contact op. Het kan zomaar zijn dat we nu het gesprek snel moeten afbreken; ik sta dan op zonder mededeling en ben direct weg.

'Alles wat ik ga zeggen is vertrouwelijk zoals je weet, maar alles zal ik in een mogelijke rechtszaak zo verklaren, jullie hebben het verhaal van Bill, nu komt mijn verhaal.'

'Goed Kelly.'

'Bill werd bedreigd, er zijn veel geruchten verspreid over de feesten die ik organiseerde. Allerlei hoogwaardigheidbekleders kwamen op onze feesten. Iedereen heeft het altijd goed naar hun zin gehad en ja, ook kwamen er op die feesten, op verzoek van sommige personen, hele mooie dames.

'Heel veel mannen vinden het fijn als er een feest is dat hun partner meekomt zodat ze samen een gezellige avond hebben. Ook zijn er een beperkt aantal mannen die op zoek zijn naar mooie vrouwen om de avond mee door te brengen en soms elders de dag af te sluiten.

'Voor deze mannen ben ik altijd de enige contactpersoon geweest die deze dames regelde via hele sjieke escortbureaus. Dit zijn geen goedkope meiden, maar goed opgeleide dames die hun vak verstaan en net iets meer doen dan gezellig kletsen en een wijntje drinken.

Van deze bureaus heb ik de volledige administratie bewaard, alles en iedereen die er geweest is, heb ik volledig gedocumenteerd. Alle kosten zijn compleet inzichtelijk, dit alles is gefactureerd en betaald door de bedrijven van Bill. Er is niemand die ook maar een dollar zelf heeft betaald. Bill heeft dit altijd als acquisitie gezien, hij werd ruimschoots beloond met mooie opdrachten, dus het was altijd dubbel en dwars de investering waard.

'Helaas is er weleens iemand geweest die zelf, buiten ons om, dames regelde waar wij niet van wisten wie het waren.

Bill is hierbij niet betrokken geweest. In het verleden heeft Bill hiermee van doen gehad, maar dat heeft hij goed onder controle en dat zou ook nooit meer gebeuren. Dit ga ik ook onder ede verklaren, de administratie is honderd procent waterdicht. Ook de ingehuurde bureaus zullen dit verklaren.

Een ander probleem is dat er foute figuren binnen zijn gekomen die andere deals wilden sluiten. Dit ging voornamelijk om drugshandel op onze feesten en om grootschalige witwaspraktijken. We zijn pas in een laat stadium door een paar van onze cliënten geïnformeerd.

De drugshandelaren en onze cliënten zijn hier door Bill persoonlijk op aan gesproken en hij heeft ze verboden om nog op de feesten te komen. Maar daar is het probleem ontstaan, het was natuurlijk achteraf voor deze handelaren erg lucratief. Dit gaat over echt heel veel geld, men pikte het eenvoudigweg niet dat ze werden buitengesloten.

Bill werd bedreigd, maar hield voet bij stuk, deze personen werden niet meer toegelaten, daarna bleven er ook een aantal cliënten weg, van wie ik de namen heb vastgelegd.

'Het vervelende is dat op deze feesten in het verleden foto's zijn gemaakt, achteraf blijkt ook, doelbewust. Puur voor chantage, zoals nu ook steeds blijkt uit alle verhalen die de pers regelmatig plaatst.

'Er zijn een aantal dames uitgenodigd die zich hebben opgedrongen aan Bill en aan een aantal van zijn beste vrienden. Een ding is zeker het was erg gezellig. Helaas zijn er foto's gemaakt waarop het lijkt of deze dames het wel erg gezellig hadden met Bill en een paar van deze vrienden. Maar dat was totaal niet waar, zelf was ik er altijd bij en heb Bill op al zijn feesten bijgestaan.

'Deze foto's en de verklaringen van deze dames hebben ervoor gezorgd dat Bill is opgepakt. Deze dames hebben deze boodschap meegekregen. 'Jullie houden je aan de gemaakte afspraken; je wordt er goed voor betaald en ga je ooit anders verklaren dan ruimen we je gehele familie op.' Zoals je weet is Bill daardoor ook onterecht veroordeeld. Alles is door de maffia geregisseerd. Die hebben alles aan de pers gelekt. We denken zelfs dat de rechter en een aantal van de juryleden onder druk zijn gezet.

'Ons plan was om hem op korte termijn vrij te krijgen, zelf heeft hij bij jullie eenzelfde verklaring afgelegd. De afgelopen maanden ben ik in overleg met Bill alle vrienden langsgegaan en het grootste deel zal verklaren dat ik inderdaad voor de dames heb gezorgd en dat deze allemaal meerderjarig waren.

'Maar ze zullen dit nooit in een rechtszaak verklaren omdat ze dan privé een groot probleem hebben, dus dat wordt wat dat betreft een moeilijke zaak.

'Maar ook heb ik een duidelijk beeld wie betrokken is bij de witwaspraktijken en de drugsmaffia. Omdat mijn onderzoek, overleg en communicatie goed op orde is, zijn er een aantal grote heren not amused.

'Wij beiden zijn bedreigd en als de info naar buiten komt, zou ons leven zo goed als zeker voorbij zijn.

'In gesprekken die ik met Bill in de gevangenis heb gehad, was hij er duidelijk in: we gaan door tot ik ben vrijgesproken, zei hij, hij was vastberaden en niet van plan al die goede jaren van zijn leven in de gevangenis door te brengen.

Maar zoals u waarschijnlijk weet, ook in de gevangenis heeft men invloed en is Bill vermoord, heel erg zeker. Bill stond stevig in zijn schoenen, zelfmoord is onmogelijk.

Nu zit ik met het probleem dat ik me nergens meer kan vertonen en daarom houd ik het kort.

Bill wordt vrijgesproken want hij heeft dit alles waarvoor hij is veroordeeld niet gedaan en ik kan daarvoor zorgen, maar deze grote heren kan ik niet alleen aan.'

Mike heeft aandachtig geluisterd en het doel is ook om Kelly haar verhaal te laten doen. Eigenlijk is hij erg blij om te horen dat het verhaal van Kelly honderd procent gelijk is aan de verklaring van Bill Iron die op hun kantoor was vastgelegd.

Het is duidelijk dat ze allemaal samen in een heel lastig parket zitten. De heren waar ze nu allemaal door het noodlot mee zijn verbonden, zullen er alles aan doen om ervoor te zorgen dat deze info nooit naar buiten zal komen.

'Kelly,' zei Mike, 'ik kan natuurlijk niet reageren op wat Bill bij ons heeft verklaard, wij hebben afgesproken met hem dat dit in de hoger-beroepszaak pas mag worden getoond.

'Maar ik kan je wel zeggen – en dit is vertrouwde informatie – als jij deze verklaring aflegt dat die niet veel zal afwijken van wat Bill aan ons heeft verteld.

'Maar dat is nu niet het probleem: we zitten met de situatie dat er in korte tijd inclusief Bill drie mensen zijn vermoord en een persoon bijna. Ook wij zijn niet meer veilig en lopen een groot gevaar. We weten te veel.

'Zoals je schetst zijn deze heren heel erg gevaarlijk, ik ga naar de officier van justitie en bespreek dit. Kun jij zelf zorgen dat je buiten schot blijft?'

'Ja, ik heb van Bill een goed budget gekregen. Veel wisselende adressen en een betrouwbaar team Ex Navy Seals dat mij beveiligd. Maar dit is een zeer dure operatie en bovenal is het haast niet te doen. Elke dag zie ik er anders uit, veel pruiken, allerlei soorten kleding, hip, stoer, gedegen, slordig. Echt niet fijn! Mijn doel is dat justitie me een andere identiteit geeft zodat ik me kan terugtrekken op een of ander eiland, kun je dit bespreken?'

'Natuurlijk, dat ga ik zeker doen. Ik stel voor dat jij nu als eerste uit het restaurant vertrekt. Mijn team kijkt met je mee tot je in de auto zit. Bel je mij over een tot drie dagen weer? En ik wil niet weten waar je zit.'

Met een knikje loopt Kelly het hotel uit en wordt buiten gecontroleerd gevolgd door een van de beveiligers. Zonder problemen loopt ze naar haar auto en kan ongehinderd instappen; ze wordt in elk geval niet gevolgd.

Deze ontmoetingsplaats kan niet meer worden gebruikt.

Mike bestelt nog een kop koffie en Jeff stelt voor om er bij te komen zitten. In elk geval zal, als ze dan later het restaurant verlaten, niet direct een link gelegd kunnen worden met Kelly Smalstorm.

Mike stuurt een WhatsApp bericht aan John Fairfax. 'John, graag z.s.m. een afspraak over het hoger beroep van onze cliënt Bill Iron. Nieuwe info ontvangen, nieuwe getuige, zoekt ook beveiliging.'

Er komt direct een bericht terug. 'Oké, 'ik ben over 45 minuten op kantoor.'

Jeff rekent de koffie af en iedereen zit snel weer in de auto. Het is een van de beveiligers opgevallen dat ze worden gevolgd. Er is een aantal keer eenzelfde persoon in een net blauw pak voorbijgelopen.

Het kan toeval zijn, maar ze nemen een omweg door de wijk en al snel komt er een klein, wit bestelwagentje voorbij dat stopt op de hoek zonder dat en er iemand uitstapt.

Daarna komt er nog een andere auto voorbij, een BMW X1, ook wit. Hierin zitten twee personen.

Ze rijden nog een blokje om, wachten of een van de auto's zal volgen en stoppen dan de auto weer. Het witte bestelwagentje rijdt dezelfde straat in en stopt nu achter ze op een open plek. Ook nu stapt er niemand uit, dus dit was duidelijk. Plotseling geeft de chauffeur van Mike gas en rijdt Johnson Street in tegengestelde richting tegen het verkeer in, daarna rechtsaf ook tegen het verkeer in en voegt behendig in tussen het nu drukke verkeer in. Nu direct naar Brooklyn Bridge. Het is er inmiddels druk.

De witte BMW en het witte bestelwagentje zijn niet meer te zien. Inhalen op Brooklyn Bridge met deze route is onmogelijk, dus ze zijn afgeschud.

Ondertussen stuurt Mike een bericht aan Kelly Smalstorm: 'We zijn gevolgd, achtervolgers afgeschud, oppassen dus! Een wit bestelwagentje en een witte BMW X1.'

'Dank,' is het bericht terug.

Ze rijden na korte tijd het gerechtsgebouw in en ze worden, zo lijkt het in elk geval, niet meer gevolgd. De auto heeft geen track en trace systeem dus een hacker kan onmogelijk inbreken en de auto volgen. Hoe dan ook: het risico is altijd aanwezig dat ze worden gevolgd.

Mike is netjes op tijd en kan direct doorlopen naar het kantoor van John Fairfax.

'Goedemorgen John, goed dat ik direct mocht langskomen.'

'Mike, ik begreep uit je WhatsApp dat het dringend is. We zijn ervoor om deze zaak snel op te volgen, we mogen geen tijd verliezen.'

'Klopt,' zei Mike, 'ik zal je meteen uitleggen wat het probleem is. Vandaag heb ik Kelly Smalstorm gesproken, ze is al geruime tijd ondergedoken. Ze wil graag een verklaring afleggen over onze cliënt Bill Iron, maar dat durft ze alleen maar onder bepaalde voorwaarden.

'Ze is nu continu op de vlucht omdat ze wordt bedreigd en gevolgd. Meerdere keren per dag moet ze van plaats, kleding en uiterlijk wisselen, ze heeft van Bill voldoende budget gekregen om dit te organiseren maar tegelijkertijd weet ze dat dit geen toekomst is.

'Ook ik weet niet waar ze nu is. Kelly is bereid om de informatie te delen met justitie, maar op het moment dat ze onbeveiligd naar het hoger beroep komt, loopt ze groot gevaar.

'Haar verklaring in deze zaak is dermate belangrijk dat ik aan u wil vragen of Kelly Smalstorm beveiliging kan krijgen en ook in een safe-house kan worden ondergebracht gedurende de hoger-beroepszaak?

'Het is na deze zaak noodzakelijk dat ze een andere identiteit krijgt. De motivatie van ons is dat ze informatie heeft wie er allemaal bij de zaak betrokken is waarvan onze overleden cliënt wordt verdacht. Ook weet ze zeker dat Bill Iron zeker geen zelfmoord zou plegen; alles is in scène gezet.

'Wij hebben alle verklaringen van Bill en onder ons gezegd, passen deze afzonderlijke verklaringen exact bij elkaar. Het is onmogelijk dat Bill en Kelly dit samen hebben vastgelegd. Ze hebben geen overleg meer gevoerd sinds Bill is veroordeeld en in afwachting van het hoger beroep is Kelly van de aardbodem verdwenen.'

John Fairfax reageert direct: 'Ik ben erg blij dat je me hebt gevraagd. Het zou kunnen zijn dat deze langslepende zaak dus een hele andere wending gaat krijgen. Alles wat er de afgelopen weken is gebeurd, verklaart dat er heel wat speelt.

'Alle signalen wijzen er nu op dat hetgeen Kelly Smalstorm gaat verklaren een aantal personen met ontzettend veel macht in een moeilijk parket zou kunnen brengen.

'Zoals je weet bent ik een voorstander van een eerlijk proces en als alles klopt, kunnen we een groot aantal personen oppakken en dus een hele grote, criminele bende oprollen.

'Er is maar een persoon waarmee ik dit kan bespreken, en dat is de opperrechter van het Amerikaanse gerechtshof. Zij is het voorbeeld van een toegewijde rechter die staat voor onafhankelijke berechting en gelijkelijk recht voor iedereen.

'Als het waar is dat Bill Iron in zijn cel is vermoord om alles wat hij in zijn verklaring op beeld heeft vastgelegd, zal de opperrechter deze verklaring zeker als bewijslast mee gaan nemen in de hoger-beroepszaak. Omdat het gaat over een aantal hooggeplaatste personen en criminelen die daar invloed op hebben, is zij denk ik de enige persoon die geschikt is voor deze zaak.

'Vandaag ga ik haar bellen en een afspraak proberen in te plannen. Direct als ik nieuws heb zal ik je berichten.'

Nadat ik het plan voor de beveiliging van mijn vader heb doorgenomen, staat het vast: er mag niemand meer in de kamer, alleen het hoofd van de afdeling. Het eten wordt door zijn persoonlijke beveiliger afgegeven, deze blijft de hele nacht op de kamer.

Als morgenvroeg de arts is geweest en alles goed aan het herstellen is, dan gaat hij weer mee naar huis.

'Mick,' zeg ik, 'we gaan weer naar huis.'

Eigenlijk niet naar huis, maar naar het tijdelijke appartement in het safe-house. Voorlopig zullen ze hier nog wel moeten blijven. Er moet nog een onderzoek doorgaan, wie is degene die achter de bedreiging zit, of zijn het er meer?

'Als we straks in het appartement zijn' zeg ik tegen Mick, 'ga ik een overleg inplannen met Jessica Barr. Na alles wat er is gebeurd, moeten we nu een plan bedenken in welke hoek we moeten zoeken naar de organisatie die ons allemaal op de korrel heeft. Het is menens, maar ze moeten worden gestopt. Ook ga ik in de auto Mike bellen met het laatste nieuws.'

JESSICA BARR is een van de onderzoekers, die je niet opmerkt, ze heeft zintuigen ontwikkeld die je zelden ziet bij mensen.

Op een of andere manier kan ze zich zo goed inlezen in een zaak dat het lijkt of ze zelf een hoofdrol speelt in het hele verhaal. De afspraak met haar opdrachtgevers is dat ze niet iedere dag of wekelijks wordt lastiggevallen. Met lastigvallen bedoelt ze eigenlijk: bel me niet, het dossier is duidelijk en als er vragen zijn dan neem ik zelf contact met je op.

Vanaf de eerste dag dat Angela en Mike haar alles hebben verteld, is ze vierentwintig uur per dag bezig geweest met alle mogelijke scenario's. Op alle mogelijke plaatsen in de omgeving van de woning van Angela heeft ze beeldmateriaal verzameld, gesprekken met omwonenden gevoerd, auto's nagetrokken, personen in alle databanken opgezocht. Zelfs het routevolgsysteem van de Aston Martin is door haar ingezien.

Naast dat ze goed is in communicatie, is ze hoogbegaafd, een combinatie die je niet gauw ziet. Daarom is ze de beste in haar vak en meldt ze zich pas als ze een aantal stappen in de goede richting heeft gezet. Haar ervaring is als er voortijdig info naar haar opdrachtgevers gaat, het onderzoek wordt vervuild en sommige mensen niet eens meer met haar willen praten.

Ze heeft een spoor gevonden naar de grote kerel die waarschijnlijk Bertram Brand en Sally Miller heeft vermoord. Ook is hij degene die de auto heeft meegenomen en 's nachts in Hudson Bay Park in brand heeft gestoken.

Niets van dit alles heeft ze aan justitie of aan Mike en Angela gemeld.

Op beelden in de omgeving van de woning van Sally heeft ze voor het tijdstip dat Angela thuiskwam een witte BMW X1 gezien. Na het bestuderen van het tijdstip waarop de Aston Martin in brand is gestoken en de vele uren daarna kwam ze toevallig weer die witte BMW X1 tegen.

Daarna heeft ze alle details van de camera's in de stad waarin deze auto voorkwam verzameld. Haar conclusie is duidelijk na vier dagen dag en nacht zoeken.

De bestuurder van de BMW staat af en toe heel duidelijk op het beeldmateriaal. Deze auto heeft de grote kerel vlakbij Angela afgezet. Goed is te zien dat de grote kerel uitstapt. Het is niet te zien dat hij bij Angela naar binnen gaat, maar het tijdstip ligt vast.

Via het routevolgsysteem is het tijdstip waarop Sally Bertram heeft opgehaald vastgelegd. Maar ook dat Sally al een keer is gestopt voor de woning van Angela. Dit klopt niet met het verhaal en moet nog worden besproken met Angela. Hiervoor zal ze vast een hele goede verklaring hebben.

Immers zijn Sally en Bertram samen uit het restaurant in het Meat Packing District vertrokken.

Wat heeft Sally te maken met de dood van Bertram? Dit is nog niet duidelijk.

Nadat de auto korte tijd is gestopt voor het huis van Angela, is Sally naar huis gereden. Op camerabeelden uit de stad is duidelijk te zien dat ze alleen in de auto zat.

Omdat Bertram later is gevonden in de Aston Martin moet er iets gebeurd zijn met Bertram in de periode van vrijdagavond na het etentje en het tijdstip dat Sally daarna alleen in de auto zat.

De auto heeft daarna de hele dag voor het huis van Sally haar ouders gestaan. Zaterdagmiddag is de Aston Martin in een route, zonder dat hij ergens lang is gestopt, naar het huis van Angela gereden. Daar is de auto na een korte stop weer weggereden. Angela is vlak daarna thuisgekomen en heeft Sally gevonden. Dit tijdstip is bekend.

De Aston Martin is daarna enige tijd in Greenwich Street geweest en niet meer gesignaleerd. Waarschijnlijk is daar het routevolgsysteem in de auto onklaar gemaakt. Want daarna is de auto niet meer te zien op het routevolgsysteem.

De witte BMW is ook in Greenwich Street geweest. Jessica is bij een elektronicazaak in die straat geweest en heeft daar de beveiligingsbeelden meegekregen. Na lang bestuderen zag ze de Aston Martin daar voorbijrijden. Korte tijd nadat hij daar voorbij reed, stopte het routevolgsysteem.

In de Aston Martin zat diezelfde grote kerel. Dus zoals het nu lijkt is de grote kerel verantwoordelijk voor de dood van Sally. Hij zat alleen in de auto. Vijftien minuten later kwam de BMW weer voorbij nu met twee personen. Naast de bijrijder zat nu de grote kerel.

Haar zoektocht is verdergegaan naar de route van de BMW. Deze is, nadat hij ongeveer een uur kriskras door de stad heeft gereden, gestopt op Morningside Avenue.

Op het laatste beeld voor de stop zaten beide heren er nog in.

Uren heeft ze weer besteed aan het tijdstip rond de autobrand.

De Aston Martin was op zondagmorgen heel vroeg weer vlak bij het Hudson River Park op beelden te zien. De bestuurder was opnieuw de grote kerel.

Het is zeker dat hij de auto naar het Hudson River Park heeft gereden. Het is nergens te zien dat hij de auto in brand heeft gestoken. Het is logisch dat Bertram er op dat moment al in lag. Want korte tijd nadat de brand is gemeld, was opnieuw de witte BMW weer op de camerabeelden te zien. Nu opnieuw weer met dezelfde twee personen.

Op zondagmorgen vroeg is de BMW X1 gevonden op diverse camera's in de stad. En weer is hij gesignaleerd als laatste op beelden op Morningside Avenue.

De personen heeft ze nog niet aan een naam of persoon kunnen linken, maar dat gaat zeker gebeuren.

De conclusie van Jessica is:

De grote kerel heeft Angela opgewacht; hij ging ervan uit dat dit Angela was. Maar hij heeft Sally vermoord. Is er daarna vandoor gegaan met de Aston Martin. Deze heeft 's nachts ergens op Greenwich Street gestaan of misschien was hij ergens binnen geparkeerd.

Later die nacht is de auto met het lichaam van Bertram erin naar Hudson River Park gereden en daar in brand gestoken. Helaas voor de daders is het niet gelukt om de sporen te verbranden, het lichaam van Bertram is geïdentificeerd.

Als we de witte BMW vinden hebben we het spoor naar de moordenaar en hopelijk naar de opdrachtgever van de moorden.

Jessica heeft nu na haar zoektocht twee hele duidelijke foto's van de twee mannen uit al het beeldmateriaal kunnen halen.

Haar plan is om nu met Angela en Mike te overleggen of deze info al met justitie gedeeld mag worden.

Maar eerst wil ze kijken of Angela een verklaring heeft voor de korte stop van de Aston Martin op vrijdagavond. Vlak voordat Angela eigenlijk thuis is gekomen.

Angela heeft die avond de communicatie rondom Bill Iron met de communicatieadviseur besproken. En toen het artikel is verzonden aan de pers, is ze met de taxi naar huis gegaan.

Op het tijdstip dat Sally Miller voor haar deur stopte was Angela niet thuis. Dus Angela heeft niet kunnen zien of Bertram is uitgestapt. Wat is er gebeurd?

Sally is daarna weer vertrokken. Ook dat staat op beeldmateriaal vlakbij Angela en vlakbij de woning van de ouders van Sally Miller.

De telefoon gaat. 'Jessica, met Angela, we hebben afgesproken dat je me zelf zou bellen als er nieuws is. Maar toch ik ben erg benieuwd hoe het gaat met je onderzoek. Vind je het goed dat we vandaag nog een afspraak maken, zodat wij de laatste stand van zaken met je kunnen bespreken?'

'Natuurlijk, Angela, ik kom straks graag langs, is Mike er dan ook? Ik heb aan jullie samen ook nog een aantal vragen voordat ik verder kan gaan met mijn onderzoek. Zullen we, zonder tegenbericht, afspreken rond 17.30 uur vanmiddag?'

Ik stem het telefonisch af met Mike hij nam de telefoon direct op. 'Met Mike' 'Mike is het mogelijk dat jij om 17.30 in ons kantoor van het safe-house bent? Ik heb namelijk een afspraak met Jessica gemaakt. Graag wil ik van haar horen hoe de laatste stand van zaken is. En dan kunnen wij alle laatste nieuwtjes met haar bespreken.'

'Ik ben er om 17.30 uur, tot straks.'

IK BEGIN al een beetje te wennen aan de werkplek en de woning op de meest veilige plek van de stad.

Het grote voordeel is dat alle voertuigen die regelmatig in de straat komen worden vastgelegd. Mocht het zijn dat er een auto is die onbekend is en regelmatig achter hen aanrijdt, dan wordt er direct een melding van gemaakt en onderzocht.

Als ik samen met het team naar binnen rijd, komt ook Mike vrijwel direct de straat ingereden.

De afspraak vandaag is erg belangrijk voor het verdere verloop van de zaak. Ik weet niet of ik dit leven nog wel een paar jaar op deze manier wil. Maar helaas zit er niets anders op. Dit soort zaken kosten erg veel tijd en het is niet mogelijk om dit zonder alle beveiligingsmaatregelen te doen.

Meteen gaat ik naar het kantoor om alvast de zaak voor te berei-den. Mike komt ook binnen en we begroeten elkaar.

'Angela' zegt Mike. 'Ik heb vandaag Kelly Smalstorm gesproken, alles komt nog in het vertrouwelijk dossier. Een kort verslag hier-van nemen ze samen door.

'Kelly is in elk geval bereid te verklaren hoe de bijeenkomsten zijn geweest. Alles sluit honderd procent aan bij wat Bill aan ons heeft verklaard. Ook Kelly weet zeker dat Bill geen zelfmoord heeft gepleegd. Ze wordt goed beveiligd maar als ze straks in de rechtszaak als getuige moet komen – en dat wil ze graag – dan eist ze wel beveiliging van justitie.

'Ik heb dat vanmiddag allemaal al doorgesproken met John Fairfax en hij gaat dit vandaag of uiterlijk morgen weer bespreken met de minister van justitie en daarnaast nog met de opperrechter.

'Kelly is achtervolgd vandaag en ook wij hebben achtervolgers af moeten schudden, maar waarschijnlijk weten ze allang waar wij zitten.'

'Goed dat ze alles wil verklaren' zeg ik. 'Ik ga ervan uit, gezien het belang van deze zaak, dat justitie natuurlijk mee zal werken.'

Er wordt op de deur geklopt, Jessica is binnen. 'Mag ze meteen doorlopen?' vraagt Mick. 'Natuurlijk, graag!' zeg ik.

'We krijgen nog niet echt grip op de zaak, maar hopelijk heb jij al een aantal stappen kunnen zetten, zodat we wat meer zicht op een afronding kunnen gaan krijgen?'

'Vooruit,' zegt Jessica, 'ik zal jullie bijpraten over de stand van zaken tot nu. Alles wat ik ga vertellen, heb ik ook vastgelegd, alleen nog niet op ons netwerk, want ik wil het eerst met jullie bespreken.

'Oké, wij zijn benieuwd' klinkt het bijna in koor.

'Ik heb me de afgelopen tijd geconcentreerd op de gebeurtenissen rondom Sally Miller en jullie kantoorpartner Bertram Brand.

'Het begint op vrijdagavond, vorige week. Sally heeft jouw Aston Martin opgehaald en zij heeft hiermee Bertram op jullie kantoor opgehaald. Ze zijn samen gaan eten in het Meatpacking District, alles is met getuigen vastgelegd. Ook heb ik kopietjes van de bonnetjes en verklaringen van de medewerkers van het restaurant.

'De route met tijdstippen komen allemaal overeen met routevolgsysteem dat in jouw auto zit.

'Na dit etentje zijn ze samen uit het restaurant vertrokken, waarna ze samen naar jouw huis zijn gereden.

'De auto heeft kort voor de deur gestopt, waarom weet ik niet, maar in elk geval is Sally alleen verder gereden.

'Dit is op camera's vastgelegd die ik in de gehele stad heb onderzocht. Ik ben eerst begonnen met een logische route, daar kon ik echter niets vinden. Blijkbaar heeft Sally een andere, snellere route. Later heb ik diverse beelden gevonden die bij het volgsysteem passen.

'Overal was Sally alleen, dus Bertram is bij jouw woning afgezet en verder gelopen, dit kan ik alleen niet vinden.

'Wat me wel opviel tijdens het onderzoek is dat ik op heel veel plaatsen een witte BMW X1 tegenkwam op het moment dat ze stopten met rijden. Bij je woning bleek het dat de auto vlak daarvoor om de hoek heeft gestaan en in de wijk heeft gereden.

Ook 's avonds of eigenlijk aan het begin van de nacht is de auto weer daar geweest.

'De volgende dag heeft Sally je gebeld, Angela, zoals je ook zelf hebt verteld, dat ze de auto terug zou brengen. Ze had zelf een sleutel, ze heeft de auto in de parkeergarage gereden en is naar binnen gegaan. Daar is ze waarschijnlijk overvallen door iemand die dacht, zoals het lijkt, dat jij dit was. Bij nader inzien was dit een vergissing, maar dat is mijn aanname.

'Het vreemde is dat jouw auto ongeveer een half uur daarna weer is weggereden, met een persoon waar ik inmiddels na veel speurwerk een paar hele goede foto's van heb. Jouw auto werd weer gevolgd door de witte BMW en ook van die persoon heb ik hele mooie foto's, dus van beide personen kunnen we de identiteit gaan onderzoeken.

'De auto is daarna naar een plek in Greenwich Street gereden alwaar het routevolgsysteem is verwijderd.

'Daarna heeft de auto, denk ik, daar de gehele nacht gestaan want op zondagmorgen vroeg is hij weer op beelden bij Morningside Avenue gezien, ook weer in combinatie met de witte BMW.

Wanneer het lichaam van Bertram in de auto is gelegd, heb ik nergens kunnen vinden. Maar dat is in elk geval ergens geweest toen jouw auto is gestopt voor jouw deur en zondagmorgen vroeg. Ik kan niet achterhalen waar Bertram is vermoord en nergens is te zien dat hij nadat hij bij jouw voordeur is gestopt in een auto heeft gezeten, of ergens heeft rondgelopen. Dit is niet te vinden.

'Mijn conclusie is dus dat de grote kleerkast Bertram heeft vermoord, op het moment dat hij bij jou is uitgestapt of kort daarna. Dit past ook bij het rapport van de lijkschouwer, ergens binnen de periode dat Sally is gestopt en een tot twee uur maximaal daarna is Bertram overleden.

'Samen hebben ze zondagmorgen vroeg, toen Bertram al ongeveer dertig uur daarvoor was overleden, de auto bij Hudson

River Park op het betonblok gereden en zijn na het in brand steken, met z'n tweeën in de witte BMW gestapt. Ook daarna is deze die zondagmorgen weer het laatst op beeld gezien op Morningside Avenue.

'De bedoeling was dat de auto en het lichaam van Bertram compleet zouden verbranden.

'Dit is het eigenlijk in het kort waarbij er voor mij een paar vragen overblijven.

'Angela, kun jij een verklaring afgeven waarom Sally bij jou voor de deur stopt, waarschijnlijk Bertram uit laat stappen en daarna weer verder rijdt?

'En de tweede vraag is: mag ik jullie goedkeuring voor het delen van deze info inclusief de foto's van beide heren zodat justitie deze snel kan oppakken?'

Ik heb goed geluisterd en voor wat Bertram betreft, weet ik natuurlijk donders goed dat hij in mijn huis vermoord is. Maar dit houd ik nog achterwege, zeker nu nog, voor Jessica. Ik heb natuurlijk in een flits de grote kleerkast van een kerel gezien en was erg blij dat Jessica foto's heeft van de man en reageerde direct.

'Nee, ik heb geen idee waarom Bertram voor mijn deur uitgestapt zou zijn.' Natuurlijk is dat de waarheid, maar ik wil er ook niet verder op in gaan, omdat het nu weer allemaal heel dichtbij komt.

'Ik vind het super dat je al zo veel vordering hebt gemaakt in het onderzoek, nu is het een kwestie van de foto's aan justitie overhandigen en de mannen opsporen. Zodat we hun eventuele opdrachtgever kunnen vinden. Wat mij betreft is het akkoord dat je die direct deelt.'

'Jessica, erg goed gedaan,' zegt Mike. 'Ik vind het ook goed dat we de foto's direct aan John Fairfax overhandigen. Zodat hij de juiste mensen op het vervolg kan zetten. Trouwens de witte BMW heeft ons vandaag ook achtervolgd. Ik heb een afspraak gehad met Kelly Smalstorm, de ex-partner van Bill Iron.

'Ze hebben haar waarschijnlijk niet herkend, maar wij hebben de auto af weten te schudden. Dus ook ik vind het belangrijk alle gegevens inclusief jouw onderzoek direct te delen met justitie. Hopelijk pakken ze de bende snel op.

'Oké,' zegt Jessica, 'ik stuur het zo allemaal door en zal hem vooraf bellen. Mijn onderzoek zal ik alvast voortzetten. Ik ga verder zoeken naar de locatie in de buurt van Morningside Avenue, of ik kan traceren waar beide heren zijn geweest. Misschien was het een hotel, maar het zou kunnen zijn dat een van de opdrachtgevers daar een kantoor heeft.

'Is het mogelijk dat jullie aan een lijst kunnen komen van alle vaste gasten die op de feesten van Bill Iron zijn geweest? Dan kan ik iets meer gericht zoeken en wellicht heb ik dan binnen een paar dagen een plaats waar ze geweest zijn en misschien een vermoeden bij wie ze zijn geweest!'

'Natuurlijk,' zegt Mike, 'ik spreek Kelly Smalstorm vandaag of morgen. Ze belt me zelf terug omdat ik niet weet waar ze is en telefoonnummers eenmalig gebruikt. Als ik de lijst heb, dan stuur ik hem aan je door.'

JOHN FAIRFAX krijgt na het telefoontje van Jessica Barr een versleuteld bestand met de voorlopige onderzoekcijfers tot dit moment. Ook zitten er foto's bij van de mannen die volgens Jessica betrokken zouden zijn bij de moord op Bertram Brand en Sally Miller.

Van de eigen onderzoeksdienst heeft hij nog geen complete rapportage ontvangen. Dit geeft alleen maar aan dat Jessica Barr echt de beste onderzoekster is, als Jessica zich eenmaal ergens in vastbijt, dan laat ze dit niet meer los.

Na het bestuderen van het rapport is het duidelijk dat er hele grote belangen meespelen, deze mensen deinzen nergens voor terug. En het is zeker: dit gaat niet ophouden als er nu geen snelle stappen worden gezet.

De enige juiste stap is nu de opperrechter Elena Breyer bellen. Hij heeft haar mobiele nummer en weet zeker dat zij na de uitleg van deze zaak een afspraak wil maken.

Vooral het voordeel is dat een vrouwelijke opperrechter niet snel gelinkt kan worden aan een zaak als deze. Hij wacht met het delen van het dossier met de eigen rechercheafdeling dit stukje wil hij nog achterhouden.

En het dossier toesturen aan de opperrechter is niet mogelijk; dit kan mogelijk door derden worden getraceerd, dus hij belt haar op.

'Goedemorgen Elena, je spreekt met John. Mag ik je wat vragen?'

'Hallo John, natuurlijk. Ik heb pauze tussen twee zaken in, dus ik heb kort tijd, wat wil je weten?'

'Ik zit met een hele grote zaak waarvoor ik je advies wil hebben. Ik zal niet te ver in detail treden, maar waar ik je voor bel is wel een van de grotere zaken die op dit moment speelt. Daarnaast ziet het ernaar uit dat hierbij een groot aantal hoogwaardigheidsbekleders is betrokken.

Wat hun aandeel is in deze zaak moeten we nog bespreken. Na ondervraging verwachten we dat er nogal wat gaat gebeuren, vandaar dat ik je echt lastig moet vallen met deze moeilijke zaak.

Het begint met Bill Iron, zijn misbruikzaak van vroeger waarvoor hij is veroordeeld. Zijn straf had hij uitgezeten, maar zoals je weet is hij opnieuw veroordeeld. Nu voor het misbruiken van jonge meisjes die nog net minderjarig zouden zijn, je hebt dit allemaal vast al gehoord of gelezen.

Hij heeft zelf altijd ontkend en zijn hoger-beroepszaak zou vorige week beginnen. De advocaten hadden het goed voorbereid, maar op de dag van de zitting heeft hij helaas zelfmoord gepleegd in zijn cel.

'De advocaten van Bill Iron hebben mij in vertrouwen genomen. Enerzijds omdat ze het bewijs hebben dat Bill Iron onschuldig is, maar anderzijds omdat deze advocaten in een persbericht hebben vermeld dat ze informatie hebben over alle mogelijk betrokken personen bij deze zaak. Hierdoor zijn de advocaten echt in de problemen gekomen. Wat deze hele gang van zaken bevestigt en nu begint eigenlijk het verhaal.

'Ik denk dat we kunnen bewijzen dat Bill Iron geen zelfmoord heeft gepleegd, maar dat hij is vermoord. Hiervoor hebben we nu een rapport van de forensische artsen en een onafhankelijke forensische arts, het bewijs is alleen in mijn bezit en ligt in een kluis.

'Er is ook nog info over de bewaking van Bill Iron, hier zal ik nu niet over uitweiden.

'Een van de advocaten van Bill Iron is vermoord, ook hier hebben we bewijzen van en zelfs foto's van de betrokken personen, met tijdstippen van camera's in de stad. Daarnaast is er een poging gedaan om de andere advocaat ook te vermoorden. Er is hierbij een vergissing gemaakt en is een vriendin van een van de advocaten voor haar aangezien en zij is helaas ook vermoord.

'De twee overgebleven advocaten zitten inmiddels in een safe-house, maar zijn bereid, ondanks de blijvende dreiging, met de zaak door te gaan.

'Op de vader van een van de advocaten is een moordaanslag gepleegd, nu ligt hij nog in het ziekenhuis. Hij woont ook in het safe-house, bij zijn dochter.

'Uit de verklaring die door Bill Iron is opgenomen in het bijzijn van zijn advocaten voor het hoger beroep, zal blijken wie er betrokken zijn bij het ronselen van jonge meiden op de feesten die niet door Bill Iron en zijn partner Kelly Smalstorm geregeld.

'Zeker is dat hij betaalde escorts heeft laten komen en dat verklaart hij ook, om zijn gasten bij te staan. Hiervan zijn volledig tot in detail uitgewerkte verslagen, voorzien van facturen en opdrachten getekend door de leveranciers en tussenpersonen. De partner van Bill Iron heeft deze in haar bezit.

'Het vervelende is dat Bill Iron en ook een paar belangrijke gasten gefotografeerd zijn met een aantal dames die niet tot de genodigden hoorden, maar door een aantal van zijn gasten zijn geronseld. Op dat moment wist Bill Iron niet dat deze dames niet bij zijn team hoorden. Een aantal gasten komt hiermee echt in de problemen, dat willen we ook oplossen.

'In vertrouwen is er met Kelly Smalstorm een gesprek geweest waarin aangeboden is om ook voor haar beveiliging te regelen en teven een safe-house. Dit zijn hele kostbare acties en hier wil ik graag toestemming voor geven, natuurlijk in overleg met jou.

'In de media is Bill Iron al veroordeeld, maar na alles wat op dit moment aan bewijs is verzameld, ben ook ik tot de conclusie gekomen dat het hele verhaal anders zou kunnen zijn dan iedereen in de wereld op dit moment denkt.

'Bill Iron had zijn zaakjes financieel heel erg goed voor elkaar. De advocaten wisten zeker dat hij vrij zou moeten komen, dus er was geen reden om zelfmoord te plegen. Geen van de mensen in zijn omgeving, inclusief de bewakers, hebben signalen ontvangen dat hij dit van plan zou zijn. Hij stond heel erg sterk in zijn schoenen en was er samen met zijn advocaten van overtuigd dat het nu tijd werd om schoon schip te maken en de wereld te vertellen hoe het verhaal echt zit.

'Op het moment dat de namen van de betrokken personen bekend worden gemaakt, zullen deze zichzelf allemaal direct gaan indekken en misschien wel verdwijnen. Het is ook niet verstandig om dat nu al te doen.

'Omwille van de veiligheid van de advocaten, hun familie, en de partner van Bill Iron en haar familie, wil ik samen met al deze personen een zitting houden. Bij deze zitting komt dan de verklaring van Bill Iron, het verslag van Kelly Smalstorm en het verslag van het onderzoek tot nu toe met het bewijs van de personen die bij de moorden en de aanslagen zitten naar voren. Deze personen gaan we vanaf vandaag zoeken, vinden, volgen en later oppakken. Maar dat kan alleen als we tegelijk de opdrachtgevers op kunnen pakken.

'In deze zitting wil ik dan samen met u de toestemming formuleren om op één dag al de betrokken personen aan te houden, op te pakken en in verzekerde bewaring te stellen.

'Dat was het in het kort.'

'Inderdaad John, goed dat je me dit hebt verteld, ik ken je goed en ik begrijp je verhaal. Ik kan alleen maar zeggen dat alles wat je vertelt inderdaad erg ingrijpend is en dat we dit een halt toe moeten roepen. Dit is serieus een groot probleem wat we snel moeten afhandelen.

Ik stel voor dat je in elk geval Kelly Smalstorm benadert en goedkeuring geeft voor honderd procent beveiliging en de garantie dat we haar niet arresteren.

'Dit graag ook vastleggen en samen ondertekenen, ik laat haar van de opsporingslijst verdachte en gezochte personen halen. Want ik ken de zaak een beetje, zij wordt ook gezocht voor deze zaak. Ik begin steeds meer te begrijpen waarom ze niet gepakt wil worden, zeker als het verhaal van de moord op Bill Iron klopt.

'Mijn medewerking heb je, ik stuur je vanmiddag een mail met de tijdstippen die ik nog vrij heb en deze houd ik vrij tot nader bericht.

'Zeker gaan we op hele korte termijn vooraf een politiemacht organiseren, maar wel volgens een goed stappenplan.

'Ik ga nu weer verder, John, dank voor je telefoontje. Ik hoop je vandaag of anders snel weer te spreken.'

'Dankjewel Elena, fijn dat je me zo snel en uitvoerig aan het woord hebt kunnen laten. Fijne dag en tot ziens.'

John Fairfax belt direct daarna Mike Dudley op om het nieuws mede te delen.

'Mike, ik heb Elena Breyer gesproken zojuist. Ik heb alle resultaten doorgesproken en goedkeuring gekregen voor de beveiliging en bescherming van Kelly Smalstorm.

'Ik mag haar een verklaring geven dat ze niet in hechtenis wordt genomen en we mogen ook voor haar een team met beveiligers opzetten en een safe-house regelen.

'Dus ik ga dat nu voorbereiden, als jij haar spreekt geef je dit dan aan haar door? Direct maken we ergens op neutraal terrein een afspraak en ik zal zorgen dat dit formulier door alle partijen samen wordt ondertekend en dat de afspraak wordt nageleefd.

'Dan komt er een zitting waar we de verklaring van Bill Iron willen zien, in combinatie met de onderzoekresultaten van Jessica, het forensisch rapport van de moord op Bill en de verklaring van de bewaker, want die is er nog niet.

'Ook hij krijgt bescherming. Samen met de bezoekerslijst die Kelly voor ons heeft, kunnen we dan gericht met medewerkers van justitie en politie alle personen op één dag aanhouden die betrokken zijn bij de moord op Bill Iron, Bertram Brand, Sally Miller en de aanslag op de vader van Angela.

'Voor dit alles heb ik akkoord van de opperrechter. Afhankelijk van het aantal op te pakken personen kunnen we pas bepalen hoeveel inzet we gaan opschalen. Iedereen die verdacht is, zal de komende tijd eerst gevolgd moeten worden zodat we zeker weten waar die persoon is als we hem aan willen aanhouden.

'Op erg korte termijn gaan we dit inplannen. Vandaag krijg ik de data voor de zitting door, mijn verzoek is dat jullie dit ook vrijhouden. We krijgen maar een kans om dit in een keer goed te doen.'

'Oké John, helemaal helder. Ik ga alles voorbereiden en vraag onze onderzoeker Mac Burn de deal voor te bereiden met de vaste bewaker van Bill.

'Als Kelly belt zal ik zorgen dat de deal met justitie juridisch is voorbereid zodat ze uit haar schulp kan komen en met een gerust hart naar een veilige plek kan gaan voor iedereen die naar haar op zoek is.

'Ze is zoals besproken bereid om medewerking te verlenen aan justitie, maar alleen onder de voorwaarde dat het voor de buitenwereld lijkt dat jullie haar hebben opgepakt; dus dat ze niet zelf naar jullie is gekomen. Met de beste beveiliging ondersteund door de beveiligers die ze zelf heeft en natuurlijk de garantie dat ze in een safe-house verblijft en niet in de gevangenis; die is niet veilig zoals blijkt na de situatie met Bill Iron. Ontzettend bedankt voor je medewerking, John!'

BERTRAM LOURINO heeft sinds de dag dat het advocatenkantoor Dudley, Winfield en Brand Advocaten het bekend maakten geen dag rust meer gehad. Naast dat hij als locoburgemeester een drukke baan had, was hij dag en nacht bezig om zijn toekomst zowel financieel als op het bestuurlijke vlak zeker te stellen.

Door alle contacten in de onderwereld wist hij wat er gebeurde in de stad en had hij een goede invloed op de steeds groeiende criminaliteit en bleven zijn 'nieuwe vrienden' buiten schot.

Sinds Bill Iron is overleden, dacht hij rust te hebben en de zaak te kunnen sluiten, maar helaas kwam daar de dag later al verandering in. Hij wist helemaal niet dat er nog een verklaring door Bill Iron was afgelegd.

De geruchten waren zojuist bevestigd; dat maakte de zaak er niet eenvoudiger op.

Nu moest hij snel schakelen, vandaag nog.

Zijn maatje van de sportschool, Chester Winch, met wie hij samen met een aantal vriendinnen vaak naar de feesten van Bill Iron ging heeft altijd gezegd. Ik regel het voor je.'

Als er bekend werd dat hij vaak naar de feesten ging met jonge meiden die ook gelokt werden door de bijeenkomsten met de grootwaardigheidsbekleders zoals burgemeesters, filmsterren en zelfs oud-presidenten en mensen van een groot internetbedrijf, dan zag het er niet goed uit voor hem.

Door alle criminelen waarmee hij in de stad contact had, kwam hij ook op foute feesten. In het begin ging het allemaal vriendschappelijk, maar ondertussen werd hij onder druk gezet. Als hij het niet zou oplossen dan ging het slecht met zijn loopbaan en moest hij vrezen voor het leven van zijn familie en zijn toekomst.

Deze mensen deinzen nergens meer voor terug.

Bertram belt Chester Wings, 'Hé,' zegt hij zonder namen te noemen, 'ik heb je nog een keer nodig, de vergoeding blijft hetzelfde. Maar vandaag zijn het twee personen: de advocaten van je vorige opdracht. Je weet wie het zijn, gaan vanavond samen op stap.

Ik wil dat je ze achtervolgt. Na hun gezellige avondje zullen ze samen ergens eindigen en als mijn informatie klopt, wordt het zeer waarschijnlijk het appartement van de dame.

De aanpak is als volgt, kun je me volgen?'

'Ja zeker helemaal' antwoordt Chester kort.

Hij was snel van begrip, kon snel schakelen en omdat hij geen relatie of een vaste woon- en verblijfplaats had, was hij nog meer flexibel en niet vies van een karweitje als dit.

Door dit te doen had hij financieel geen zorgen en kon hij eigenlijk gaan en staan waar hij wilde, dit was zijn leven.

'Zo wil ik dat je het regelt. Na het gezellige diner is het de bedoeling dat beiden in het appartement 'gedaan' worden, het moet er naar uit zien dat er na een romantisch avondje een van de twee boos is geworden en dat het goed mis is gegaan.

'In elk geval zo dat er geen vermoeden is dat er iemand anders bij is betrokken, een van beiden moet de schuld krijgen dus.

'Je moet het zo organiseren dat het overduidelijk is, ik laat het helemaal over aan jouw creativiteit, daarna wachten we af of er nog verklaringen komen maar van dat verloop houd ik je op de hoogte.'

'Geen probleem, het wordt geregeld,' zei Chester.

Hij rijdt direct naar de locatie van het kantoor van Dudley, Winfield en Brand Advocaten.

De twee personen waar het om ging waren natuurlijk Angela en Bertram. Hij was heel erg goed op de hoogte van alle woonadressen en kantoorlocaties van zijn 'klanten.'

Naast dat hij een fotografisch geheugen had, was hij door zijn ervaring goed op de hoogte van allerlei soorten forensische onderzoeken. Dus wat Bertram Lourino hem heeft gevraagd was geen probleem.

Op geruime afstand van de voordeur van het kantoor parkeert hij zijn auto.

KELLY SMALSTORM pakt weer een nieuwe telefoon en besluit Mike Dudley te bellen. Ondanks dat ze niets tekortkomt, is het continu verhuizen naar andere woningen in het bijzijn van haar team ex Navy Seals elke keer een behoorlijke opgave. Dit is niet het leven wat ze zich voor heeft gesteld.

Onder voorwaarde dat ze beveiligd wordt door justitie en na afloop van alle rechtszaken een ander naam krijgt, zal ze de administratie te overleggen.

Het dossier is veilig opgeborgen in twee verschillende kluizen, waarvan een in een papieren kopie. Maar ook een kopie op een back up die enorm goed versleuteld is en direct bij het gebruik van een verkeerd wachtwoord wordt gewist. Deze heeft ze altijd op zak.

Ze voert het nummer van Mike in. Ze kent het uit haar hoofd inmiddels, immers de telefoon is leeg en direct na het telefoontje worden de laatste gegevens verwijderd en daarna de telefoon zelf.

'Met Mike Dudley'

'Mike, met Kelly'

'Hoi Kelly'

'Mike, ik heb het besluit definitief genomen. Heb jij de beveiliging geregeld en staat dit zwart op wit?'

'Ik heb de verklaring uitgewerkt, ik stuur hem per mail aan de minister van Justitie. Hij heeft goedkeuring van de opperrechter. De handtekening krijg ik zo meteen retour, dus wij kunnen samen een afspraak maken om te ondertekenen.

'Alles is geregeld, je krijgt een safe-house, een team beveiligers naast je eigen team, en een speciaal geprepareerde auto.

'Als je in het safe-house zit, gaan we alle verklaringen doornemen en vastleggen dat er niets met je kan gebeuren.

'Alleen onder de voorwaarde dat je op papier een straf krijgt en die natuurlijk niet zult hoeven uit te zitten; die tijd kun je in het safe-house in alle luxe verblijven.

'Nadat je verklaring nogmaals door alle partijen is getekend, kan justitie overgaan tot het arresteren van alle betrokken personen. De aantallen weten we nog niet, maar deze zullen allemaal op hetzelfde moment worden opgepakt.

'In de persverklaring nemen we op dat ook jij bent opgepakt op dezelfde dag. Immers, niemand zal weten waar je zult verblijven; dat deelt justitie ook met niemand.

'Er worden foto's gemaakt, je wordt vooraf geschminkt zodat je er nog anders uitziet. In gevangeniskleren worden er genoeg foto's gemaakt. Ook dat je wordt begeleid door een aantal agenten, alles moet zo echt lijken dat men denkt dat je vastzit.

'Daarna zal de rechtszaak zoveel mogelijk, althans op papier, binnenskamers worden gehouden. De gevangenis waar je verblijft wordt bekend gemaakt. Ook maken we een persbericht dat de voorbereiding van deze gehele zaak zeker een jaar zal duren. Dan hebben we daarna tijd genoeg om een plan te bedenken wie je gaat worden hoe je gaat heten en waar je gaat wonen.

'Daarmee zal er in de toekomst niemand meer naar je op zoek gaan. Er wordt vermeld dat justitie zelf, na de verklaring van Bill Iron die hij bij ons heeft afgelegd en op beeld staat, iedereen heeft weten te lokaliseren.

'Later kunnen we dan in een persconferentie voor justitie vastleggen hoe we jouw bijdrage in het geheel gaan formuleren.'

'Het klinkt goed, Mike, ik doe nog geen toezegging, maar waar spreken we af?'

'Dit doen we voor jouw gemoedsrust op neutraal terrein, ik deel dit niet met justitie. Je kunt dan het door ons opgestelde akkoord rustig lezen en ben je niet akkoord, dan kun je altijd nog besluiten om weer te verdwijnen.

'Maar je snapt dat wij het voor Bill goed hebben geregeld. Hij heeft ons er goed voor betaald en ik mag je dit niet zeggen, maar hij heeft verklaard dat jij alles altijd ontzettend goed en geheel volgens de regels hebt georganiseerd en helemaal niets met misbruik of jonge meiden die tegen hun wil op de feesten kwamen, te maken hebt.

'Dit hebben we nog niet aan justitie verteld omdat we eerst jouw onderdeel goed wilden regelen. De plaats waar we dit doen, mag jij vastleggen.

'Oké Mike, afgesproken'

'Goed, ik ga het nu organiseren, jij legt een locatie vast, bel je me vanmiddag terug?'

'Zeker doe ik!'

Mike nam onmiddellijk contact op met John Fairfax: 'John, je spreekt met Mike Dudley, mag ik je nog een keer storen?'

'Natuurlijk Mike.'

'Ik heb de overeenkomst opgesteld voor Kelly Smalstorm en zal hem zo per mail naar je sturen.

'Ik neem het kort met je door en als er dingen zijn die je niet goed vindt, hoor ik het graag. Dan zou ik dit nog aan kunnen passen, maar de grote lijnen zijn als volgt:

'Kelly meldt zich bij jullie. In de toekomstige persverklaring komt te staan dat ze door de FBI na lang onderzoek is opgepakt.

'Onderdeel van de verklaring is dat Kelly tot de voorgeleiding naar een safe-house gaat waar ze, als er een proces komt, veilig kan wonen zonder dat er pers en eventuele betrokkenen bij deze zaak weten waar dit is.

'Ze wordt alleen op papier en voor de buitenwereld vervolgd. Wij als advocaten spelen deze hele zaak zo mee. Na elke zitting zal er een auto zijn met een stand-in acteur die naar de gevangenis wordt gebracht en een andere onopvallende auto die haar naar het safe-house zal brengen.

'Kelly krijgt een andere identiteit, waarmee ze na afloop van de gehele zaak naar een ander land zal gaan verhuizen. Wij zullen door een specialist in dit land de voorbereidingen laten treffen, zodat na afloop van de zaak alles is voorbereid en er niets meer in de weg staat voor haar om zonder strafblad en met een nieuwe identiteit een nieuw leven te gaan leiden.

'Door alles wat ze gaat verklaren zal het duidelijk zijn dat er een groot aantal personen in een moeilijk parket terecht zullen komen. Helaas zijn hier personen bij die ontzettend veel macht hebben en invloed zullen uitoefenen om onder de beschuldiging uit te komen. Wij zijn er samen met Kelly van overtuigd dat Bill Iron door toedoen van deze mensen in zijn cel is vermoord. Dat gaan we bewijzen.

'Ook Kelly is slachtoffer, ze wil zich niet meer verstoppen voor de hele wereld. Elke dag sinds Bill is vermoord ziet ze overal in elk persoon iemand die haar iets wil aandoen. Daarom is haar huidige leven niets waard en zit er niets anders op dan alle betrokken zelf te confronteren met hun eigen uitspattingen, zodat het voor eens en voor altijd duidelijk is dat haar niets te verwijten is.

'Natuurlijk heeft ze ook plezier beleefd aan alle feesten en uitstapjes, maar zelf zal Kelly verklaren en bewijzen dat er niemand is die tegen haar wil door Bill of haarzelf naar deze feesten is gelokt. Met iedereen is een schriftelijke overeenkomst gemaakt.

'Een uitzondering hierop zijn een aantal dames die, zoals Kelly zegt, achteraf doen alsof ze zijn gelokt en nu op veel geld uit zijn.

'Onderdeel van deze afspraak is dat Kelly verklaringen over de cliënten zal afleggen en natuurlijk alleen de zaken die ze zelf heeft gezien of heeft afgesloten. Naast dit alles heeft Kelly zelf het beeldmateriaal van de feesten en bijeenkomsten verzameld en veiliggesteld. Ook wij weten hiervan de locatie niet.

'Alles wat Kelly zal vertellen sluit volledig aan bij wat Bill Iron aan ons heeft verklaard.

'Ze maakt gebruik van haar eigen team van beveiligers, dit in combinatie met jullie team.

'Iedereen wordt gescreend en elke beveiliger legt een verklaring af dat alles wat hij later zal verklaren, in welke vorm dan ook over Kelly Smalstorm, nooit mag en ook juridisch nooit kan worden gebruikt. Dit dient ook door justitie en de hoogste opperrechter te worden ondertekend anders heeft dit geen waarde.

'Om alles kracht bij te zetten en jullie allemaal te overtuigen dat het Kelly menens is, laten we door een notaris en haar bank een bankgarantie stellen van tien miljoen dollar, die onmiddellijk aan de Amerikaanse overheid vervalt als ze zou vluchten.'

'Dankjewel voor je uitleg. Zo te horen is het goed verwoord. Ik neem het direct door als je e-mail binnen is en bel opperrechter Breyer daarna. Als er nog iets aangepast moet worden dan hoor je het vandaag'

'Dankjewel John, ik hoor graag snel van je.'

MAC BURN is onderweg naar Ben Johnson. Om de zaak echt helemaal sterk te maken, is de verklaring van Ben ook een hele belangrijke.

Ben zal vertellen dat hij onder druk naar huis is gestuurd en Bill Iron geenszins van plan was om zelfmoord te plegen. Ben had regelmatig contact met Bill. Als vaste bewaker bouw je een band op en leer je de persoon achter de naam veel beter kennen.

Natuurlijk moeten er garanties worden gesteld en hij zal een nieuwe baan of inkomen krijgen. In de gevangenis is ook hij niet meer veilig.

Hij stopt om de hoek in een zijstraat van Court Street en loopt voorbij de woning van Ben Johnson. Er is niemand in de straat te zien en hij belt aan. 'Hallo?' roept Ben. 'Hallo, ik ben Mac Burn. Kan ik met u overleggen?'

'Ja natuurlijk, kom binnen.'

Mac geeft Ben een hand en zegt: 'Ben, ik heb goed nieuws voor je. Als je bereid bent je verklaring over wat er is gebeurd in het gevangeniscomplex waar Bill Iron zat, vast te leggen op schrift en dit later ook zo in de rechtbank wilt en kunt verklaren, zullen wij zorgen dat je een andere baan en een andere identiteit, en dus een geheel ander leven krijgt.

'Het lijkt ons nu moeilijk voor je om terug te keren in je oude functie, je weet te veel.

'Dus wij verwachten dat je niet meer veilig bent. De personen die invloed hebben in de gevangenis hebben meer macht dan wij nu samen denken. Maar in elk geval zo veel dat ze zelfs de planning van de bewaking kunnen veranderen.

'Zonder dat je iets gaat zeggen, wil ik je dit contract laten lezen. Laat het goed op je inwerken en zeg wat je ervan vindt. Oké?'

'Oké, dat zal ik doen.'

Ben gaat ervoor zitten en begint te lezen.

Het ziet er allemaal erg officieel uit. De waarde van de bekentenis voor de hele zaak, welke personen er betrokken zouden zijn, welke meerdere het was die de instructie gaf, wanneer het is doorgegeven dat hij zich ziek moest melden, wat er werd gezegd, wat de motivatie was, of er druk is uitgeoefend en wat het antwoord was wat hij zelf heeft gegeven op de melding dat hij zich ziek moest melden.

'Al deze zaken zijn onderdeel van de verklaring' zegt Mac. Als je hier geen antwoord op kunt geven, heeft het helemaal geen zin om te getuigen. Alle betrokken personen moeten met naam en tijdstippen vermeld worden.

'Zijn al deze zaken helder en duidelijk te verklaren en ga je dit onder ede ook doen? Dan is de belangrijkste regel dat je dit niet aan andere personen vertelt, behalve aan je advocaat. Dan gaan we de volgende zaken voor je regelen.

'Als de verklaring voor de officier van justitie voldoende is dan zal er een nieuwe baan voor je worden gezocht, je krijgt een andere identiteit, je gaat verhuizen en er wordt een goede alternatieve woonruimte voor je gezocht.

'Als je eenmaal de stap hebt gezet, kun je niet meer terug; daar moet je je van bewust zijn.'

Na een half uurtje uitvoerig lezen, zegt Ben: 'Oké, ik ga het doen. Alles wat gevraagd wordt, zal ik bij de officier van justitie vooraf en later tijdens de rechtszaak onder ede verklaren.

'Zelf verwacht ik dat, als ik me beter ga melden, ik niet meer in de organisatie welkom ben, maar wat het plan is van de directie dat weet ik natuurlijk ook niet.

'Het is niet niks om mijn hele leven om te gooien, maar gelukkig heb ik geen kinderen en geen partner. Omdat ik alleen ben is het te doen met wat hulp.'

'Het komt niet vaak voor,' zei Mac, 'maar de afgehandelde zaken die bij mij bekend zijn werden uiterst correct afgehandeld. De personen worden allemaal goed begeleid. Hier zijn binnen justitie speciale teams voor. Nog nooit heb ik vernomen dat iemand die ditzelfde heeft meegemaakt niet tevreden was. Het is eigenlijk heel simpel. Wij weten daarna ook niet meer wie je bent, wat je doet of waar je woont. De begeleiding is intensief en duurt jaren. Nooit meer mag je tegen wie dan ook nog over je verleden praten.

'Ben, wil je dan hier tekenen? Ik heb er twee gemaakt, dan ga ik direct hierna naar de officier van justitie. Deze laat het ondertekenen door de minister van Justitie en vervolgens door de opperrechter, daarna kom ik nog een keer bij je terug en krijg jij een volledig door alle partijen ondertekend dossier.

'Het mag duidelijk zijn dat je dit met niemand mag delen, ook zul je niet meer teruggaan in je oude functie. Je collega's krijgen te horen dat je voorlopig nog niet kan komen werken.'

'Dankjewel voor de moeite, Mac, ik hoop dat we samen alle personen zo snel mogelijk achter slot en grendel kunnen krijgen.'

'We gaan ons best doen. Ik hoop dit alles binnen twee dagen ondertekend te hebben en tot die tijd probeer je je niet in het openbaar te vertonen!'

'Oké!'

VANDAAG HEEFT hij het kantoor van de burgemeester in gebruik. Zijn eigen kantoor wordt helemaal opgeknapt en geschilderd. De burgemeester is vaak op pad en deze dagen is er veel overleg op een aantal locaties in de stad. Dus hij heeft toestemming gekregen om dit kantoor te gebruiken.

Omdat hij veel voor Marcel Barsoto moet regelen, komt hij ook vaak in contact met de afdeling juridische zaken. Daarnaast werken er veel freelancers voor de stad New York. De openbare veiligheid en organisatie hiervan is een van zijn belangrijkste taken. Om dit goed te sturen moet hij hier en daar infiltreren en ongemerkt aanwezig zijn. De burgemeester geeft opdracht om sommige zaken te controleren en overlegt dit altijd met Bertram.

Tot nu toe heeft Marcel Barsoto nog niets gemerkt van zijn dubbelspel. Hij was immers meestal, als Marcel geen tijd had of andere afspraken had, degene die op de belangrijke bijeenkomsten aanwezig was.

Hij hield wel van feestjes, bijeenkomsten en partijen. Bill Iron nodigde hen ook altijd uit.

Bertram dronk soms te veel en werd regelmatig aangesproken door mensen met criminele bedoelingen. Achteraf bleek dat iemand hem via deze bijeenkomsten probeerde om te kopen. Het begon vaak onschuldig met een beetje geflirt, maar een paar keer is het al zo ver gekomen dat hij de verleiding niet kon weerstaan.

Op enig moment is hij met een van de dames in een ruimte terecht gekomen en is er een wilde vrijpartij van gekomen. Hij heeft ervan genoten en dacht dat het allemaal onschuldig was.

Na de vrijpartij zijn beiden weer gewoon naar het feest gegaan en was er niets aan de hand. Hij kon daarna weer gewoon de stoere bink uithangen en de stad vertegenwoordigen.

Vaak werden er personen aan hem voorgesteld die zich als grote investeerders en projectontwikkelaars voordeden. Natuurlijk was hij ervoor om de stad te promoten, uit te breiden en de kwaliteit en uitstraling te verbeteren. Er was immers nog genoeg te doen.

Hij kreeg kleine, simpele cadeautjes en werd ook bij andere diners uitgenodigd, nooit zag hij hier iets kwaads in. Vaak eindigde een etentje in diverse bars met de nodige cocktails en mooie vrouwen. De aandacht vond hij geweldig, dit is de mooiste baan die je maar kunt wensen.

Op de feesten bij Bill Iron werd er soms door een van zijn vriendinnen gevraagd of hij ervoor kon zorgen dat zij met Bill op de foto mocht. Uiteraard met zijn invloed en macht binnen de stad, is hij een persoon die dit zonder problemen voor elkaar kreeg.

Niemand werd uitgesloten, of het nu een belangrijke ambtenaar was of zelfs een vriend van Bill, een CEO van het grootste internetbedrijf ter wereld. Hij kreeg het voor elkaar.

Altijd werd hij hiervoor beloond door een snelle vrijpartij achteraf, de dames had hij voor het uitzoeken. Hij genoot er zichtbaar van.

Steeds vaker kwam het voor dat er ook andere diensten aan hem werden gevraagd, zoals informatie over nieuwe plannen of wijziging van bestemmingsplannen binnen de stad New York.

In het begin was dit allemaal vrij onschuldig want of het plan nu vandaag door hem werd doorgegeven of dat het over twee weken gepubliceerd zou worden, je vrienden mag je toch een beetje helpen.

De cadeaus werden steeds mooier, hij had zelfs een winkel waar hij een keer per maand een pak mocht uitzoeken met mooie bijbehorende schoenen. Dit kwam allemaal mooi uit: kleren maken de man, zijn uitstraling werd er alleen maar beter op.

Het was hem zelfs niet opgevallen toen hij een nieuwe auto nodig had dat de inruilwaarde van zijn eigen auto ontzettend hoog was en toevallig de auto die hij wilde kopen scherp geprijsd was.

Het zou een demo-auto zijn waarbij alle accessoires gratis waren, maar goed; dit paste allemaal mooi in zijn budget.

De rekening hoefde hij niet direct te betalen, deze wordt toegestuurd zeiden ze. Maar hij heeft die natuurlijk nooit ontvangen.

Naïef zoals hij handelde, kwam dit erg goed uit bij de personen die hem langzaamaan steeds meer onder druk gingen zetten: dit ging erg gemakkelijk.

Op een gegeven moment vlak voordat hij eigenlijk wilde zeggen dat hij niet meer wilde meewerken aan de informatieverstrekking over bouwplannen, onderzoeken die liepen, invallen die zouden worden gedaan of plannen om horecazaken te bezoeken met als plan duistere zaken te vinden en zodoende te laten sluiten, kreeg hij bezoek van Pedro Del Bar.

Het was helemaal onverwacht. Er stond een hele rij auto's bij hem in de straat, allemaal veiligheidsmensen. Hij besefte ineens wat er gebeurde: dit was goed mis.

Pedro Del Bar kwam naar binnen met een paar van zijn mensen, die de omgeving bewaakten. Hij had foto's van hem met zijn vriendinnen in allerlei bars en nachtclubs. Deze dames waren allemaal door Pedro Del Bar ingezet en waren jonger dan 18 jaar zoals hij zei. Ook foto's van het kopen van de pakken, aankoop van allerlei andere zaken en ook van zijn auto.

De boodschap was kort: ik heb je geholpen en jij gaat mij nu helpen, anders is het voorbij. Dan ben je je baan kwijt en alles wordt van je afgepakt, daarnaast ga je de cel in voor seks met minderjarigen.

Heel zijn wereld stortte in en hij was snel bereid om aan te horen wat nu van hem werd verwacht. Er is geen weg terug meer mogelijk. Het was ook allemaal te mooi om waar te zijn, ze hadden hem goed te pakken.

Maar hij speelde het spel mee, er zat weinig anders op.

Het doel was Bill Iron.

Bill Iron schijnt op enig moment opgemerkt te hebben dat er op zijn feesten iets gaande was. Zijn partner Kelly Smallstorm had hem ervoor gewaarschuwd.

Direct werden alle personen die nog op zijn feesten kwamen gescreend, de toegangsregeling werd aangepast en gauw kwamen ze erachter dat er drugs in het spel waren. Er werd gehandeld, er werden transporten besproken en plaatsen waar een inval werd verwacht waren al voordat dit gebeurde opgeruimd.

Het liep als een trein en alles werd op Bill zijn feesten geregeld, hier kwam namelijk geen politie en het was niet verdacht.

Echter, toen er wel screenings gingen plaatsvinden zat dit Pedro Del Bar niet lekker. Een belangrijk handelspunt was in zijn beleving direct gesloten.

De taak aan Bertram Lourino was duidelijk.

Bill Iron moest gestraft worden. Bertram kreeg de opdracht om foto's van het feest, waarop Bill Iron met de jonge meiden stond en waarop ook een paar hooggeplaatste figuren stonden, met justitie te delen.

'En het is simpel,' zei Pedro Del Bar, 'ga je dit niet doen dan gaan wij alle video's waar jij op staat aan justitie sturen.

'Al de dames die ik heb ingehuurd, zullen verklaren dat ze gedwongen zijn, ik heb ze goed betaald en financieel ontbreekt het hen aan helemaal niks. Ik heb het helemaal in de hand. Overigens hebben alle dames hele goede advocaten: je kunt ze niets maken, het is nu jouw probleem.

'Al onze contacten blijven daarna buiten schot en jouw rol blijft dan gewoon doorlopen, maar je weet je zult ons moeten blijven helpen en soms zul je dingen moeten doen die misschien niet bij de rol van een locoburgemeester horen.

'Aan geld zal het je niet ontbreken en mocht er in de toekomst iets nodig zijn, dan kun je altijd bij me aankloppen, maar Bill Iron pakken we netjes aan!

'Je zult ook door justitie en het bestuur van de stad worden beloond, want er wordt een belangrijk persoon opgepakt die wordt verdacht van misbruik.

'In de toekomst zul je zeker burgemeester worden en gaan we samen nog meer mooie dingen doen.'

Zo vlug als Pedro Del Bar binnen was gekomen, was het gehele gezelschap weer weg en was het net of er niets was gebeurd.

De FBI en de gemeente waren inderdaad blij met de informatie over Bill Iron, ook dat de jonge dames wilden getuigen en de daarbij behorende foto's.

Bill is mede door deze verklaringen veroordeeld en eigenlijk dacht Bertram Lourino deze zaak te kunnen sluiten toen Bill werd veroordeeld. En al helemaal toen hij zelfmoord had gepleegd, dat kwam even goed uit.

Helaas voor hem is het allemaal iets anders gelopen, volgens de persverklaring worden er verklaringen van Bill Iron openbaar gemaakt, deze zijn in bezit van de advocaten.

Het plan om de advocaten verdacht te maken loopt maar er is nog geen nieuws naar buiten gekomen. Eigenlijk zou er al nieuws moeten zijn dat Angela Winfield is opgepakt, maar er is nog geen nieuws dat dit zover is.

Gelukkig heeft hij Jack op pad gestuurd om te onderzoeken waar Angela Winfield zich ophoudt. Het leven voor hem zal hoe dan ook nooit meer zo worden als het was in de tijd dat Bill Iron nog vrij rondliep.

Een gemeentesecretaris klopt op zijn deur. 'Meneer Lourino, Jack is hier en wil u spreken.'

'Oké dankjewel, laat hem maar binnen.'

'Goedemorgen, Bertram.'

'Goedemorgen Jack, wat kan ik voor je doen?'

'Ik heb aanvullend nog de opdracht gekregen om mevrouw Winfield te volgen en ik heb haar gevonden in de stad. Ze is al geruime tijd niet meer thuis geweest. Mevrouw Winfield heeft een heel team van beveiligers om zich heen en zoals het lijkt ook een eigen bodyguard. Ze was aan het winkelen in de stad en toen ze op straat liepen heb ik een peilzender op haar tas geplakt. Op die manier zouden we erachter moeten komen waar ze verblijft.

'Hier is de code van de zender zodat jullie haar verder kunnen volgen en vinden. Ik ga ervan uit dat dan hierbij deze opdracht is afgerond. Als er nog meer opdrachten zijn dan hoor ik het graag.'

'Dankjewel Jack, ik geef het direct door aan de burgemeester, wil je hier wachten? Dan ga ik hem in de andere ruimte meteen bellen.'

'Natuurlijk.'

Hij loopt meteen door naar de ruimte waar normaal gesproken de secretaresse van de burgemeester zit, maar zij is er vandaag niet. Daarom besluit hij meteen naar Chester te bellen met een korte boodschap. 'Doel getraceerd, code 1115, snel maatregelen nemen.'

Voor Chester is het duidelijk, hij gaat direct op pad.

Bertram komt weer terug in het kantoor waar Jack nog rustig zit te wachten.

Samen nemen ze de gewerkte uren van de afgelopen tijd door. Inclusief de wachttijd bij het appartement van Angela Winfield waren het er weer erg veel deze periode. Maar goed, de declaratie is akkoord en wordt direct betaald en bijgeschreven op zijn account.

Bertram had van de burgemeester een ruim bedrag per maand voor dit soort activiteiten en hoefde alleen maar aan de burgemeester verantwoording af te leggen. De administratie kon dit achteraf makkelijk onder een code boeken en niemand wist waar het voor was. Maar dat is natuurlijk ook de enige goede manier.

'Jack,' zegt Bertram, 'ik heb de code doorgegeven, we zullen het hier voorlopig bij laten. Als er nieuwe zaken zijn dan hoor je weer van ons.'

Even snel als Jack binnen was gekomen probeert hij nu het pand op slinkse wijze via de zijingang te ontvluchten.

Deze keer, ervaren als hij is, heeft hij niet gemerkt dat hij zelf werd gevolgd. Het onderzoeksteam van de FBI zit hem na het bezoek bij de locoburgemeester al op de hielen.

Na het telefoontje van Mac was dit team direct ingeschakeld om hem met diverse mensen te volgen. Na enkele honderden meters lopen, zet hij weer een pet op en stapt in een taxi, deze wordt weer door een andere collega gevolgd.

Na een lange rit door de stad is hij bijna thuis.

Op Pleasant Avenue stopt de taxi en Jack loopt naar zijn huis. Het is eindelijk tijd om weer een pauze van een paar dagen te nemen.

Twee medewerkers van de FBI komen hem achterna en vanaf de andere zijde stopt een auto. Jack ziet dit wel direct en weet meteen wat er aan de hand is. Door zijn ervaring met politie, justitie en de advocatuur, voelt hij het goed aan: Ik ben er ingeluisd of ze zijn me gevolgd vanaf The City Hall.

Dit kan niet anders. Vluchten heeft geen zin. Maar door zijn ervaring kan hij natuurlijk snel schakelen. Daarnaast had hij niets fout gedaan: we zullen rustig zien wat deze heren van me willen. Duidelijk zijn dit FBI-agenten.

'Goedemorgen, meneer,' zegt een van de agenten, 'mogen wij u iets vragen?'

'Natuurlijk,' zegt Jack vrolijk.

De agent laat direct zijn FBI-ID-kaart zien en zegt: 'Wij willen u vragen om met ons mee te gaan naar ons kantoor, u bent vandaag gevolgd en naar aanleiding daarvan hebben wij een hele hoop vragen.' Jack weet natuurlijk dat hij dit mag weigeren maar gezien de wijze waarop de vraag werd gesteld neemt hij snel een besluit.

'Ik snap niet waarover u het heeft en wat u bedoelt, maar blijkbaar omdat u hier met vier personen bent, is het erg belangrijk. Ik wilde eigenlijk graag gaan slapen. Ik heb nogal wat uren gemaakt de laatste dagen. Maar ik zal met u meegaan,' antwoordt hij heel vriendelijk.

'Fijn, dankjewel,' zegt de agent verrast. Dat had hij waarschijnlijk niet verwacht.

Jack loopt met ze mee en stapt achter in de auto.

Ondertussen in de auto onderweg naar het bureau wordt er niets meer aan hem gevraagd. Alles wat je in de auto verklaart, heeft natuurlijk weinig zin en ook Jack, ervaren als hij is, houdt wijselijk zijn mond.

Nu kan hij voordat ze op het kantoor van de FBI zijn, zijn strategie bedenken en bedenken wat voor antwoord hij zal geven als er vragen worden gesteld over het volgen van Angela Winfield.

Alles wat hij de laatste dagen heeft gedaan is legaal, immers hij heeft de opdracht van de burgemeester gekregen en normaal gesproken zou deze dit met de FBI bespreken. Maar het was aan Jack duidelijk gemaakt dat hij alleen maar met de burgemeester en de locoburgemeester mocht overleggen.

Zijn vermoeden is, dat hij ergens betrapt moet zijn bij het plakken van de peilzender en dat hij daarna tot het kantoor van de burgemeester moet zijn gevolgd. Het bezoek in de straat bij Angela Winfield kan niemand gezien hebben.

Het plakken van een peilzender is natuurlijk illegaal, maar niet als de hoogste bestuurder van de stad hiervoor opdracht geeft.

Wie weet, hebben ze gezien dat hij bij de wasserette is geweest, maar ook daar is niks illegaals aan. Hij had daar eerder die dag zijn kleren in een wasautomaat gedaan.

Maar eens afwachten wat er gevraagd wordt en vooral nog geen antwoord geven of niets bevestigen. Als er wordt gezegd dat hij in hechtenis wordt genomen, mag hij een advocaat bellen.

Deze zal dan, want zo is de gemaakte afspraak, de burgemeester bellen. Hij is de enige die aan Jack zal zeggen of hij de inhoud van zijn opdracht mag vertellen aan de FBI. En nog een voordeel, alle uren worden nu ook gewoon doorbetaald.

Hij maakt zich totaal geen zorgen.

Ze komen aan bij het kantoor op het Federal Plaza.

Hij wordt netjes begeleid en samen met de vier FBI-agenten gaan ze met de lift naar de drieëntwintigste verdieping.

'Wilt u misschien iets drinken?'

'Een kop koffie, zwart alstublieft.'

Een van de agenten gaat vijf koppen koffie halen. De andere drie blijven bij hem. Alles verloopt rustig en ontspannen.

'Meneer Gray, ik zal me voorstellen ik ben William Kelley. Wij hebben u meegenomen omdat u zich erg verdacht heeft gemaakt. Er zijn de afgelopen weken een hele hoop dingen gebeurd en wij verdenken u van ernstige criminele zaken. Graag willen we uw verhaal horen. Dit is nu nog geen officiële ondervraging, maar ik verzoek u wel vriendelijk om een eerlijk antwoord te geven.

Alles wat u nu verklaart wat niet correct blijkt te zijn, kunnen we ook later tegen u gaan gebruiken.

Wilt u ons iets vertellen?'

Jack begint zijn verhaal.

'Ik zal me ook voorstellen. Ik ben Jack Gray, mijn beroep is juridisch onderzoeker. Ik heb jaren voor allerlei vooraanstaande advocatenkantoren gewerkt, nu werk ik helemaal voor mezelf. Het werken voor advocatenkantoren was altijd hectisch en gaf mij te veel stress. Nu ben ik onafhankelijk en werk alleen maar in opdracht. Meestal doe ik maar een opdracht tegelijk.

'Vandaag heb ik een dagenlange opdracht voor een klant succesvol afgesloten, gerapporteerd en ook helemaal financieel afgerond. Heel mijn uitgevoerde opdracht ligt qua tijdplanning vast in mijn dossier en dat van mijn opdrachtgever.

'Helaas kan ik u geen mededeling doen over de inhoud van mijn opdracht, deze zaak loopt nog onder de rechter en ik kan u wel alvast mededelen dat ik zelf niet betrokken ben bij ernstige criminele zaken.

'Vaak geldt dit wel voor de personen die ik onderzoek; dit zult u moeten begrijpen en geloven. Heel vaak zijn dit mensen van wie onderzocht wordt of zij iets met criminele zaken te maken hebben. De enige persoon waaraan ik rapporteer is aan mijn opdrachtgever.

'Dus dit is het enige wat ik te melden heb.

'Ik heb de moeite genomen om geheel vrijwillig met u mee te gaan, ik heb niet geprotesteerd, maar nu wil ik graag dat u me weer naar huis brengt zodat ik kan gaan slapen.'

William Kelley, de FBI-agent, lijkt een beetje geïrriteerd omdat Jack zo zeker is van zijn zaak.

'Meneer Gray,' begint William Kelley, 'goed dat u uitlegt wie u bent en wat u doet, maar voor ons ligt de zaak helemaal anders.' Nu begint hij op zijn beurt Jack uit te dagen.

'Er zijn de laatste periode een aantal mensen vermoord, er is een persoon bijna tijdens een aanslag gestorven, dus we hebben u niet zomaar meegenomen om naar u te luisteren en dan weer te laten gaan.

'We zijn er zeker van dat u ons niet alles heeft verteld, het is een mooi verhaal dat u onderzoeker bent, erg handig dat u zich hierachter verschuilt. Ondertussen zoeken we uit of uw verhaal klopt, mijn collega's zijn hier al mee bezig.

'Tot op dit moment hebben we nog geen opdrachtgever aan u kunnen linken. Dus ik kan u zeggen dat het een mooi verhaal is, maar ik geloof het niet.

'Voor welke opdrachtgever heeft u dit onderzoek gedaan?'

'Dit is geheim,' antwoordt Jack, 'dus dit kan en mag ik u niet vertellen. Mijn werk is exclusief en dit wordt pas als alles honderd procent is afgehandeld openbaar gemaakt.'

'U weet dus ook dat wij u voorlopig vast mogen houden omdat u verdachte bent?' zegt William Kelley.

'Dat weet ik heel erg goed,' zegt Jack, 'maar ik waarschuw u alvast: mijn opdrachtgever heeft heel erg veel invloed. Als u mij wilt vasthouden is dat uw goed recht, maar het is niet verstandig en dit is geen dreigement.

'U heeft geen bewijsmateriaal tegen mij, omdat ik eenvoudigweg niets illegaals doe en al helemaal geen crimineel ben. Dus wilt u mij vasthouden?'

'Ja, dat gaan we doen,' zegt William Kelley.

'Geen probleem,' zegt Jack, 'graag wil ik dan nu mijn advocaat bellen. Hij zal u mededelen dat u mij onmiddellijk zult moeten laten gaan.

'Mijn advocaat is Rudy Bernal, belt u hem voor mij of zal ik hem zelf bellen? U heeft me nog niet gearresteerd, dus u mag het zeggen.'

William Kelley schrikt er zichtbaar van. Waar haalt hij deze topadvocaat ineens vandaan, zou het bluf zijn?

'Nee, belt u hem zelf maar. U mag een telefoontje plegen en dan wordt u gearresteerd,' bluft hij.

Jack pakt zijn telefoon en belt Rudy Bernal, gelukkig krijgt hij hem direct aan de telefoon.

'Rudy, met Jack Gray. Ik ben zojuist aangehouden en meegenomen naar het kantoor van de FBI op Federal Plaza. Op dit moment, althans na dit telefoontje, zal ik worden gearresteerd. Ik ben op de drieëntwintigste verdieping, wordt ondervraagd en ben verdachte in een zaak waaraan ik werk voor onze gezamenlijke opdracht-gever. Ben jij in de gelegenheid om hierheen te komen, zodat je uit kunt leggen waarom ze mij moeten laten gaan?'

'Helemaal geen probleem, Jack, ik ben er binnen een half uurtje.'

'Hij komt er zo aan,' zegt Jack tegen Kelley.

Jack hoeft helemaal niet aan Rudy uit te leggen waarover het gaat. Alle zaken waaraan Jack werkt, worden ook met Rudy doorgesproken. Gelukkig zijn de lijnen erg kort en komt Rudy eraan.

'Zo meneer Kelley, graag wil ik nog wel een kop koffie,' vervolgt Jack, 'dan kunnen we samen rustig nog over het weer praten tot mijn advocaat er is. Hij zal me wel naar huis brengen.'

'Zeker, ik ga voor u nog koffie halen,' zegt Kelley op een manier van: ik ga koffie voor u halen want u bent toch zo weer weg.

Chester was onmiddellijk in de taxi gestapt, de opdracht was duidelijk. Angela Winfield ging samen met haar kantoorpartner Mike Dudley door met de zaak van Bill Iron: dit moest stoppen.

Het plan om Angela te beschuldigen van moord op haar partner Bertram Brand was mislukt. Ze liep nog vrij rond en zoals het gerucht gaat, wordt ze helemaal niet verdacht van moord.

Helaas was de gelijkenis met Angela en haar vriendin Sally erg groot. Hij heeft de verkeerde persoon vermoord.

Alles wijst er bij justitie tot nu op dat er iemand anders betrokken is bij de moorden. Dat doel is in elk geval bij Angela en Mike duidelijk, ze moeten oppassen en zijn nergens meer veilig.

Het doel is ervoor te zorgen dat Angela en Mike de verklaring van Bill Iron niet gaan gebruiken. Nu Angela in het openbaar is verschenen, wat hij al erg gedurfd vond, is door een onderzoeker van de burgemeester aan zijn vriend Bertram Lourino doorgegeven dat Angela met een heel gezelschap aan het shoppen is bij Times Square.

De taxichauffeur krijgt een mooie fooi omdat hij hem zo snel bij Times Square heeft afgezet.

Een paar jaar geleden heeft hij nog als beveiliger bij dit winkelcentrum gewerkt en adviezen gegeven hoe het plan hier beter zou werken.

Hij weet natuurlijk waar Angela Winfield zal zijn; dameskleding vind je maar op één etage van dit pand.

Van de goederenlift, waar geen camera hangt als je direct rechts afloopt kun je helemaal rondom langs de ramen lopen. Daar staan geen camera's, deze staan allemaal keurig op de kledingrekken gericht.

Omdat je vanuit de winkel tegenlicht hebt als je richting de ramen kijkt, zie je natuurlijk niet goed wie er loopt. Dus vanaf die zijde gaat hij haar benaderen.

Hij ziet Angela goed lopen, hier kan hij onmogelijk bij komen zonder opgemerkt te worden. In totaal telde hij vier beveiligers. Haar bodyguard is nummer vijf en blijft op een tot twee meter afstand dus hier is het totaal onmogelijk om bij haar te komen. Hij zou onmiddellijk worden gepakt.

Angela's vader loopt een beetje hulpeloos rond en gaat zoals het lijkt op een bankje zitten om te wachten; het zou nog wel een tijd duren. Angela gaat de paskamer in en haar bodyguard gaat ervoor staan. Hij kijkt goed rond of hij iets of iemand ziet.

Chester loopt behendig rond in de winkel achter de kolommen die her en der midden in de winkel staan. Twee bewakers lopen aan de linker kant en bewaken de ingang; de anderen lopen een beetje rond te slenteren alsof ze een jurkje voor hun echtgenote aan het uitzoeken zijn.

Chester denkt: 'Dit is mijn kans, ik pak de vader van Angela. Iets anders is nu onmogelijk.' Hij sluipt op zijn hurken tussen de rekken door. Daar zit zijn doelwit een beetje voorovergebogen op het bankje. In een keer geruisloos pakt hij zijn mes en steekt dit behendig op de goede plaats links tussen de ribben. Angela's vader schreeuwt het uit van de pijn en valt op de grond.

Dit gaat goed. Chester heeft zijn vluchtweg al van tevoren bedacht. De twee rechtse mannen lopen zoals verwacht meteen naar Angela's vader. Zo kan Chester naar de goederenlift lopen, deze is er nog. Hij doet de deur open en snel is hij weg. Beneden zet hij zijn pet op en gaat weer via de personeelsingang naar buiten.

Rudy Bernal, de advocaat van Jack, is er inderdaad binnen een half uur. Hij meldt zich netjes bij de receptie. Hij is gekleed in een strakblauw maatpak, een perfect passende stropdas met allerlei witte bloemen op een donkerblauwe ondergrond, mooie schoenen met opvallend blauwe vlakjes in een mooi patroon en met groene zolen.

De dame van de receptie ziet het al direct, dit is een advocaat en een belangrijke. Alleen al de koffer die hij bij zich heeft is perfect.

'Goedemiddag meneer, welkom. Wat kan ik voor u doen?'

'Goedemiddag mevrouw, ik kom voor mijn cliënt. Hij is op dit moment bij de heer William Kelley.'

'Ik zal hem bellen en vragen of hij u komt ophalen, gaat u zitten? Een moment alstublieft.'

'Dank u wel,' zegt Rudy Bernal.

Hij gaat zitten op een bank die in de hal bij de receptie staat en wacht eventjes. Erg snel komt William Kelley er al aangelopen.

'Goedemiddag meneer Bernal, loopt u met me mee?'

'Goedemiddag, jazeker dat zal ik doen.'

Samen lopen ze de ruimte in waar Jack erg ontspannen zit te wachten.

'Wilt u koffie, meneer Bernal?'

'Nee dank u, ik wil het graag kort houden, mijn tijd is kostbaar. Graag wil ik de heer Gray direct meenemen, in het kort mag u mij vertellen wat de reden is dat u hem heeft aangehouden en verzocht om mee te gaan. U krijgt van mij en mijn cliënt volledige medewerking, maar na dit gesprek gaat hij met mij mee.'

William Kelley haakte er direct en professioneel op in.

'Meneer Bernal, we hebben het vermoeden dat uw cliënt betrokken is bij een aantal moorden in de stad en dat gaan we op korte termijn bewijzen. Een ding kan ik u al vertellen. Vanmorgen heeft de heer Gray in een vermomming een peilzender op de tas van mevrouw Angela Winfield geplakt. Later is haar vader, omdat de peilzender door een van de handlangers van de heer Gray is gevolgd, neergestoken in het Shopping Center op Times Square.

Dat is de directe link die we nu kunnen bewijzen. Dus wij hebben voldoende bewijs om de heer Gray voorlopig aan te houden en zullen met de officier van justitie gaan overleggen hoe lang we hem vast kunnen houden.

De kantoorpartner van mevrouw Winfield is vermoord en ook haar vriendin is in haar huis vermoord, dus we hebben het hier over een serieuze zaak.'

Rudy Bernal die volledig op de hoogte is gebracht door zijn cliënt, burgemeester Marcel Barsoto, haakte hier goed op in.

'Meneer Kelley, ik kan hier het volgende over zeggen en ik doe dit omdat ik heel erg goed op de hoogte ben gebracht van wat er speelt. Mijn cliënt en ik hebben een gezamenlijke opdrachtgever en dat is onze burgemeester Marcel Barsoto.

'Via de burgemeester heb ik inderdaad vernomen wat er allemaal speelt, er zit een groep achter het kantoor Dudley, Winfield en Brand Advocaten aan.

'Alles draait om de verklaring die Bill Iron heeft afgelegd aan zijn beide advocaten. Een van de advocaten, Bertram Brand, is vermoord, de anderen worden bedreigd.

'De advocaten zitten allemaal in een safe-house en burgemeester Marcel Barsoto maakte zich zorgen over de verklaring die Bill Iron heeft afgelegd.

'En ik vertel u dit, maar dit is niet officieel en zal ik altijd blijven ontkennen, de burgemeester is er zeker niet bij betrokken maar ook hij wil graag horen wat Bill Iron heeft verklaard.

'Het mag eenvoudigweg niet zo zijn dat de burgemeester die er niets mee heeft te maken als verdachte wordt bestempeld. Dat is het enige wat de burgemeester wil voorkomen.

'Marcel Barsoto heeft vervolgens Jack ingeschakeld om mevrouw Winfield te volgen om zodoende ook informatie los te krijgen wie het gemunt heeft op het advocatenkantoor. Onze burgemeester is bevoegd zoals u weet om ook zelf onderzoek te doen.

'Hij verwacht namelijk dat er informatie wordt gelekt door iemand intern. Wij hebben, en dat moet ik allemaal nog met Jack overleggen, nu indirect bewijs dat een van de medewerkers is betrokken bij de hele gang van zaken.

'Het is erg toevallig dat Jack vandaag de code van de peilzender heeft doorgegeven en dat er kort daarna een aanslag is gepleegd op de vader van mevrouw Winfield.

'Ik kan u bevestigen dat mijn cliënt Jack Gray hierbij niet betrokken is. Wat ik wel nu aan u kan bevestigen, is dat Jack inderdaad de peilzender in opdracht van de burgemeester heeft geplakt en dat ik nu denk te weten waar het probleem binnen de gemeente ligt.

'Daarom adviseer ik u dan ook nu om mijn cliënt vrij te laten, zodat we samen met de burgemeester een verslag kunnen maken en ik beloof u dat u van mij de informatie direct krijgt over wie de persoon is binnen de gemeente die we moeten oppakken. Want hier moet een einde aan komen, voor er meer slachtoffers gaan vallen.'

William Kelley is er zichtbaar van onder de indruk; deze advocaat is erg goed op de hoogte, deze informatie is inderdaad met de burgemeester gedeeld. Dus dit verhaal moet honderd procent kloppen; burgemeester Marcel Barsoto is erg betrouwbaar en is zeker niet betrokken bij duistere zaken.

'Meneer Bernal en meneer Gray, mijn excuses dat wij dit geheel anders hebben geïnterpreteerd, uw verhaal klinkt erg helder en vertrouwd. Wij hebben een grote vergissing gemaakt, natuurlijk mag u uw cliënt direct meenemen. Wilt u ook mijn excuses overbrengen op onze burgemeester?'

'Dank u wel, meneer Kelley, dat gaan we zeker doen. Ik hoop dat de burgemeester u op hele korte termijn kan inlichten over de verdachte persoon waar het op dit moment allemaal om draait.'

Jack en Rudy Bernal lopen samen naar de lift en kijken elkaar aan. Het is in elk geval nu duidelijk waar het probleem zit.

Buiten staat de chauffeur van Rudy Bernal te wachten.

Achter in de auto overleggen ze direct samen. Rudy had het niet verwacht, maar de mol binnen de gemeente is locoburgemeester Bertram Lourino.

Jack zei: 'De enige persoon aan wie ik de code heb doorgegeven is aan Bertram Lourino. We moeten wel zeker van onze zaak zijn. Voor ik ga slapen wil ik het opgelost hebben. Kun jij Marcel bellen of hij met spoed naar zijn kantoor kan komen?'

'Ik ga hem nu meteen bellen en zal gelijk vragen of hij Bertram ook vraagt om bij het overleg plaats te nemen. Als Bertram erbij kan zijn, dan is het logisch dat Marcel meteen William Kelley belt om in de hal te wachten zodat Bertram direct kan worden gearresteerd.

Kelly Smalstorm pakt een nieuwe telefoon en belt naar Mike.

Mike pakt direct zijn telefoon en ziet een nummer dat hij niet kent. 'Ik hoop dat dit Kelly is,' denkt hij, 'dan kunnen we de zaak gaan afronden.'

'Met Mike,' zegt hij.

'Hoi met mij,' zegt Kelly zonder haar naam te noemen.

'Ik heb een locatie, over veertig minuten: O Hara's in Greenwich Street. Ik zit links achter de bar in de hoek aan de tafel.'

'Natuurlijk, geen probleem, ik ben er. Tot zo,' zegt Mike.

Hij kent dit restaurant-café erg goed, een gezellige Ierse pub vlakbij het 911 memorial center. Hij komt er weleens om een lekkere hamburger te eten van Iers rundvlees. De bar hangt vol met dankbetuigingen van families en foto's van de brandweerlieden die destijds zijn omgekomen bij de ramp in het World Trade Center.

Goed dat deze plek er is.

De auto's zijn daar gemakkelijk te parkeren en er loopt genoeg politie rond om ervoor te zorgen dat er geen gekke dingen kunnen gebeuren.

De overeenkomst voor Kelly Smalstorm is inmiddels via mailwisseling door alle partijen ondertekend. Nu hoeft alleen nog de handtekening van Kelly eronder gezet te worden en dan kan heel het programma in werking treden.

De locatie voor haar safe-house is geregeld, er staat een goed team klaar om de bescherming te regelen, zelfs een goede stand-in voor allerlei persmomenten die gecreëerd zullen worden. Het getuigenbeschermingsprogramma is al in werking.

Maar eerst de handtekening onder de overeenkomst; zonder die is er geen zaak. Dus dit is een heel erg belangrijk moment.

De chauffeur zet de auto neer op het verlengde stuk van Greenwich Street op een plek waar normaal alleen politieauto's mogen komen. Er is goedkeuring geregeld en de agenten zijn op de hoogte. Het team zal er samen snel een hamburger gaan eten dus het is goed om er kort te parkeren.

De agenten knikken: smakelijk eten allemaal.

Dit gaat goed, Kelly heeft een bijzondere plek uitgekozen.

Het is er nog rustig, de mannen nemen plaats aan de bar, zodat ze de beide ingangen goed kunnen bewaken. Mike loopt direct door naar Kelly.

'Hoi Kelly, fijn dat je er bent.' Ondertussen krijgt Mike al een kop koffie die hij direct heeft besteld bij het binnenkomen. Ze zitten in een rustig hoekje.

Kelly begint: 'Mike, ik zet direct de handtekening. Ik moet op je vertrouwen dat de overeenkomst ongewijzigd is.'

'Zeker Kelly, hij is onveranderd, alle partijen zijn erg blij dat je mee wil werken. Ik stel voor dat je straks direct met ons meerijdt, we gaan dan naar ons kantoor.

'Daar zullen we dan de locatie van jouw nieuwe woning krijgen en als je daar veilig bent, kunnen we de namen van alle betrokkenen met de officier van justitie delen.

Kelly leest het allemaal nog een keer vluchtig door, met name het onderdeel dat ze niet de cel in hoeft, over haar nieuwe identiteit, over de wijze waarop het beeldmateriaal en de overeenkomsten met de dames die op de bijeenkomsten zijn geweest, zal worden verstrekt, en ten slotte over de communicatie met de pers, waarin staat dat ze is opgepakt en niet dat ze zich niet zelf heeft gemeld.

Ze hoopt nu echt, na deze tijd van onzekerheid, dat er een keer rust in haar leven terug zal komen. Ze is wel erg bang dat de namen van de verdachte personen van de lijst die ze gaat verstrekken voor veel problemen kunnen gaan zorgen.

Het zijn er niet veel, maar dit zal enorm veel teweegbrengen; zonder een nieuwe identiteit zal haar leven helemaal niet meer veilig zijn.

Het moet allemaal overduidelijk lijken voor de buitenwereld dat het nog wel zeker een jaar kan duren voordat er een rechtszaak komt.

In de persconferentie, die snel zal plaats vinden, wordt heel erg duidelijk verteld dat Kelly heeft verklaard onschuldig te zijn, geen jonge meisjes heeft geronseld en al helemaal geen informatie kan geven wie er bij andere zaken betrokken is.

Anders zouden de verdachten snel verdwijnen en was alle moeite voor niets.

'Mike,' zegt Kelly, 'ik ga met je mee en alles is akkoord.'

Het gaat nu allemaal snel, Marcel Barsoto was teruggegaan naar zijn kantoor en ging direct in overleg met Bertram Lourino.

Bertram is vandaag zenuwachtig, dat komt niet vaak voor, vooral omdat Marcel had gezegd dat er belangrijke zaken spelen waarvoor spoedoverleg plaats moest vinden. Dat komt natuurlijk vaker voor maar vandaag voelde het anders.

'Bertram,' zegt Marcel Barsoto, 'ik heb je betrokken bij de zaak tegen Bill Iron. Er zijn wat ontwikkelingen geweest, de laatste weken.

'Ik ben door de FBI gevraagd om langs te komen, de vraag ging er vooral over of ik betrokken ben bij de feestjes bij Bill Iron omdat wij natuurlijk ook uitgenodigd werden. Natuurlijk ben ik hierbij niet betrokken – ik ben er maar een keer geweest – maar jij bent alle andere keren op de uitnodiging ingegaan.

'Jij weet dat ik Jack opdracht heb gegeven om het advocaten- kantoor te controleren en te onderzoeken. Met name of ze zijn betrokken bij eventuele duistere zaken en omwille van de veilig- heid in de stad. Worden deze advocaten misschien door anderen gevolgd of bedreigd.

'Heb jij nog iets nieuws te melden, Bertram?'

'Nee,' zegt hij stellig, 'ik heb vandaag Jack nog gesproken en tot nu toe is er weinig nieuws dus ik heb tegen hem gezegd dat hij voor- lopig moet afwachten tot er van ons nog dingen worden gevraagd.'

Nu is het helemaal duidelijk, denkt Marcel Barsoto.

Hij pakt zijn telefoon. 'Ogenblik, ik moet even een telefoontje plegen.'

Hij drukt op het laatst gebelde nummer, dit was William Kelley. Die staat samen met Jack en een vijftal FBI-agenten al te wachten in de centrale hal.

William Kelley pakt de telefoon op en Marcel zegt: 'Het is akkoord!'

Bertram snapt er niets van, maar daar komt hij snel achter. De deur gaat open. Voorop loopt William Kelley met daarachter Jack, gevolgd door vijf mannen.

De FBI-agenten gaan direct om hem heen staan.

William Kelley neemt het woord: 'Meneer Lourino, sorry dat wij u zo overvallen, maar ik heb een mededeling voor u.'

Bertram trekt helemaal wit weg.

'Meneer Lourino, u wordt gearresteerd, u wordt verdacht van medeplichtigheid op de moorden op Bertram Brand en Sally Miller. Daarnaast van de aanslag op meneer Winfield, de vader van Angela Winfield.

'Voordat u iets verklaart, zal ik u uw rechten voorlezen:

'U hebt het recht om te zwijgen. Als u geen gebruik maakt van dit recht, kan alles wat u zegt tegen u worden gebruikt in een rechtszaak. U hebt recht op een advocaat. Als u zich geen advocaat kunt permitteren, zal er u een worden toegewezen.

'Heeft u iets te verklaren, meneer Lourino?'

'Nee,' zegt hij verstandig. Hij heeft al lang gezien dat het serieus was en natuurlijk omdat Jack erbij was: hij heeft zojuist al tegen de burgemeester gelogen, dus nu hij houdt zijn mond.

'Heren, wilt u meneer Lourino meenemen naar het bureau? Dan kan hij zijn advocaat bellen, later op de dag plannen we dan, als de advocaat er is, een verhoor in.'

ALLES BEGINT nu duidelijk te worden. Vanaf het tijdstip dat ik wakker werd op straat die bewuste vrijdagnacht, heb ik alle verslagen van Jessica en Mac met daarnaast wat Mike en ikzelf hebben meegemaakt in het tijdpad gezet. Alles past naadloos.

Bertram, mijn collega, wilde eigenlijk met mij op de avond dat ik met de communicatie over Bill Iron bezig was, naar een gezellig diner in het Meatpacking District.

Dat was de afspraak om 21.00 uur in de agenda en 's middags toen we werden onderbroken in ons gesprek bij de Hot Dog en de koffie: hij wilde me iets vertellen! En dan zijn blik op het moment dat hij naar zijn 'afspraak' ging, dat moment zal ik nooit meer vergeten.

Hij wilde afsluiten met een romantisch avondje. In het verslag van Jessica stond de verklaring van een van de dames uit het restaurant waarbij Sally had gezegd dat Bertram eigenlijk met zijn vriendin zou komen eten.

Sally heeft zich voor mij opgeofferd om Bertram niet alleen te laten. Na het diner heeft Sally Bertram bij mij thuis afgezet.

De bedoeling was dat ik bij thuiskomst Bertram zou aantreffen en dat het een leuke avond zou worden. Een goed plan, maar ik had dat soort gevoelens niet voor Bertram.

Bertram is overvallen op het moment dat hij naar binnen zou gaan, de overvaller heeft een forensisch plan bij mij thuis gemaakt om mij te beschuldigen van moord op mijn vriend en collega Bertram.

Dat 'bewijs' heb ik later zelf weer opgeruimd.

Gelukkig kan ik mezelf verdedigen en is alles bijna per ongeluk goed gekomen, maar nog steeds moet ik aan Mike vertellen dat ik de kleerkast binnen heb aangetroffen op het moment dat Bertram al vermoord is en dat ik Bertram zelf later heb gevonden. Vervelend was dat ik buiten op straat ben overvallen en tijdelijk geheugenverlies heb gehad.

Mijn vader kan nog verklaren dat ik de volgende morgen met de taxi kwam en een flinke bult op mijn voorhoofd had en natuurlijk kwam ik met de taxi omdat mijn auto er niet meer was.

De overvallers moeten we nog linken aan mijn Breitling-horloge dat weg is gehaald, dat is vast ergens te koop aangeboden. Hier ga ik Jessica nog op zetten, maar dat doe ik pas als ik Mike alles heb verteld.

We moeten nog zorgen dat die kleerkast gepakt wordt, maar dat zal, nu de foto is verspreid, snel gebeuren.

Op het moment dat Sally terugkwam om de auto terug te brengen, heeft diezelfde kleerkast haar voor mij aangezien en direct bij binnenkomst doodgestoken.

Die kleerkast heeft Bertram weer uit mijn huis gehaald, achter in de kofferbak van mijn auto gelegd en later daarna de auto in brand gestoken; waarschijnlijk om mij weer opnieuw proberen te beschuldigen.

Het onderzoek van de recherche heeft dit ook allemaal zo uitgewezen, alleen het stukje waar Bertram precies is vermoord zal ik later invullen. Ik bespreek nog met Mike hoe ik dat het beste kan uitleggen.

Nu eerst contact opnemen met rechercheur Green hoe het onderzoek naar de grote kerel verloopt. Jessica heeft immers alles met justitie gedeeld. Met de foto moet hij in principe zo te vinden zijn.

De telefoon gaat over en na ongeveer vijf keer neemt hij de telefoon op.

'Met Inspecteur Green.'

'Goedemiddag meneer Green, u spreekt met Angela Winfield. Ik ben erg benieuwd of er nog nieuws is over het lopende onderzoek?'

'Goedemiddag mevrouw Winfield, ik wilde eigenlijk al een afspraak met u maken om alles door te spreken, maar goed dat u belt. Ik kan alvast een aantal zaken met u delen, maar het onderzoek loopt nog steeds en is uiteraard nog niet volledig afgerond.

'Mijn collega's zijn druk in de weer geweest met het onderzoek, ook uw collega Jessica Bar heeft ons erg goed vooruitgeholpen.

'We hebben alle beelden die Jessica heeft verzameld naast ons beeldmateriaal gelegd. We hebben nu heel duidelijk de route van uw auto kunnen vastleggen en ook de tijdstippen waarop uw auto door Sally is opgehaald.

'Ook het moment waarop ze samen met uw collega Bertram bij het restaurant is geweest. Eigenlijk hebben we alles volledig compleet in kaart gebracht. Verder weten we door wat voor soort auto uw Aston Martin is gevolgd. Beide betrokken personen zijn mede door de hulp van Jessica nu ook van hele goede foto's voorzien.

'We denken te weten wie de personen zijn en we verwachten beide personen vandaag te kunnen traceren.

'Er is nu een team van vijfentwintig rechercheurs op zoek naar beide heren. We weten waar ze zich ophouden en op welke adressen ze wonen.

'Verdere informatie mag ik u nog niet geven, maar ook vanuit een andere hoek hebben we nu een bevestiging gekregen wie de opdrachtgever is geweest. Het is nu een kwestie van dagen en dan zullen beide heren en natuurlijk alle andere betrokkenen gearresteerd zijn.

'Rondom uw woning waren alle camera's onklaar gemaakt dus daar hebben we geen goede beelden van. Maar wel van de camera's iets verder op. De beelden waarop u bijna thuis bent aangekomen met de taxi 's avonds laat hebben we tot vlak bij uw woning ook allemaal gevonden.

'We weten ook dat de auto die Bertram en Sally heeft gevolgd, eigenlijk vlak bij het moment dat u thuis bent gekomen op vrijdagavond, vrij kort daarna bij uw woning is weggereden. Het lijkt er dus op dat men u ook bijna die vrijdagavond had kunnen overvallen.

'Waarschijnlijk bent u net thuisgekomen op een moment dat deze personen niet opletten, of ze durfden het niet meer aan, maar daar hebben we nog geen goede verklaring voor.

'Zoals gezegd, ik verwacht dat we een of beide heren snel kunnen arresteren, ook het forensisch bewijsmateriaal is allemaal goed in kaart gebracht en eigenlijk wijst dit alles op een mannelijk persoon.'

'Dankjewel inspecteur Green, ik ben erg blij dat we samen zo een goede vooruitgang boeken en hopelijk snel deze onzekerheid en dreiging kunnen oplossen.'

'Mevrouw Winfield, ik houd u zo spoedig mogelijk op de hoogte als we de heren hebben aangehouden.'

'Fijn, dank u wel.'

Ik leg de telefoon neer en besluit voor mezelf dat dit het moment maar moet worden dat ik mijn partner Mike Dudley het complete verhaal ga vertellen.

Inspecteur Green heeft het al laten vallen, ook mijn beelden zijn verzameld en misschien heeft hij wel achterwege gelaten, dat ik 's nachts op straat ook nog ergens op beeldmateriaal sta.

Mike is binnen en is aan het werk op zijn kantoor. Mick zit nog steeds buiten mijn kantoor te wachten en kijkt op als hij mij ziet lopen. Ik krijg een lieve knipoog van hem.

Als ik op de deur van Mike klop, roept hij meteen 'Kom binnen!'

Erg zenuwachtig ga ik bij Mike op de stoel naast zijn bureau zitten.

'Angela, hoe gaat het,' zei Mike.

Nadat ik ben gaan zitten, weet ik niet meer goed wat er gebeurt, alle emoties komen er nu uit, alle tranen die ik niet heb kunnen laten zien vanaf het moment dat ik Bertram heb gevonden en continu heb moeten verbergen, komen er nu uit.

Mike legt zijn arm om mijn schouder en geeft mij een knuffel. Het werd alleen maar erger, wat doe ik hier en waar moet ik beginnen? Wat zal Mike denken als hij het verhaal van mij heeft gehoord, gelooft hij me nog wel? Want ik heb hem duidelijk niet in vertrouwen genomen vlak na alles wat er gebeurd is. Weer twijfel ik, mijn eerste gedachte is alweer, om het niet te vertellen, om het nooit meer te vertellen. Maar toch weer de huivering, wat als inspecteur Green of misschien zelfs Jessica beeldmateriaal heeft van mij die nacht.
Ik besluit om het nu te toch te vertellen.

Wat er ook gebeurt; het is de waarheid en die moet boven tafel.

'Mike, ik moet je iets heel ergs vertellen. Graag wil ik een stuk van alles wat er gebeurd is de afgelopen tijd met je delen. Allereerst mijn excuses dat ik het niet met je heb gedeeld, hopelijk vergeef je het me, maar wil je mij bijstaan als advocaat? Want ik heb dit niet eerder aan iemand verteld. Het is verschrikkelijk.'

'Angela, wat het ook is: vertel het me. Ik weet dat je iets dwarszit en dat je me niet alles hebt kunnen vertellen.

'Ik beloof je, ik ben je advocaat en alles wat je zegt, blijft onder ons, wij zijn er toch voor elkaar?'

'Mike,' begon ik, 'op de bewuste vrijdagavond dat we het communicatieplan hebben uitgewerkt en Sally met Bertram uit is gaan eten, ben ik die avond zoals je weet met de taxi naar huis gereden.

'Eigenlijk was ik erg moe en dacht gelukkig eindelijk te slapen na een ontzettend drukke dag en avond.

'Daarna werd ik wakker buiten op straat. Ik zat onder het bloed, mijn blouse was kapot, mijn schoenen waren weg en ik had ontzettende hoofdpijn.

'Een heel groot deel van de avond en nacht was uit mijn geheugen weg.

'Later is het helemaal teruggekomen, maar ik ben zelfs bang geweest dat ik iemand iets aan had aangedaan.

'Vrijdags, thuis aangekomen, deed ik de deur open. Er kwam een hele hoop herrie uit de badkamer. Bertram was in gevecht met een hele grote kerel en op het moment dat ik de situatie doorzag, lag Bertram al met een mes in zijn borst levenloos op de grond.

De man merkte mij natuurlijk direct op en kwam als een stoomtrein op me af. Onmiddellijk, nadat ik een flinke klap kreeg, lag ik op de grond maar sprong direct weer op. Eigenlijk heb me op dat moment goed kunnen verdedigen. Ik gaf die man in een sprong met twee voeten op zijn borst een ontzettende duw en dacht: wegwezen, dat kan ik niet winnen, zeker niet van deze vechtmachine.

'Dus ben ik er als een haas op blote voeten vandoorgegaan en naar buiten gerend. Hij kwam me achterna.

Op straat heb ik in alle haast en consternatie een groepje mannen aangesproken, dat was niet zo slim, maar dit is waarschijnlijk wel mijn redding geweest.

'Deze mannen zagen mij als prooi en hebben mij van achteren op mijn hoofd geslagen. Waarschijnlijk mijn horloge afgepakt, want dat was het enige dat ik nog bij me had en ze hebben mij daar als levenloos achtergelaten. De buit was voldoende die avond, verwacht ik.

'Nadat ik vele uren daarna bij mijn positieven kwam, wist ik niet eens meer wie ik was. Ik had achteraf dus een flinke hersenschudding, maar gelukkig vond ik een sleutel van mijn woning in mijn zak.

'Binnen aangekomen heb ik Bertram gevonden en langzaamaan kwam alles wat er was gebeurd weer met vlagen terug. In een soort van beschermingsmodus dacht ik die nacht dat wanneer ik de politie zou bellen dat ik dan de schuldige zou zijn. Al het bewijsmateriaal was zo netjes neergelegd dat ik zelfs met de beste advocaat er nooit meer uit zou komen.

'Er was een soort forensisch plan opgezet in mijn huis om mij te beschuldigen, het moest een romantisch avondje lijken.

'Er stonden kaarsjes, een fles wijn, glazen op tafel en allerlei hapjes. De kleren van Bertram lagen overal in de logeerkamer op de grond. Het was zo goed opgezet: volgens het bewijsmateriaal was ik de persoon die Bertram had vermoord.

'En nog steeds vind ik het verschrikkelijk dat ik je niet heb gebeld, maar achteraf gezien denk ik dat ik goed heb gehandeld.

'De spullen van Bertram heb ik netjes op een hanger gehangen in de badkamer, het beddengoed gewassen, de glazen en hapjes opgeruimd en gestofzuigd. Kortom alles wat op een of andere manier bewijsmateriaal tegen me zou kunnen zijn, heb ik minutieus opgeruimd. Nergens, behalve in de badkamer was er nog bewijs. Maar daar was ik zelf niet geweest.

'Mijn kleding heb ik gewassen en opgeruimd inclusief de stof-zuigerzak. Dit is de volgende dag allemaal met de gemeentelijke reinigingsdienst afgevoerd per container.

'Daarna ben ik met voldoende pijnstillers gaan slapen om de volgende ochtend naar jou te bellen hoe we dit zouden gaan oplossen.

'Maar dat durfde ik niet. Mijn vader belde me wakker de volgende ochtend na een paar uur slaap, we zouden die zaterdag meubeltjes uit gaan zoeken. Later 's middags, dat weet je verder allemaal, ben ik toch naar mijn vader toegegaan.'

Mike is er stil van, hij wil wat zeggen.

'Mike, voor je iets wil vragen, moet ik er nog aan toe voegen dat ik verwacht dat Bertram is opgehaald door die grote kerel vlak nadat Sally binnenkwam. Hij is haar natuurlijk achtervolgd, heeft haar direct vermoord en was heel erg waarschijnlijk net bezig de sporen op te ruimen van Bertram. Want zijn lichaam was al weg toen ik thuiskwam en Sally vond.'

Mike kijkt me erg begripvol aan, hij is niet boos, het lijkt erop dat hij het helemaal begrijpt.

'Angela, het spijt me dat je dit allemaal mee hebt moeten maken, verschrikkelijk, allemaal omdat wij advocaten zijn en alles naar eer en geweten proberen te doen en uit te voeren.

'Eerlijk gezegd dacht ik al dat er iets speelde. Ik had het meer in de richting gezocht dat jij toch een relatie had met Bertram, maar de enige van jullie tweeën die dit wilde, was Bertram, denk ik.

'Heel vervelend wat je allemaal hebt moeten doen om ervoor te zorgen dat je niet beschuldigd zou worden. Want als ik je verhaal goed heb begrepen was er duidelijk een val voor jullie gezet.

'En waarschijnlijk was het zelfs de bedoeling dat jij die avond ook vermoord zou worden en dat het moest lijken dat Bertram dat had gedaan. Een goed plan opgezet door specialisten en helaas zijn we er inmiddels achter gekomen dat we met ontzettend gevaarlijke personen te maken hebben.

'Ik ben erg trots op je dat je onder de omstandigheden die je hebt aangetroffen zo efficiënt hebt kunnen nadenken en dat je alles perfect hebt opgeruimd.

'Inderdaad zou het ontzettend moeilijk zijn geweest voor mij om je daaruit te praten.

'We gaan Jessica bellen; ze moet onmiddellijk langskomen en op zoek gaan naar andere beelden met name op de plek waar jij wakker bent geworden. Een ding is zeker: het horloge moet gevonden worden. Dat is vast ergens aangeboden een van de dagen erna. De groep die je heeft overvallen, gaan we ook opsporen.

'Vanaf nu neem ik dit van je over, Angela, het verhaal is duidelijk, ik ga het allemaal met Jessica bespreken. Als ik het uitleg dan weet ik zeker dat ook Jessica in jouw onschuld gelooft.'

'Dankjewel Mike, fijn dat je het zo voor me op neemt.'

'Natuurlijk, ik weet zeker dat jij dit voor mij ook zou doen, maar het is vanzelfsprekend, probeer nu rust te pakken.'

'Ga ik doen, Mike.'

MIKE BELT als Angela weg is direct naar Jessica.

Hij legt haar het hele verhaal uit en de conclusie van beiden is, dat Jessica het beste op zoek kan gaan naar het groepje mannen en ook naar een paar helers die erom bekend staan zo af en toe juwelen en dure horloges te koop aan te bieden.

De mannen kunnen als getuige meehelpen om zodoende onder hun straf voor de overval uit te komen.

De handelaar mag het horloge netjes teruggeven, anders wordt hij opgepakt voor heling.

Jessica had natuurlijk veel vaker met dit bijltje gehakt.

Eerst maar weer eens naar het beeldmateriaal verderop in de straat zoeken. De camera's bij het appartement van Angela waren immers allemaal onklaar gemaakt, hier is geen enkel beeld van.

Eigenlijk ging het heel vlug die avond, op dat tijdstip was het erg rustig op straat. Ze moet op zoek naar een groepje van vier of van twee mannen, maar ze konden zich natuurlijk hebben opgesplitst.

Na ongeveer veertig minuten beeldmateriaal heeft ze het groepje al gevonden, dit waren de enige vier die er in een tijdsbestek van de twee uren nadat Angela naar buiten is gegaan te zien waren.

Ze waren in een goede stemming. Zo dom als ze waren, stopten ze en de grootste van het stel, een onverzorgd type met een vreemd sikje en een pet achterstevoren op zijn hoofd, haalde het horloge, met aan zekerheid grenzende waarschijnlijkheid het horloge van Angela, uit zijn zak.

Met z'n allen stonden ze om hem heen, een kleine dikzak met o-benen en twee mannen die allebei even groot waren en zelfs dezelfde houding hadden. Dit leken wel broers of misschien zelfs wel een tweeling.

Dit beeld knipte ze er als kopie uit en verder bleef het beeldmateriaal onaangepast. Dit is bewijsmateriaal waar we Angela indien nodig mee moeten verdedigen als haar verhaal in twijfel zou worden getrokken.

Een foto van het viertal waarop de gezichten goed waren te zien, stuurt ze naar Mike en zet er een in de Cloud zodat ze bij de helers langs kan gaan om te informeren of deze heren bekenden zijn.

Vijftien van dit soort bedrijfjes zijn er in New York. Maar er zijn er maar drie, die zonder legitimatie zo af en toe leuke dingen opkopen. Maar dat doen ze alleen als het echt waarde heeft en snel verkocht kan worden.

Het horloge van Angela heeft een geschatte waarde van vijftienduizend dollar, het was namelijk een Breitling Chronomat B01.

Jessica's plan is om eerst maar eens rond te snuffelen en niets te vragen. Bij de eerste twee heeft ze geen succes.

Nummer drie is een shop die gerund wordt door een vader en zoon; de zoon werkt helemaal volgens de regels. Als je je niet kunt legitimeren dan koopt hij niets van je in. Maar de vader daarentegen is niet vies van af en toe een snel handeltje.

Ze loopt de winkel in en wordt al direct gespot door senior, het lijkt zelfs of hij schrikt als hij Jessica ziet.

Jessica schenkt er geen aandacht aan en loopt een beetje zoekend rond, alsof ze op zoek is naar een camera of een mooie telelens, want die had ze er wel eens een gekocht.

Er zit niets voor haar bij, maar goed; nu geen tijd verliezen en rechtstreeks naar de horloges. Het is helemaal niet moeilijk, ze heeft het horloge van Angela al gespot. In haar mail zat een foto van het certificaat en eigendomsbewijs van het horloge van Angela.

Ze speelt het netjes, de winkel is erg druk en Jessica vraagt aan de eigenaar Robert of hij het Breitling-horloge uit de vitrine wil halen en of ze het achter in het kantoor mag zien.

Hij schrikt ervan, maar pakt het direct en loopt met Jessica mee naar zijn kantoor.

Jessica pakt het horloge met handschoenen aan en controleert het nummer. Natuurlijk, het kon ook haast niet anders; dit was van Angela.

'Robert,' zei Jessica, 'dit horloge is van een overval afkomstig en ik weet van wie je het hebt gekocht. Maak je geen zorgen, ik ga je niet aangeven, maar ik wil een verklaring van je hebben en ik laat je zo de foto zien van de personen waarvan het afkomstig is. Zeker is dat je het van deze mannen hebt ingekocht.

'Je krijgt geen problemen met justitie, je krijgt wel een laatste waarschuwing. En daarnaast beloof ik je als de mannen het geld dat je aan ze hebt betaald niet terug zullen of kunnen geven dat ik ervoor zorg dat je dit bedrag van ons terugkrijgt.

'Maar dit is de enige manier waarop we dit doen, een ander voorstel is niet mogelijk.'

'Jessica, ik ken je en ja ik weet het, ik had het niet moeten doen, maar ik heb dit horloge in kunnen kopen voor twaalfhonderd dollar. Het is tien keer meer waard en ik kan het zo kwijt voor vierduizend euro.

'Maar als je het zo kunt regelen en op schrift zet dan kunnen we het afhandelen en uiteraard krijgt je het na ondertekening van mij mee. Het geld komt later wel goed.'

In de auto belt Jessica direct naar Mike.

'Mike, ik heb de beelden van de mannen naar je toegestuurd. Het horloge van Angela zit in mijn tas en daarnaast een uitgebreid verslag van de winkel waar de overvallers het hebben verkocht, ondertekend door de eigenaar.

'De mannen heb ik nog niet kunnen vinden, maar het is zeker: deze heren zijn bekend bij justitie. Ze hebben gegarandeerd meer overvallen op hun kerfstok.'

'Jessica,' zegt Mike, 'ik geloof dat je nog nooit een opdracht zo snel hebt uitgevoerd. Heel erg goed gedaan.'

'Geen probleem, ik geef het horloge snel aan je af.'

Mike legt de telefoon neer, loopt naar de woning van Angela en klopt op de deur. 'Angela, ik ben het, Mike.'

Angela doet de deur open; ze kon natuurlijk al zien dat Mike voor de deur stond.

'Kom binnen.'

Ze gaan samen aan tafel zitten en Angela kijkt Mike aan: 'Nog nieuws?'

'Jazeker Angela, Jessica heeft het beeldmateriaal gevonden van de mannen die je hebben overvallen en bewusteloos geslagen. Ook heeft ze jouw horloge al terug. De mannen, althans een ervan, heeft het horloge voor twaalfhonderd euro verkocht aan een Pawn Shop.

'Jessica heeft een verklaring van de eigenaar dat hij het van de man op de foto heeft ingekocht. Jessica heeft het horloge meegekregen en ze heeft aan de eigenaar van de winkel beloofd als de overvallers het geld niet teruggeven aan hem, dat wij het bedrag betalen, geen slechte deal denk ik.'

'Helemaal perfect Mike, dat heeft ze inderdaad erg snel gedaan. Ik ben er blij mee.'

'Zo meteen ga ik bellen naar John Fairfax of ik langs mag komen om het verhaal wat je me hebt verteld uit te leggen en ook de foto te overhandigen met de overvallers. Dan kunnen deze heren worden opgespoord en kan het allemaal bevestigd worden.

'Hopelijk hebben we dan een akkoord en is het hele verhaal rond. Heb ik toestemming van je om dit zo af te spreken?' 'Helemaal goed Mike, fijn dat je dit allemaal voor me kunt en wilt doen!'

Er valt een enorme last van haar schouders.

In de dagen daarna gaat alles in een stroomversnelling.

Justitie heeft een kant-en-klare zaak mede door hulp van het advocatenkantoor, hun onderzoekers en bewaker Ben Johnson.

Inspecteur Green twijfelde nog of hij Angela zou aanklagen voor belemmering van de rechtsgang. Maar Mike heeft hem erg snel overtuigd dat wanneer Angela direct de politie had gebeld het zeker zou zijn dat ze veroordeeld zou worden. En dat het achteraf nu zeker duidelijk is dat ze er totaal niets aan kon doen.

Green bood zijn excuses aan Mike aan en verzekert hem dat er wel een rapport zal komen, maar dat Angela duidelijk geen blaam zal treffen.

In een hele grote politieactie zijn alle verdachte personen opgepakt. Samen met het bewijsmateriaal, de op video afgelegde verklaring van Bill Iron en de verklaring van Kelly is het verhaal waterdicht.

De overvallers van Angela Winfield komen er met een waarschuwing vanaf omdat ze honderd procent medewerking hebben verleend en Angela geen aangifte heeft gedaan tegen de mannen.

Ook de eigenaar van de Pawn shop mocht blij zijn met enkel een waarschuwing.

De dames die in de publiciteit zijn gekomen hebben verklaard dat ze goed betaald zijn om de valse verklaring over Bill en de bestuurder van het internetbedrijf af te leggen; uiteraard was dit alles niet waar.

Angela en Mike blijven nog een tijd in de veilige woning.

Angela stopt daarna met haar werk als advocate in New York. Nooit wil ze meer een in dergelijke situaties terechtkomen.

Van de familie van Bill Iron heeft ze een bonus ontvangen voor alle ellende die ze heeft meegemaakt. De familie is zeer tevreden over het geleverde werk en hoopt dat het geldbedrag het een heel klein beetje goed maakt.

Mick Jackson maakt officieel bekend dat hij een andere bodyguard heeft voor Angela.

Bertram getuigt tegen de drugsmaffia en krijgt daarvoor strafvermindering, maar zal heel wat jaren moeten zitten omdat hij de opdrachtgever was aan Chester Wings. Naar alle waarschijnlijkheid wordt het geen levenslang maar zal hij na 25 jaar vrijkomen.

Chester komt voorlopig niet meer vrij, zeker krijgt hij levenslang.

De zaak tegen de grote drugsbazen loopt nog en zal nog enige tijd in beslag nemen.

Bill Iron krijgt postuum vrijspraak voor alle beschuldigingen.

Een manager van de bewakingsdienst van de gevangenis in Manhattan krijgt een mooie cel in een andere gevangenis. Nooit zal hij nog een baan kunnen krijgen voor een overheidsinstantie: hij heeft toegelaten dat er handlangers van de drugsmaffia in de cel van Bill konden komen en is daardoor medeplichtig.

Ben Johnson is hoofd beveiliging geworden in een groot winkelcentrum in Los Angeles.

Kelly Smalstorm heet vanaf nu anders en is naar de Dordogne in Frankrijk verhuist. Haar makelaar heeft er een mooi huis gekocht en ze gaat als een kunstenares door het leven. Er gaan twee van de bewakers mee; samen met hun gezinnen zullen ze ook in Frankrijk gaan wonen op hetzelfde landgoed.

Angela en Mick zijn inmiddels naar London verhuisd.

Mick heeft er een nieuwe baan als bodyguard.

Angela verleent nu kosteloze rechtshulp aan mensen die slachtoffer zijn bij Britse aanslagen.

Mick heeft Angela ten huwelijk gevraagd en onlangs zijn ze getrouwd.

Wat ze niet weet is dat Pedro Del Bar nog steeds op zoek is naar Kelly Smalstorm. Natuurlijk weet Angela waar Kelly tegenwoordig woont.

Overal heeft hij nog manschappen die voor hem werken. Na enig zoekwerk heeft hij de nieuwe woonplaats van Angela en Mick weten te achterhalen. Zo eenvoudig is het tegenwoordig.

Binnenkort krijgt ze bezoek uit New York...

De auteur

Wilbur Leighborg is in 1958 geboren in Eindhoven.
Hij volgde een hbo-opleiding en was als
ondernemer werkzaam in management, finance
en hr-projecten. Samen met zijn broers nam hij het
bedrijf van zijn vader over, waaraan hij met veel
plezier heeft meegewerkt totdat hij het – na 38
jaar – besloot te verkopen aan zijn broer. Daarna
nam hij de tijd om 'bij te komen' van zijn leven
als ondernemer. Hij pakte zijn kans om met zijn
echtgenote te genieten van het leven en tijd vrij te
maken voor zijn hobby's als fietsen en schrijven.
Wat dat laatste betreft, omschrijft Leighborg
zichzelf als een 'in ontwikkeling zijnde,
enthousiaste starter'. Zijn detectiveroman 1115 is
zijn eerste boek.
Wilbur Leighborg woont met zijn echtgenote in
Eindhoven en heeft twee dochters.

De uitgeverij

Wie ophoudt beter te worden is opgehouden goed te zijn!

Op basis van dit motto zoekt uitgeverij novum steeds nieuwe manuscripten! Ondertussen zijn wij in Nederland, Duitsland, Oostenrijk en Zwitserland dé specialist voor nieuwe auteurs.

Elk manuscript dat wij ontvangen wordt gratis door onze redactie beoordeeld.

Meer informatie over onze uitgeverij en over onze boeken kunt u op online vinden onder:

www.novumpublishing.nl